時の果てのフェブラリー

山本　弘

アメリカのオクラホマをはじめとし、地球の数箇所に突如、謎の重力異常地帯が発生した。その周辺では激しい暴風雨が吹き荒れ、軍隊でも容易に近づくことができない。未曾有の異常気象とそれによって今後予想される食糧難で、地球は滅亡の危機に瀕していた。原因究明が難航する中、超感覚知覚者の少女フェブラリーが極秘で招聘される。人類の希望を託された彼女は、愛する父親に別れを告げ、調査隊とともに危険な旅に出ることに……。山本弘にこの一作ありと語られる本格ハードSF。書籍初収録の未完の続編「宇宙の中心のウェンズデイ」を併録。

時の果てのフェブラリー
—赤方偏移世界—

山 本　　弘

創元SF文庫

FEBRUARY OF THE END OF TIME

by

Hiroshi Yamamoto

2025

目次

時の果てのフェブラリー

―赤方偏移世界―

時の果てのフェブラリー

―赤方偏移世界―

プロローグ

　少女は半透明の水晶の床に横たわり、もう長いことじっと動かなかった。床上数センチの高さを這《は》う薄い霧が、むきだしの白い肩や血の気の失《う》せた頰《ほお》に、さざ波のようにひたひたと打ち寄せている。成長期特有のひょろ長い四肢はてんでに投げ出され、糸の切れたあやつり人形を思わせた。艶《つや》を帯びた栗色の髪は、美しい渦巻き模様を床に描いている。眼《め》は陶酔したように閉じられ、疲労とも悲哀ともつかぬうつろな表情が、幼い寝顔に翳《かげ》を落としていた。

　少女が死んでいるのではない証拠は、ゆるやかに起伏を繰り返す裸の胸と、鼻のあたりに生まれては消える小さな霧の渦だけだ。時間が凍《い》てついたような静寂の中で、その奇妙な光景は超現実派の絵画のように見えた。

　その微妙な均衡を崩したのは、少女の唇から洩《も》れたせつなげな呻《うめ》きだった。ほんの一瞬、空を飛ぶ鳥の影が地上をよぎるように、花のような顔の上をさっと苦悩の色が走った。それをきっかけに、止まっていた時間のフィルムが回りはじめた。少女の目蓋《まぶた》は震えながらおずおずと開いた。

　意識が芽生えて最初に感じたのは、身体の片側に押し当てられた冷やかな床の感触だった。そして空気にかすかに含まれた鉱物質の匂い……少女は困惑しながらも頭を上げ、生まれたばかりでまだ焦点の定まらぬ枯葉色の瞳で、ゆっくりと世界を見回した。

そこは白い無機質の国だった。壁はたくさんの六角形の柱を並べたような構造で、床と同じく透明な物質でできており、高層ビルのように遙《はる》かな高みまで伸びている。人工的な構造物のようでもあり、自然にできた結晶のようでもあった。少女が横たわっているのは、二つの垂直の壁面にはさまれた谷のような場所だった。白くて柔らかい光は、どこかずっと上の方、無限の高さにそそり立つ壁の消失点のあたりから降りそそいでいるようだった。少女のピンク色の肌と栗色の髪は、この世界で唯一の色彩だった。

少女はあたりを不思議そうな目で眺めながら、床に手をついてのろのろと上体を起こした。完璧な静寂の中で、肌にまとわりついていた霧のヴェールが、小さな滝となって腕や背中を流れ落ちる。空気はやや冷たく、一糸もまとわない肢体には肌寒かったが、がまんできないほどではない。

白く輝く世界の中で、数十人の少女が同時に起き上がった。水晶の柱がプリズムのように光を屈折させることによって生じる幻影だ。壁と壁の間隔は広いところでも十数メートルしかないのだが、光が壁面で何重にも反射しているため、まるで無限の広さがあるように見える。少女は驚きに打たれ、ぽかんとした表情を浮かべていた。心はこの神秘に圧倒されていたが、肉体的にはどこも異状はなく、細い脚で立ち上がるのに何の困難もなかった。

見下ろすと、裸足《はだし》で触れている床の下から、逆立ちしているもう一人の少女が不思議そうにこちらを見上げていた。そのさらに奥には、深い虚空《こくう》が広がり、何か赤い星のようなものがちらつきながら流れているように見えたが、反射光に邪魔されてはっきりとは見定められなかった。

　少女は顔を上げ、そびえたつ壁を見上げて、口を開き、言葉を発しようとした。この感動を表現しようとしたのかもしれない——しかし、その小さな赤い唇からは、意味のない声しか出てこなかった。すべての言葉が失われていた。自分の名前も、元いた場所の記憶も、何ひとつ。少女は裸足のまま、壁面におずおずと歩み寄り、その奥にいるもう一人の少女に手を差し伸べた。細い指先が硬い壁に触れた。言葉も記憶も失くしていても、知性は残っていたので、それが自分自身の虚像であることはすぐに理解した。少女はこの奇妙な世界でひとりぼっちだった。

　しかし、虚像にすぎなくてもたくさんの仲間がいることで、気分はいくらかまぎれた。彼女が腕を振れば、数十人の少女がいっせいに腕を振る。彼女が歩けば、少女たちもそれぞれの方向に歩き出す。少女はたちまち楽しくなり、バレリーナのように踊《おど》ったり、霧を蹴《け》たてて壁から壁へと走りながら、くすくすと笑った。旋回《せんかい》するごとに栗色の髪が鮮やかにひるがえる。真上から見下ろしたなら、その光景はきっと万華鏡のように見えたことだろう。

　虚像たちを相手にひとしきり遊んだ後、どこか他の場所に行きたくなった。少女はでたらめな鼻歌を口ずさみながら、壁に沿ってぶらぶらと歩きだした。もとより何の目的もあるわけではなかったが、さしあたり不安も寂しさも感じていなかった。終わりのない道があるはずがない。歩き続ければきっとどこかに出るだろう——言葉でそう考えたわけではなかったが、直感でそう思っていた。左右の壁はジグザグに曲がっていて見通しがきかず、床はわずかに上向きに湾曲していたが、道はほぼ一本のようだったからだ。

だが、少女のいるその世界を外から観察している〈もの〉、その世界を創造した〈もの〉には、彼女の勘違いが分かっていたはずだ。水晶のような物質で構成された少女の世界は、直径数百メートルの車輪型をしており、いずことも知れぬ虚空に浮かび、ゆっくりと回転して遠心力を生み出しているのだ。少女は車輪の閉じた縁の内部を歩いているにすぎない。いくら歩いたところで、永遠にどこにも着くはずがないのだ……。

1　オムニパシー

「はじめ」

　声がかかったが、二人は体育館の中央で向かい合ったまま、まだどちらも動き出さなかった。一人は戦闘服を着た屈強な体格の陸軍兵士で、伸縮式の暴徒鎮圧用棍棒《こんぼう》を手にしている。もう一人は一二歳ぐらいの少女で、青いジャージのトレーニング・ウェアを着て、栗色の髪を大きな蛍光ピンクのリボンでまとめている。聡明さを感じさせる広い額と、無邪気な枯葉色の瞳。身長は兵士のみぞおちのあたりまでしかなく、体重は兵士の三分の一もないだろう。武器は何ひとつ持っていない。

　少女はまるで恐れている様子はなく、両手を後ろに回し、不敵な笑みを浮かべて兵士を見上げていた。兵士は棍棒を振り上げた格好でとまどっていた。本当にこんな子供を殴れというのか？　よけられなかったらどうする？　棍棒は軽いとはいえチタン合金製だ。まともに命中すれば子供の頭蓋骨《ずがいこつ》ぐらい簡単に割れてしまうだろう。

「遠慮はいらん。はじめろ」

　再び声をかけられ、兵士はしぶしぶ棍棒を振り下ろした。少女はよけもしなかった。棍棒は彼女の顔から二〇センチも離れたところを通過した。

兵士は慎重に、今度はさっきよりもう少し近くを狙《ねら》って振り下ろした。やはり少女はよけない。棍棒の先端は彼女の腕すれすれをかすめた。

少女の余裕たっぷりな態度に、兵士は少し苛立《いらだ》った。何でこんなところで、子供相手に遊んでなきゃいけないんだ。こんなくだらないゲームはさっさと終わらせちまおう——そう思って、今度こそ少女の肩を軽く打つつもりで、棍棒を振り下ろした。

驚いたことに、棍棒は空《くう》を切った。少女はすでにその場所にいなかったのだ。片足でひょいと跳ねて、ほんの三〇センチほど横に移動したにすぎなかったが、兵士の攻撃をかわすには充分だった。

もう一度、今度は少女の耳のあたりを狙って、兵士はさっきよりも少し力を入れて棍棒を振った。またもよけられた⁉ 今度は上半身をちょっとのけぞらせたのだ。狙いもスピードも確かだったはずなのに、少女の動きの方が確実に早かった。

何度やっても同じだった。少女は石蹴りでもしているかのように、体育館の床の上をぴょんぴょん跳ね回りながら、熟練した兵士の攻撃を易々《やすやす》とかわしてゆく。しかも、そのスピードは常人に比べて決して速いわけではない。ごく普通の女の子の動きなのだ。それなのに攻撃が当たらない——まるで魔法を見ているようだった。

深い観察力と動態視力に恵まれた人間なら、その秘密をすぐに見抜いただろう。少女は回避動作に移るタイミングが、普通の人間よりコンマ何秒か早いのだ。常人なら相手の動きを見て回避をはじめるから、どうしてもロスタイムが生じる。彼女の場合、兵士が棍棒を振り下ろしかけた時、すでに回避をはじめているのだ。だから兵士の動きがいかに速くても、簡単によけられる。

からかわれているような気分になり、兵士はしだいに興奮してきた。むきになって、何度も何度も棍棒をふるう。フェイントをかけたり、脚で蹴りつけたりもしてみた。しかし結果は同じだった。どんな行動もすべて読まれているのだ。少女は息も切らしておらず、このゲームを楽しんでさえいるというのに、兵士の顔にはだんだんあせりが見えてきた。

「やめ！」

模擬戦闘は二分あまりで終了した。兵士はついに少女に触れることさえできなかった。少女はさして乱れてもいない髪を軽く撫《な》でつけると、にっこりと笑って、兵士に右手を差し出した。負けた兵士は憮然《ぶぜん》とした表情でしぶしぶと握手した。

ぱらぱらと散発的な拍手が体育館の天井に響いた。十数人の男女が壁際に並んで、このエキジビションを見守っていたのだ。彼らのうち何人かは軍服を、何人かは医者の白衣を着ていた。拍手をしていないのは、列のいちばん端にいる、軍服も白衣も着ていない中年の男だけだった。野暮《やぼ》ったい眼鏡と、その奥にある小さく温和な眼が、性格をそのまま表わしている。模擬戦闘の間ずっと、他の誰よりも緊張した面持《おもも》ちだった彼は、少女が無事なのを見て胸を撫で下ろしていた。少女は彼に向かって一直線に駆け寄り、ほがらかに笑いながら抱きついた。

「ほらね！　心配することなんてないって言ったでしょ、パパ！」

「ああ、分かってる。お前が勝つことは分かってたよ、フェブラリー」

男は苦笑した。彼は自分の娘の能力を誰よりもよく知っていたし、信用もしていた。それでもやはり、心配するなというのは無理な話だ。

「バーソロミュー・ダン博士でしたな?」

軍服の男のひとりが握手を求めてきた。

「陸軍のパーキンスです。素晴らしいお子さんをお持ちですな。実に羨《うらや》ましい」

バートは差し出された手を反射的に握ってから、しまったと思った。

(くそ、軍人なんかと握手しちまった!)

「誤解なさってますね。私は博士なんかじゃありません。ただの数学教師です。PCIに勤めてるわけじゃありません」

「そうでしたか……しかし、このプロジェクトはあなたの協力なしには実行できないのでしょう?」

「プロジェクトだなんて呼ばないでください。私の娘は兵器じゃない!」

バートの強い口調に、軍人はむっとなった。気まずい雰囲気を察して、太った白衣の男が、わざとらしい笑顔で二人の間に割って入った。このPCIの所長ダグラス・フォアマンである。

「パーキンス大佐、どうか察してあげてください。年端《としは》のいかない自分の子供を未知の空間に送り出す父親の心境を。ダンさんは少し神経質になっておられるんです……さあ、みなさん、会議室へどうぞ。フェブラリー、君は着替えてきなさい」

「はあい——パパ、また後でね」

フェブラリーは父親の頬に軽くキスをすると、栗色の髪をひるがえし、元気よく体育館を飛び出して行った。大人たちはぞろぞろとその後に続く。

ＰＣＩ（心理サイバネティクス研究所）はダラスの郊外に一五年前に作られた施設で、二万平方メートルの敷地がある。今日は良く晴れていた。体育館を出た男女は雑談を交《か》わしながら、初冬の陽差《ひざ》しの下、ソテツの植えられた広い中庭を横切っていった。前方にはガラス張りの積木細工《ざいく》のような本館がある。

みんなとは少し離れて歩いていたバートは、肩を叩《たた》かれて振り返った。ノーマン・ベインだった。まだ三〇代半ばで、普段はすり切れたジーンズにＴシャツというラフな格好なので、来客に下働きと間違えられることもしばしばあるのだが、今日はさすがに偉いゲストが多く来ているせいか、きちんとした身なりをしており、いちおう科学者らしく見える。

「所長の言う通りだ。ちょっと気が立ってますね」

バートはほっとした気分になった。ノーマンとのつき合いは一〇年近くになる。今でこそ少壮の心理サイバネティストとして学界では有名だが、二歳のフェブラリーを連れて初めてこの研究所を訪れた時は、まだテキサス大を出たばかりで博士号も持っていなかった。この研究所は政府の息がかかっているせいか、所員にもどこか堅苦しい雰囲気があるのだが、ノーマンは例外だった。フェブラリーは兄のようになついていたし、バートも彼の正直さには一目置いていた。

「いらいらもするさ。私にはオムニパシーはないが、あいつらの考えていることぐらい分かるよ。『この娘に武器の扱い方を教えたら、さぞや優秀な兵士に育つことだろう』『もしかしたら敵の作戦も予知できるのか？』……」

ノーマンはうなずいた。「考えすぎだとは言いません。そう考えるのが軍人でしょうね。あなたが数学のことを、僕が人間の心理のことを常に考えるのが仕事なように、彼らは戦争に勝つ方法を考えるのが仕事なんですから」

「君はそれに腹が立たないのか？　フェブラリーが新兵器みたいに扱われることが？」

「世の中の矛盾にいちいち腹を立てていたらきりがありませんからね。確かに戦争や軍隊なんてものは悪に違いありませんが、杖のひと振りで世の中からさっと消し去ることができない以上、それと共存する方法を考えるしかないでしょう。むしろ僕はフェブラリーの兵器としての可能性を暗にちらつかせて、連中の興味を惹《ひ》いてるつもりです。〈スポット〉に接近するためには、陸軍の協力はどうしても必要ですからね」

バートはおおげさに顔をしかめた。「君でなければ、そんな発言をした奴はぶっとばしているところだ」

「フェブラリーを信用してるからこそです。どんな教育を受けようと、いくら強制されようと、彼女は絶対に殺人機械なんかにはなりません。彼女に決して人は殺せない……あなただってそれはご存じでしょう？」

「確かにね……むしろ不安なのは君だよ」

「僕が？」

「ああ。あまりにもフェブラリーを信頼しすぎてやしないか？　時々、あの子をスーパーガールか、それとも……そのう……救世主のように考えているような印象があるんだがね」

「救世主⁉　はは、こりゃあいい！」ノーマンは首を振って笑った。「でも、必ずしも間違いとは言えないでしょう。もし彼女が〈スポット〉の秘密を解き明かすことができたなら、地球は救われるかもしれないんだから。そうでしょう？」

「本当にそう思っているのか？」

「いけませんか？」

ノーマンは振り向き、中庭を吹き抜ける穏やかな南風に背を向けた。ここ数か月、ダラスでは風は北に向かってしか吹かなかった。ダラスを通過した風は北上を続け、オクラホマ・シティの手前でゆるやかに西にカーブして、北緯三五度、西経九九度の〈オクラホマ・スポット〉に流れこんでいるのだ。

二人は北西の空を見つめた。今日は快晴なので、地平線のすぐ上に絹雲がうっすらと漂っているのが見えた。青いキャンバスに乾きかけた筆をさっとこすりつければ、こんな感じになるだろうか。それは二〇〇マイルの彼方《かなた》にある〈停滞台風〉の周縁部であり、その向こうに時間=重力異常地帯〈オクラホマ・スポット〉があるのだ。

「フェブラリーにもあれが理解できないとしたら」ノーマンは言った。「地球上にあれを解明できる人間はいないでしょう」

「あの大道芸に何の意味があるのかね?」

二人が遅れて会議室に入ってゆくと、すでにゲストたちは楕円形《だえんけい》の大きなテーブルに着いており、ビデオ・スクリーンの前に立ったフォアマン所長と質疑応答がはじまっていた。最初に質問をしたのは海軍の少将だった。

「確かに面白かったが、我々が必要としているのは優秀な物理学者だ。霊感だの超能力だのには用はない」

「しかし、アメリカ中の物理学者たちが束になっても、〈スポット〉には歯が立たないというのが現状ではありませんか?……おっと失礼、エグバート博士。あなたは例外です」

「どういたしまして」

女性物理学者のタニア・エグバートはフォアマンに微笑《ほほえ》みかけた。褐色《かっしょく》の顔には小さなしわができ、髪にも銀色のものがちらほら目立ちはじめているが、まだまだ美しい。専門は一般相対論と宇宙論だ。

「それに『霊感』などというと誤解を招きます。当研究所ではオムニパシーという用語を用いています」

「どう違うというんだ?」

「その誤解を解くのが先決のようですね。オムニパシーについて解説するのは、私よりもここにいるノーマン・ベイン博士が適任でしょう。彼はフェブラリーの潜在能力を最初に見抜いた人物で、彼女を二歳の頃から教育してきました。ノーマン、頼むよ」

「分かりました」ノーマンは所長に替わって前に出た。「データを用意しましたので、これを見てください」

ノーマンの合図で部屋が薄暗くなった。バートは手探りで空《あ》いている席に座った。そこはちょうどタニアの隣だった。彼女はパサディナにあるJPL（ジェット推進研究所）で深宇宙観測データの分析に携わるかたわら、PCIの科学教育プログラム作成の顧問をしており、バートらとは二年も前から知り合いだった。もちろんフェブラリーのこともよく知っている。

「オムニパシーという用語は、一九九七年、この研究所の創設者であるマイケル・マクミランが考案したものです。それ以前のサイ（超能力）の研究には、デューク大学のライン教授らによる古典的な分類が用いられてきました。ESP（感覚外知覚）とPK（念力）です。ESPはさらに、テレパシー、予知、透視に分けられ、PKも厳密にはマクロPKとミクロPKに分けられます。マクロPKはスプーン曲げや物体の移動、ミクロPKは原子レベルでの現象に干渉する力のことです」

解説に合わせて、ノーマンの背後のスクリーンに記録ビデオが映し出された。男が神妙な顔つきでテーブルに向かい、水をかくような手つきで腕を振り回して、手を触れずに方位磁石の針を動かしていた。

「マクミランはマクロPKについては信頼できるデータがないとして排除し、テレパシー、予知、透視については、隠されたものを知覚するという点では本質的に同じものであって、分類するのは無意味であると結論しました。そこでこの三つの力を統一し、〈オムニパシー〉という名で呼んだのです。すべてを知覚するという意味です。

実際のところ、この用語はあまり適切とは言えません。ユリ・ゲラーのような手品師に科学者が翻弄《ほんろう》された時代の名残《なご》りを引きずっているからです。マクミランのグループはトリックや錯覚や統計上のごまかしを許さない完璧な実験環境を作り上げ、いわゆる超能力と呼ばれる現象に、新しい学問である心理サイバネティクスの光を当てました。何年にもわたる研究の結果、これまで超能力者と呼ばれてきた者のほとんどが、ただのイカサマ師であることが露見したのです」

画面がワイヤーフレームのCGに切り替わった。超能力者には知らされていなかったが、テーブルの中には精密な磁気センサーが隠されていたのだ。そのデータと映像を照合して分析すると、超能力者がテーブルに近づくたびに磁場が変動すること、磁場の中心は男の腰のあたりにあり、そこに磁石が隠されていることが判明した。

「しかし、何人かの実験では、あらゆるトリックの可能性を排除し、測定誤差や統計のゆらぎを考慮に入れてもなお、無視しきれない偏差が残りました。彼らは確かに通常の五感を超えた知覚力を有していたのです。それがオムニパシーです」

画面が変わった。この施設の中庭に設けられた実験場だ。ダウジング・ロッドを持った男が、ロープによって格子状に区切られたフィールドを歩き回り、埋められたターゲットを探し出そうとしている。

「この実験は、エリアごとに一〇箇所に分けられた区画の中から、ターゲットとなる一個の金属片を探し当てるというものです。もちろん、どこに埋めるかはランダムに決められ、被験者には知らされません。偶然に的中する確率は一〇パーセントです。最初、ダウザーは期待値と大差ない成績しか上げられませんでした。しかし、実験条件を一箇所だけ変更したところ、的中率は一挙に三〇パーセント以上に上昇したのです」

「超能力は実在するというのか?」口をはさんだのは、さっきの海軍少将だった。「何百万ドルもの金を使って研究して、出した結論がそれかね?」

「オムニパシーは非科学的な現象ではありません」ノーマンは辛抱強く言った。「従来の心理学や言語学、大脳生理学の範囲で、充分に説明がつくんです」

「何で海軍がここにいるんだ?」バートはタニアにささやいた。「海に行くわけじゃあるまいし」

タニアは肩をすくめた。「根回しよ。一時期、陸軍やNSAがあまりに秘密主義を厳格にしすぎたんで、海軍から強い突き上げがあったらしいの。〈スポット〉に関する情報が流れてこないんで、陸軍が独断専行してると思ったのね。それ以来、〈スポット〉について何か新しい作戦を行なう時には、海軍の顔色をうかがわなきゃならなくなったってわけ」

「なるほど。いらいらしてるのは私だけじゃないわけだ」

「海軍も無関心でいられるわけがないわ。第六艦隊のことがあるし……」

バートは納得した。〈スポット〉の出現する直前、悪化したレバノン情勢ににらみをきかすためキプロスに派遣された第六艦隊は、ギリシャ沖に出現した〈地中海スポット〉の巻き起こす大暴風雨のため、東地中海に封じこめられた格好になっていた。今のところスエズ運河とリビア沖が抜けられるし、補給面でも差し迫った問題はない。だが、レバノンを支援しているイスラム諸国にしてみれば、米軍の動きが制限されているのは喜ばしいことだ。もしリビア、イラク、サウジアラビアらが結託すれば、艦隊を完全に孤立させるのは難しくないだろう。確かに海軍にとっては頭の痛い問題だ。

「心理サイバネティクスというのは、従来の言語学、心理学、大脳生理学、人間行動学などを統合し、人間の脳をソフトウェア的に研究する学問です」

ゲストの大半が素人《しろうと》であるため、ノーマンはなるべく分かりやすい言葉で説明していた。

「一九五七年、言語学者のノーム・チョムスキーは、ある仮説を発表しました。人間の頭の中には生まれながらに普遍的な文法が存在するというのです。たとえばリンゴが木から落ちたとしましょう。それを見て私たちは『リンゴが・落ちた』と考えます。これは何も私たちが英語圏の人間だからではありません。ロシア人も中国人も日本人もフランス人も、使っている言語こそ違え、落ちたリンゴを見たら、『リンゴが』という主語と『落ちた』という述語の組み合わせで認識するのです。

これは言葉を知らない人間でも同じだと考えられます。狼に育てられた少女の話はご存じですね？　狼少女は人間の言葉をまったく喋《しゃべ》れませんでしたが、それでもやはり、落ちたリンゴを目撃したなら、『赤い色をした丸い物体が・下に向かって移動した』と認識したでしょう。人間は自分の見聞きした現象を、頭の中で即座に文法に置き換えることによって認識し、理解するのです。これは素晴らしい能力ではありますが、問題もあります。置き換えの段階で大量の情報量が失われることです」

ノーマンがリモコンを操作すると、スクリーンが急に真っ赤になった。カメラがズームバックすると、それはリンゴの表面であることが分かった。全体像が映ったところで、彼は画面にポーズをかけた。リンゴは芝生《しばふ》の上に転がっており、カメラは斜め上からそれを見下ろしている。

「この画像は何十キロバイトもの画素によって構成されています。本物のリンゴは立体的で、味も香りも重さも手触りもありますから、そこに含まれる情報量は何テラバイトにも及ぶでしょう。それを私たちは『リンゴ』というたったひとつの単語の中に押しこめてしまうのです。せいぜいそれに『赤い』とか『おいしそうな』とか『いい香りの』といった修飾語を付け加えるにすぎません。

推理というのは数学の計算のようなものです。いくつもの概念や条件やパラメータを組み合わせ、正解を導き出すのです。『放置された果物は腐る』ということを知っているなら、地面に落ちたリンゴを見て、『このリンゴはこのままでは腐るだろう』ということが簡単に推測できます。もちろん限界はあります。ハイゼンベルクの不確定性原理や、ゲーデルの不完全性定理、バタフライ効果……どんなに大きい情報処理能力を持つコンピュータでも、正確に未来を予知することは絶対に不可能です。しかし、正しい情報を大量に入力してやれば、そこから得られる解答は限りなく正解に近づいてゆくはずです。

人間の脳は地球上のいかなるスーパー・コンピュータにもまさる能力を秘めています。もちろん単純な演算スピードでは機械の方が優れていますが、複雑で大量の情報を認識し、理解し、組み合わせ、結論するという点では、機械は人間の足許《あしもと》にも及びません。世界中の学者が人工知能の研究をしていますが、ようやくここ十数年ほどの間に、さきほどの『放置されたリンゴは腐る』というような初歩的な問題を理解させることができたばかりなのです」

ノーマンはビデオのポーズを解除した。カメラはぐんぐんとズームバックを続け、芝生に転がっている他のリンゴもフレームに入ってきた。

「ネックになっているのは脳というハードウェアではなく、そこに組みこまれたソフトウェアです。脳は眼や耳から入力された情報をチョムスキー文法に変換する段階で、大量の情報を切り捨ててしまいます。いわゆる錯覚や思いこみ、偏見、早とちりの多くは、この入力情報切り捨ての段階で生じます。その限定された情報を基に演算を行なうため、そこから導き出される推測も、きわめて限定された不正確なものになってしまうのです。つまり私たちの脳は、チョムスキー文法という枷《かせ》をはめられているため、能力をフルに発揮することができないのです」

ズームバックが停止した。何十個ものリンゴが広い芝生の上に無秩序に散乱している。ノーマンはその映像を消してから、陸軍の軍人に向き直った。

「さて、パーキンス大佐、簡単な質問にお答えいただけますか?」

「何だね?」

「さっきの画面には何個のリンゴが映っていましたか?」

パーキンスはあっけにとられたが、かろうじて怒りは抑えた。「何だね、それは？　記憶力のテストか？」

「いいえ、認識力のテストです。あなたはリンゴの数を記憶するどころか、認識すらされておられませんね？」

「当たり前だろう⁉　だいたい、あんな短時間に数えられる人間などいるものか」

「いいえ、いるのです。サヴァン症候群と呼ばれる人たちがそうです。ダスティン・ホフマンの『レインマン』という映画はご存知でしょう？　あれはフィクションではなく、現実にあることなのです」

画面には疾走《しっそう》する三頭の仔馬《こうま》の彫像が現われた。それは一瞬、本物の馬の写真かと見間違えるほどリアルで、躍動感にあふれている。

「この素晴らしい芸術作品は、アロンゾ・クレモンズが一九八六年に製作したものです。彼はIQ四〇で、成人になっても一〇まで数えることもできず、喋れる語彙《ごい》はほんの数百しかありませんでした。にもかかわらず、動物園やテレビ、あるいは写真などで動物の姿をちらっと目にしただけで、このようなリアルな彫像が作れたのです。

サヴァンは一般的にIQが低い反面、しばしば常人を超えた驚異的な才能を発揮します。ある者は視覚に関する驚異的な認識力を有していて、先ほどの映像をほんの数秒見せただけで、リンゴの数だけではなく、リンゴがどこに落ちていたかまで写真のように正確に記憶し、絵に描くことができます。視覚に障害のあるサヴァンは、しばしば音楽の才能に恵まれます。誰にも教えられないのにピアノを弾きこなしたり、どんな曲でも一度耳にしただけで正確に演奏できるのです。ある者はIQ六五しかなく、自分の名前以外の文字はまったく書けないのに、故障した一〇段変速の自転車を簡単に直してしまいます。ある者は全米の道路網を暗記しており、アメリカ国内のある地点から別の地点への道順を訊《たず》ねられると、どこで曲がればいいかまで正確に答えられます。別のサヴァンは、『一〇ドル札で六ドルの買い物をしたらお釣りはいくらか』という質問には答えられないのに、『紀元三〇三六年の九月一八日は何曜日か』といった問題を瞬時に答えます。しかし、どうしてそんな計算が可能なのか、本人に訊ねても答えられないのです。

彼らはみな左脳、すなわち言語や論理を司《つかさど》る部分に障害を持っています。そのため、生まれながらにチョムスキー文法の一部を欠いていると考えられます。彼らの脳は入力された大量の情報を文法化することなく、生のままで認識しようとします。先ほどの映像の場合、私たちは『たくさんのリンゴが落ちている』と認識しますが、サヴァンは個々のリンゴをすべて認識しようとするのです。その結果、左脳の欠陥を補償するために、右脳の能力——認識力や直観力が極端に発達すると考えられます。

その反面、彼らは日常的な論理——チョムスキー文法による論理を理解することが困難です。さきほどの『リンゴが落ちる』という単純な現象を言葉で表現するのにさえ、大変な苦労を強《し》いられるのです。彼らは見聞きした現象の多くを理解することができず、言語の発達も遅れ、早期自閉症児、情緒障害児、あるいは薄弱児として扱われます。

確かに彼らの知能は、通常のＩＱテストの基準からすれば遅滞しています。しかしそれは、私たちが彼らにチョムスキー文法で思考し、喋ることを強要するからです。たとえて言うなら、リナックスのマシンに別の言語のソフトを走らせようとするようなもので、トラブルが生じるのは当然です。彼らは自分の脳に合ったソフトウェアを発達させるのです。したがって、なぜ何千年も先の何日が何曜日だと分かるのか、彼らには説明できません。それはチョムスキー文法的な思考法ではないため、日常の言語に翻訳できないのです。その証拠に、何人かのサヴァンは学習によって言語能力が発達するにつれ、こうした能力が失われてしまいました。すなわち、サヴァンの能力はチョムスキー文法によって阻害《そがい》されるということです。

フェブラリーもこの研究所に連れてこられた時は、情緒障害児と思われていました。生後二歳六か月になるのに言葉がまったく喋れず、自分の殻《から》にじっと閉じこもっているかと思えば、些細《ささい》な刺激に敏感に反応したりしたのです。しかし、いろいろ調べていくうちに、彼女がほとんど透視能力とも言うべき鋭敏な直感を持っているのが判明しました。私がポケットにお菓子を隠していると、すぐに気がついて欲しがりました。まったく同じ色と形の箱を何個か渡すと、まだ蓋《ふた》も開けないうちから、ビックリ箱だけを正しく選んで投げ返してきました。何百ピースもあるジグソーパズルを、ほんの数分で完成させました……。

彼女の脳は欠落したチョムスキー文法を補《おぎな》うため、大量の情報を扱うことのできるより優れたソフトウェア、〈メタ・チョムスキー文法〉とでも呼ぶべきものを形成していたのです。彼女が喋れなかったのは、頭の中にあるメタ・チョムスキー文法による概念を、通常の英語に置き換えることができなかったからです。

私たちには時間はあまりありませんでした。フェブラリーの言語修得能力が衰《おとろ》えてしまう前に、言葉を覚えさせなくてはならなかったのです。ご存じのように、人間の言語修得能力は生まれた直後に最も発達しており、以後はゆるやかに衰えていきます。狼少女のように、赤ん坊のうちに言葉を覚える機会を逸《いっ》した者は、一生どんな言語も修得することができません。しかし通常のチョムスキー文法に基づく英語は、彼女には理解できず、混乱を招くだけでした。そこで私たちは、あえて日常の言語を教えることを放棄し、彼女の内にあるメタ・チョムスキー文法の発達を手助けすることにしたのです。

教育の過程はきわめて専門的で複雑ですので、ここでは詳しくは述べません。結論だけを申し上げれば、私たちの目論見《もくろみ》は成功し、彼女はメタ・チョムスキー文法による思考法を自分の中に確立することに成功したのです。その後、自分の思考を英語に翻訳する手段も学び、すでにご覧の通り、普通に言葉を喋ることもできるようになりました。

彼女は『リンゴ』という言葉を発します。しかし、実際のリンゴを『リンゴ』という記号で認識しているわけではありません。より高次のレベル、メタ・チョムスキー文法のレベルで認識し、分析したうえ、それを私たちのレベルに合わせて翻訳し、『リンゴ』と発音するのです。彼女の脳が認識するリンゴは、私たちが認識する『リンゴ』という貧弱な記号とはまったく異なり、色や形に関する膨大なデータの集合体なのです。そのデータの洪水を瞬時に処理できるメタ・チョムスキー文法による思考法こそ、オムニパシーの本質なのです」

「あの少女がそんな複雑な情報処理を一瞬のうちにやっているというのかね？」そう発言したのはＮＳＡの幹部だった。「あの小さな頭で？」

「無意識のうちにやっているのです」とノーマン。「実を言えば、私たちも普通のチョムスキー思考と並行して、いくらかはメタ・チョムスキー思考を行なっているのです。その思考過程は通常の言語で説明することはできません。『あいつは何となく気に食わない』『何となく気にかかる』……こうした『何となく』というあいまいな言葉でしか表現できない感覚こそ、チョムスキー文法に変換することのできないメタ・チョムスキー思考の産物なのです」

「それは普通、『気のせい』とか『直感』とか呼んでいるんじゃないかね？」さっきの海軍少将がまぜっかえした。

「そうお呼びになりたければ、呼んでください。名称はどうでもいい。重要なのは本質です」

「さっきのダウジングの件はどうなる？」とＣＩＡ幹部。「我々も以前、ＥＳＰを情報収集に利用できないか研究したことがあったが、貧弱な結果しか得られなかった。そのオムニパシーで、どうして土の中のものが透視できるんだ？」

「先ほど、実験条件を一箇所だけ変えるとダウジングの的中率が急増すると言いました。最初の実験では、金属片を埋める者と実験に立ち会う者は別で、実験に立ち会う者は誰もどこに金属片が埋まっているか知らなかったのです。ところが、金属片を埋めた者をダウザーの視野に立たせると、的中率は急増しました」

「そうか。手がかりを与えているのか……」

「ええ。ダウザーは実際に金属片の位置をESPで探知しているのではなく、立ち会っている人間の微妙な態度や顔色から、ターゲットに近づいているかどうかの兆候《ちょうこう》を読み取り、自分でも気づかないうちに正解を知ったのです。これは専門用語で〈クレバー・ハンス効果〉と呼ばれるものです。

フェブラリーの場合、同じ実験条件なら、ほぼ一〇〇パーセント近い確率で正解を察知します。さっきの実演でも、彼女はあの兵士が攻撃に移る直前、筋肉や表情の微妙な変化から、その動きを正確に予測していたのです。オムニパシーがESP（感覚外知覚）ではないことが、これでお分かりかと思います。これは神秘的な現象ではなく、極限にまで発達した認識力と分析力なのです。そして、フェブラリーは間違いなく地球で最高の能力を持つオムニパシストなのです」

「しかし、それがはたして〈スポット〉に対して有効だろうか？」NSAの幹部が疑問を口にした。「確かに日常生活では直感も役に立つかもしれん。しかし相手は世界中の科学者の頭を悩ませている物理現象だ。いくら直感が鋭くても、高度な科学的教養を身につけている人間でなければ、本質を理解できるとは思えんね」

「フェブラリーは身につけているのです」ノーマンの声には得意げな響きがあった。「私たちは彼女の現実認識を助けるために、メタ・チョムスキー文法と通常の文法のバイリンガル・テキストとして、数学と物理学の原理を多用したからです。数学と物理学は、宇宙のどこへ行こうと、どんな言語体系で記述されようと、内容が変化することのない普遍言語なのです。ここにおられるエグバート博士の協力で、私たちは二年前から特別な教育プログラムを作成し、フェブラリーに数学と科学の知識を教えこんできました」

「この二年足らずの間に、フェブラリーは実に多くのことを学びました」タニアが説明を引き継いだ。「量子力学と観測問題、ローレンツ短縮、事象の地平線と裸の特異点、ビッグバン、インフレーション理論、カオス理論、クォークの三つのカラー、一〇次元のスーパー・ストリング、人間中心原理……普通の人間ならとまどうような概念でも、彼女は驚くほどスムーズに吸収しました。数式や計算ではなく、詩や絵画のように直感によって理解し、知識ではなくイメージとして記憶するのです。今では彼女に教えることはほとんど残っていません。科学知識に関していえば、彼女はもう私にひけを取らないでしょう」

「しかし物理学はもっと論理的なものだ。直感ではない！」

「いいえ。確かに物理学を支えるのは数式と計算ですが、しばしば物理学は天才の直感によって飛躍的な進歩を遂げてきたのです。ニュートンとリンゴのエピソードは有名ですが、その他にも多くの例があります。たとえば、くりこみ理論の基礎となったファインマンのダイアグラムは、数式を無視してまったくの直感で描かれたものでした。S-マトリクスと呼ばれる膨大で複雑な数式を、ファインマンは子供のいたずら描きのような単純な図で表現して見せたんです。

フェブラリーは私たちより有利な立場にいます。たとえば量子力学の原理——波と粒子の二重性とか波動関数の崩壊とかEPR相関といった概念は、私たちの日常的な感覚とかけ離れているため、チョムスキー文法に縛られた脳では直感的に理解することができません。それが理論物理学の発達を妨《さまた》げている要因です。しかし、彼女の脳にはそんな制約がないんです」

「では君たちは、あの少女に〈スポット〉の謎が解明できると本気で信じているのかね！」海軍少将は声を荒らげた。「一一歳やそこらの子供に⁉」

「必ず解明できるとは断言できません。解明できる可能性があると言っているのです」ノーマンが言った。「しかし、すでに糸口はつかんでいます」

「ほう？」

「二週間前のことですが、フェブラリーは私に、〈スポット〉に関する興味深い仮説を話してくれました」とタニア。「現在、数学的検証を進めていますが、今のところ矛盾点は見つかっておらず、〈スポット〉内で起きている現象によく適合しているように思われます。私たちはこれを〈虚数《イマジナリー・ナンバー》仮説〉と呼んでいます」

室内がどよめいた。ここ三か月で初めて、〈スポット〉の謎を説明する有力な手がかりが現われたのだ。口々に浴びせられる質問を、ノーマンは片手を上げて制した。

「お静かに——まもなく報告書がみなさんの元に届くことと思います。それをご覧になって判断なさってください」

「信じられん。一一歳の女の子が……謎を解いたって？」

「いいえ、まだほんの一角を明かしたにすぎません。映像や文字による情報には限界があります。もっと多くの情報、それも生の情報があれば、さらに多くのことが分かるかもしれません」

ノーマンは勝ち誇ったように両手を広げ、微笑んだ。

「お分かりいただけましたか、フェブラリーを〈スポット〉に送る意味が?」

2　優しさゲーム

「疲れたんじゃないか？」

バートはトヨタの助手席に無言で座っているフェブラリーに声をかけた。さっきからサイドウィンドウの外の深まりゆく夕闇を見つめ、まるでガラスに映る自分と秘密をささやき合っているように見えたのだ。

「ううん、まるっきり元気」フェブラリーは振り返り、陽気に言った。ちょっと間を置いて、声の調子を落として付け加える。「だけど……」

「だけど……何だ？」

「ちょっと恥《はず》かしかったな。スターになったみたいで」そう言ってシートベルトの下で小さく肩をすくめた。

バートは笑った。あの後、会議は四時過ぎまで続いたのだ。平服に着替えてから会議室に入ったフェブラリーは、まだ彼女の能力を疑っている出席者の前で、奇術ショーじみた実験をいろいろやらされた。

たとえば、彼女が後ろを向いている状態で、出席者に一個のピンポン玉を渡し、誰か一人にこっそり隠し持たせる。フェブラリーは振り返ると、ほんの十数秒の観察で、誰がピンポン玉を持っているか、確実に当ててしまう。いくら平静を装ったり、わざとらしい動作であざむこうとしても無駄だ。彼女は他の人間には見えないものが見える。彼らのほんのちょっとした視線の動きや不自然なしぐさから、正確に真実を見抜くことができるのだ。

パズルもいくつかやった。フェブラリーは複雑な知恵の輪を数秒ではずし、二〇〇ピースのジグソーパズルを八分二〇秒で完成させた。中でも得意なのはピクショナリー（絵当てクイズ）だった。出席者の一人が紙に何かの絵を描く。最初の数本の線が引かれただけで、フェブラリーはそれを当ててしまうのだ――『星の王子さま』が、象を呑《の》みこんだ大蛇の絵をひと目で理解したように。

軍人たちは大いに関心を持ったようだった。思った通り、その能力が軍事的にも使えるのではないかと、遠回しに質問してきた者もいた。あの握手を求めてきたパーキンスという陸軍の将校など、会議が終わった後、個人的にパートたちと夕食を共にしたいと申し入れてきた。その誘いを丁重に断って、二人は逃げるようにPCIを後にしたのだ。

「しかし、お前の選んだことだぞ。ああいうことになるのは予想してただろう？」

「うん、まあね」

「本当に後悔はしてないか？」

「ちょっぴり……でも最初の一歩を踏み出しちゃったんだもの。もう後戻りできないわ」

「あいつら、納得させられたかな？」

「手ごたえはあったわ。うまく行くと思う」

フェブラリーがそう感じたのなら、それは確かなのだろう。しかし、年に似合わぬ娘の自信に満ちた口調が、かえってバートの不安をかきたてた。やはり〈スポット〉行きを認めるべきではなかったのではないかという思いが、ひしひしと胸を締めつけた。

今度の途方もないプランを立案したのは、他でもない、フェブラリー自身だった。ある晩、彼女は父親の目をじっと見つめ、言ったのだ。「私、〈スポット〉に行く」と。

バートは愕然《がくぜん》となったが、同時に、娘の言葉の中に決してひるがえすことのできない固い決意を感じた。彼女は「行ってもいい？」でも「行かせて欲しい」でもなく、ただ「行く」と言ったのだ。それは深い思案と迷いの末のことだったに違いない。どんなに言葉を尽くそうとも、こんな無謀《むぼう》な任務に娘を送り出すことを認める父親がいるわけがない。だからこそ彼女は「行く」と言ったのだ。それは説得でも嘆願《たんがん》でもなく、同意を求めているわけでもない、ストレートな意志の表明だった。

もちろんバートは反対した。何十もの理由を挙げて説得した。激しく叱《しか》りつけた。大声で怒《ど》鳴《な》り、テーブルを叩いた。お前の大事にしているMDを全部捨てるぞ、と脅した。詰問《きつもん》した。懇願《こんがん》した。最後には柱にもたれかかって泣いた。

当然、そうした反応をフェブラリーはすべて予想していただろう。オムニパシー能力者にとって、他人の苦痛は自分の苦痛だ。「行く」という言葉を口にする前に、その場面を頭の中で何百回も想《おも》い描き、決意するまでずいぶん苦しんだに違いない。

それでもフェブラリーは決意をひるがえさなかった。彼女は眼を伏せて言った。「ごめんなさい。許して、とは言わない。分かって、とも言わない。ただ……どうしても行きたいの。行かなくちゃいけないの」――それ以上、彼女は説明しなかった。

ついに彼は敗北を認めた。フェブラリーは父親想いの優しい娘だ。彼をこんな風に悲しませることは、彼女にとって、この世のどんな拷問《ごうもん》よりも苦痛だったろう。それでもなお、彼女は決意したのだ。父を悲しませ、自分も苦しむ道を選択したのだ。それほどの固い決意なら、誰にも変えられるはずがない。いくら反対したところで、フェブラリーは一人でも行くだろう。荒れ狂う〈停滞台風〉を突っ切り、危険な〈螺旋雷《スパイラル・ライトニング》〉をかわし、物理法則の歪《ゆが》んだ〈スポット〉の中心部へ。

彼は許したわけでも、理解したわけでもなかった。PCIを通じて陸軍のバックアップを得るというプランに同意したのも、本意ではなかった。ただ、フェブラリーに協力してやることで、彼女の進む道から少しでも危険を取り除《のぞ》こうと思ったのだ。それが彼にできる唯一のことだった……。

フェブラリーはあえいだ。息が詰まりそうだった。狭い車内いっぱいに、父の無言の悲しみが充満している。無意識のうちにブラウスの胸許に手が伸び、いちばん上のボタンをはずしていた。

それでも笑顔を絶《た》やすわけにいかなかった。オムニパシー能力はなくても、親は子供の微妙な変化に敏感に気づくものだ。少しでも暗い様子を見せたら――さっきのように窓の外を何となく見つめているだけでも——感づかれてしまう。言葉を選び、抑揚《よくよう》に気をつけて喋らなくてはいけない。

お偉方《えらがた》の前で自分の能力を披露《ひろう》するのは、何もつらくなかった。オムニパシーは精神集中など必要としない。兵士の攻撃をよけるのも、心を読むのも、パズルを解くのも、鼻歌まじりにできることばかりだ。〈停滞台風〉や〈スポット〉の危険性でさえ、たいして重大な問題とは思えなかった。

こうして父といっしょにいることの苦しさに比べれば。

父を嫌いなわけではない。好きだった。この世の誰よりも愛していた。だからこそ、悲しませたくなかった。その悲しみを感じるのが苦しかった。そして、父を悲しませる原因を作った自分が嫌いになった……。

ほんの数十秒の沈黙が無限の長さに感じられた。フェブラリーは耐えられなくなった。何か喋らなくては。話題を探さなくては。ちょうど、窓の外を円形競技場のような大きな建物が横切ってゆくところだった。

「あれ、競馬場でしょ?」たまっていた緊張を吐き出すように、彼女は言った。「ねえパパ、競馬ってやったことある?」

「いや、ないね」

「今度、連れてって。大儲《おおもう》けさせたげる」

バートは苦笑して首を振った。「遠慮しとくよ。まだ娘に養ってもらうような歳《とし》じゃないからね」

「でも、何だか悪いな」

「なに、子供を食わせるのは親の義務さ……そう言えば、腹が減っただろう? 遅くなったから夕食は外で食べよう。何にする?」

「フライドチキンでいいわ。まだこの車のローン、残ってるんでしょ?」

「嬉しいね」

ダラスの街はまばゆい星雲となって行く手に広がり、夜の闇を追い払っていた。車の列はハイウェイ上にテールランプを連ね、輝くルビーの蛇《へび》となって、ダラスの中心街に流れこんでいく。その流れが急に遅くなった。渋滞につかまったのかと思い、バートは交通情報を聴こうとカーラジオをつけた。

『……日本の首相オオハシは、日本の食料輸入状況は順調で、当分は食料不足が発生する恐れはまったくないと発表しました』

キャスターは早口で原稿を読み上げていた。バートはぎくりとして、選局ボタンを押そうとした指を止めた。

『これによって、日本各地に発生しているヒステリックな食料買占め騒ぎは鎮静に向かうものと期待されます。しかし専門家は、来年になっても〈チバ・スポット〉とそれを囲む〈停滞台風〉が消滅しなかった場合、今年を上回る不作となり、日本の農業は壊滅《かいめつ》的な打撃を受けるであろうと指摘しています。問題は農業だけではありません。たとえばナリタ国際空港は悪天候のために閉鎖されてからすでに三か月が過ぎており……』

バートは乱暴に選局ボタンを押した。交通情報が流れてきた。

夜の街は光のドレスをまとって踊っていた。看板のネオン、街灯、ヘッドライト、ショーケースの明かり。それが織りなす賑《にぎ》やかな光の河を、人々は思い思いの目的を抱いて早足に歩いている。とても世界に重大な危機が迫っているとは思えない、いつも通りの平和で活気に満ちた光景だった。

しかし、どこかが微妙に普段と違っていた。たとえば人々の服装だ。例年なら年の暮れでもダラスは充分に暖かい。しかし今年は〈オクラホマ・スポット〉の影響で天候が不順で、寒い日が続いていた。厚いコートを着た人も目につく。明日あたり、雪がちらつくかもしれない。

二人はフライドチキンの店に入った。店内はかなりこんでいて、席を見つけるのに苦労した。感謝祭が終わったばかりだというのに、壁には早くもサンタクロースの扮装《ふんそう》をしたカーネル・サンダースがファミリー・パックを抱えたポスターが貼られている。バートは小さなスプーンでコーンポタージュ・スープをかき混ぜながら、それを横目で見て、深刻めかした口調で言った。

「クリスマスになるとね、パパはいつも憂鬱《ゆううつ》になるんだ」

「ん?」大きな腿肉《ももにく》にかぶりつきながら、フェブラリーはまん丸い眼で問い返した。

「他の父親には、夜中にこっそり枕許にプレゼントを置いて、朝になって子供の喜ぶ顔を見るという楽しみがある。私にはそれがないんだからね。私の娘は、サンタクロースがパパだってことを知っちゃってるんだから」

バートは大げさにため息をついた。口調に反して、それがジョークであることはすぐに分かった。フェブラリーは大急ぎで肉を呑みこんで言った。

「ううん、私は嬉しいわ。本物のサンタクロースのプレゼントより、パパから貰《もら》うプレゼントの方がずっと素敵」

「そうかい？」

「そうよ。だいたい、学校に行く年頃の子供ならたいてい、サンタクロースが父親だってことぐらい知ってるんじゃないかな？　わざと知らないふりしてるだけで」

「そんなものかな」

確かにそうかもしれない、とバートは思った。親を愛している子供ほど、親をがっかりさせまいと、演技をするものなのかもしれない。

いったいフェブラリーの態度はどこまでが演技なのだろう？　彼女は普段は決して暗い表情を見せない。人の心が読め、他人の知らないことまで分かることが、一一歳の子供にとって重荷でないはずがないのだが。

彼は九年前にノーマンに言われたことを思い出した。

『フェブラリーは通常のサヴァンとは違います。サヴァンの大半は男性で、未熟児で生まれています。胎内でのテストステロン（男性ホルモン）の過剰分泌が原因だとか、新生児期に受けた高濃度酸素吸入が脳に損傷を与えるためだと言われていますが、まだはっきりしていません。しかし、フェブラリーは女の子で、未熟児でもありません。PET（陽電子放出断層撮影）やfMRI（機能的磁気共鳴画像法）による検査でも、右脳の活動が常人よりきわめて活発ですが、顕著《けんちょ》な脳障害は見られないのです。後天的な障害ではなく、遺伝的な原因――一種の突然変異と考えられます。脳のハードウェアとしての機能そのものは正常なのに、チョムスキー文法が欠落し、その代償として別の文法が機能しているんです。

いいですか、あの子は決して欠陥を持っているわけではありません。人間の社会で育てられ、チョムスキー文法をはじめとする人間としての様々な規則を押しつけられているがために、苦痛を味わっているのです。

狼少女の話を思い出してください。狼に育てられた少女は、ついに人間としてまともな人生を送ることができませんでした。しかし、たとえ狼の社会で成人したとしても、やはり大きなハンディキャップを背負っていたはずです。なぜなら、人間の手足は四足歩行に向いていないのに、狼の母親は彼女に四本足で走ることを強要するからです。狼はそれ以外の走り方を知らないのですから。少女は二本足で走ることを思いつかず、手を使ってよたよたと走ることしかできません。いずれ獲物がとれずに飢《う》え死にしてしまったでしょう。

もし狼少女に二本足で立つことを教えたとしたらどうでしょう? 二本足でも狼の走るスピードにはとうてい及びませんが、それでも地面に手をついて這い回るより、ずっと速く走れます。そして自由になった二本の手で、狼にできないいろいろなことができるようになるでしょう。『ジャングル・ブック』のモーグリが、火を使ってシア・カーンをやっつけたように。フェブラリーはまさに狼の群れに迷いこんだ人間の子供です。あの小さな頭の中に人間以上の能力を秘めているんです。彼女の無限の才能を殺さないでください。彼女に教えるべきなのは手で這い回ることではなく、二本足で立ち上がることなんです。それが彼女にとっていちばん幸福な道なんです』

しかし本当にそうだったろうか？　ＰＣＩによる教育は本当にフェブラリーを幸せにしたのだろうか？

確かに彼女は優れたオムニパシー能力を発達させた。それによって他人の感情を理解できるようになり、言語を用いないコミュニケーションが可能となったのだ。彼女は言葉で教えられるのではなく、他人の心を直接覗《のぞ》くことによって、人間とはどういうものであるか、何が善で何が悪かを学んでいった。しだいに人間的な感情に目覚めてゆく我が子を見つめるのは、父親としてこのうえない喜びだった。その喜びを、フェブラリーは自分のもののように感じ取った。そして、より人間に近づき、より多くの喜びを父にもたらそうと、さらに努力を重ねた。

彼女は五歳で初めて喋った。自分の傍《かたわら》にいつもいる人物を「パパ」と呼ぶことを覚えたのだ。メタ・チョムスキー文法を簡略化することにより、頭の中の概念を日常の言語に翻訳する方法に目覚めたのである。それからの発達スピードはまさに驚異的だった。フェブラリーはそれまでの発達の遅れを取り戻すかのように、オムニパシーの力を借りて、貪欲《どんよく》に知識を吸収し、言葉を学んでいった。九歳の誕生日を迎える頃には、普通の子供とまったく同じように喋れるまでになっていた。

だが、彼女が決して普通の子供ではないことに、バートは気づいていた。他人の心が読め、どんな秘密でも見抜いてしまうような子供が、普通の子と同じように成長できるはずがない。人の心が読めるということは、人間が誰しも内に秘めている感情――醜《みにく》い欲望、口にできない憎悪や偏見、どろどろした怨念《おんねん》にも、じかに接するということだ。それはわずか一一歳の女の子にとって、大きな苦痛に違いない。

しかし、フェブラリーは決してその苦しさを口にしない。いつも明るく、笑顔を絶やさない。まるでごく普通の女の子のように喋り、振舞《ふるま》う――そうすれば父が喜ぶことを知っているからだ。

娘のそんな健気《けなげ》さが、バートにはつらく、苦しかった。彼女は普通の人間の何倍もの重荷を背負っている。もしかして、ノーマンの手に幼いフェブラリーを委《ゆだ》ねたのは間違いだったのかもしれない。情緒障害児のまま、喋ることもまともに考えることもできずにいた方が、幸せだったのかもしれない……。

フェブラリーはそのすべてを感じ取っていた。開いた本を読むように、父の沈黙の中に、何百語、何千語ものメッセージを明瞭《めいりよう》に読み取っていた。父の迷い、悩み、苦しみ……それらがあたかも自分自身の痛みのように、彼女の胸を締めつけた。食欲はなかったが、それでも父に悟《さと》られないためにがつがつと食べ続けた。

（お願い、パパ。そんな風に考えないで！）彼女は心の中で絶叫した。（そうやって私を苦しめないで。このままじゃ、パパを嫌いになってしまう！）

父を嫌いになる——それがフェブラリーのもっとも恐れていることだった。彼女はいつも自分がきわどい綱渡りをしているように感じていた。今はどうにか愛と苦痛のバランスが取れている。しかし、いつかこの緊張が破れた時、微妙な均衡が崩《くず》れ、闇の中へまっさかさまに落下してしまうかもしれない。苦痛に耐えられなくなり、それまで愛していたものすべてを、強烈に憎みはじめるかもしれない。それが彼女にはたまらなく怖かった。

「ああ、そうだ！」

フェブラリーは急に大声を出し、バートの追憶を断ち切った。

「ねえ、どうせだから二人で相談して、お互いのプレゼントを決めちゃわない？　街をぶらぶら歩いてさ」

「今日中にかい？　ちょっと早すぎやしないか？　まだひと月あるよ」

「善は急げ、よ。リーファーズのアーケードは八時まで開いてるわ。行きましょ。ね？」

フェブラリーは食べ残しのチキンを無雑作にウェイスト・ボックスに放りこむと、父の肘《ひじ》をつかんで立ち上がらせた。

幼い頃は、フェブラリーを人混《ひとご》みに連れ出すことは無理だった。人のたくさんいるところに来ると、ヒステリックに泣き叫んだものだ。普通の子供は群衆を見ても、単に「たくさんの人」としか認識しない。しかし幼いフェブラリーはそうすることができなかった。行き交う人人の一人一人を認識しようとして、小さな頭がオーバーフローを起こしてしまったのだ。

今ではもうそんなことはない。彼女はオムニパシー能力を必要に応じて制御することを学んだのだ。いったん脳に入ってきた大量の情報を、すべてメタ・チョムスキー文法化するのではなく、不必要な部分は無視し、簡略化した形で処理する——それは狼少女が二本足で立つことに相当した。

「パパ、早く！」

フェブラリーはついてくる父に手招きした。赤いスカートをひらめかせ、行き交う人々の間を縫《ぬ》って、蝶《ちょう》のようにひらひらと跳ね回っている。人の流れを、絶えず形を変える迷路に見立てているのだ。もちろん、誰にも決してぶつからない。

通行人の間に見え隠れする笑顔は、どこにでもいる一一歳の少女のものだった。バートはかえってそこにぎこちなさを感じた。まるで古臭《ふるくさ》いホームドラマに登場する子役のように、明るく、無邪気で、理想的だ。

（いつまで演技を続けるんだ、フェブラリー？）バートは思った。（私の考えていることが分かるんだろう？　私は理想的な娘なんて欲しくないいんだよ。私が見たいのは造《つく》りものの笑顔じゃない、お前の本当の顔なんだ）

しかし、フェブラリーは気がつかないふりをした。私にはオムニパシーなんてないとでも言うように。彼女はくるりと背を向けると、明るく飾り立てられた高級ブティックのショーウィンドウに駆《か》け寄った。

「見て、このドレスすごおい！」彼女はガラスに手をつき、きらびやかなイブニングドレスを着て気取ったポーズを取っているマネキンを見上げた。「こんなの、クリスマス・パーティに着てみたいな」

「冗談じゃない。いくらすると思ってるんだ？」バートは目を丸くした。「バービーのドレスにしなさい。あれならいくらでも買ってやる」

「いやあね。もう人形で遊ぶ歳じゃないわ。本物が着てみたいのよ」

「だめだめ、お前には早すぎるよ。大人になるまで待ちなさい」

「大人になるまでって？」

「結婚できる歳になるまでさ」

「何年も先じゃない！　それこそ冗談じゃないわ。それまでにはこのドレス、時代遅れになってるわよ」

「その時には別のやつを買ってやるさ」

「本当？　約束よ。大人になったらドレス買ってね？」

「ああ、いいとも」

「わお！」フェブラリーはウィンドウに向き直って大げさにはしゃいだ。「今から楽しみだわ。これを着てボーイフレンドと踊るのが」

「遠い先の話だな」

「そうでもないわ。子供はあっという間に大人になるものよ」

それから、父に背を向けたまま、少しためらって、こう切り出した。

「ねえパパ……?」

「ん?」

「私が大きくなって誰かと結婚することになったら、泣く?」

バートは少し考えて、きっぱりと答えた。

「私はそんなに馬鹿じゃないぞ、フェブラリー」

その答えにはふたつのニュアンスがこめられていた。『私は娘が結婚する時に泣くほど馬鹿じゃないぞ』そして『そんな見えすいたトリックに気がつかないほど馬鹿じゃないぞ』——彼が答えにふたつの意味をこめたように、フェブラリーはその質問に、自分が〈スポット〉に行く時に泣くか、という暗喩《あんゆ》をからませていたのだ。

フェブラリーの肩に、一瞬、動揺が走った。失敗を犯したのを知り、心臓が凍りつきそうになった。あんな質問をするべきじゃなかった。父を試すべきじゃなかった。分かりきっていたことなのに、ふと衝動的に口にしてしまったのだ……。

彼女の仮面がはずれかけたことに、バートは気づいた。今なら本当の顔を見ることができるはずだ。しかし彼女は背を向けているうえ、ショーウィンドウのガラスは明るすぎて顔を映さない。とっさに彼は娘の肩に手をかけ、乱暴に振り向かせた。

だが、そこにあったのは、やはり無邪気な一一歳の少女の表情だった。

「他の店に行ってみようよ」

彼女は茫然《ぼうぜん》としている父の手をすり抜け、またもひらひらとスキップしながら、隣のショーウィンドウに移っていった。

結局、その夜は二人ともプレゼントを決めることはできなかった。


「今日は疲れただろう。家に帰ったらすぐに寝なさい」

バートは車を運転しながら言った。いつまでこんな息苦しい芝居を続けなくてはならないのだろうと、半ば絶望的に思いながら。

「嫌よ。今日は起きてるもの。一〇時からCBSにヴァニシング・スカイが出るのよ」

「何だい、そりゃ？」

「知らないの？　今、西海岸で二番目に人気のあるイージー・チャットよ。一番はランディス・グライフだけど」

「さっぱり分からんな。世代の断絶だな」

どうにかうわべを取り繕《つくろ》うことができたので、フェブラリーはほっとして、再び暗いサイドウィンドウに額を寄せ、窓の外に広がる夜の風景を眺めた。

さっき何であんな失敗をしたのか、理由は分かっていた。気づいて欲しかったのだ。父に自分の思いを理解して欲しくて、無意識のうちにヒントをばらまいていたのだ。だまし続けるのがつらくなっていたのだ――だが、耐えなくてはいけない。芝居を続けなくてはいけない。

バートはずっと前から疑っている。オムニパシーが苦痛なのではないかと気づいている。しかし、その苦しみがどれほど深いかまでは、理解していない。それはオムニパシーを持たない人間には決して理解できないだろう。

灰色のベルトとなって流れ去るコンクリートの土手の向こうを、明かりの消えたウエスト・ダラスの工場群が、戦艦を思わせる巨大なシルエットとなって動いてゆく。そのさらに向こうに見え隠れしている、ガラス玉をぶちまけたように乱雑に広がる明かりの海は、低所得者層の住宅地帯だ。ほおっと息を吐きかけると、ガラスの一部が曇《くも》った。その曇りを通して見ると、家々の光は幻想的ににじんで、おとぎの国のように美しかった。

しかし、その美しさが虚構のものであることをフェブラリーは知っていた。美しいと思いこみたくても、オムニパシー能力がそうさせてくれないのだ。あの光の下には数万の貧しい暮しがある。そして全世界には、数十億のさらに貧しい暮しがある。もちろん彼らの個々の生活まで透視できるわけではないが、オムニパシーをほんの少し解放すれば、想像の中で不特定多数のうちの誰かになり、その悲しさや苦しさを身近に感じることができる。もちろん彼らにも幸福はあるが、それは富める者の幸福に比べれば、ずっと小さなものなのだ。

私は幸せすぎる、とフェブラリーは思った。同時に、そうやって幸福な自分を卑下《ひげ》することが、偽善であることも知っていた。

オムニパシーは閉じることのできない眼だ。彼女は他の人間がするように、都合の悪いもの、醜いもの、見つめることが苦しいものから、視線をそらすことができなかった。世界中の人々の不幸と悲しみを絶えず感じていたが、それをどうすればいいのかは、まったく分からない。それは一一歳の少女が背負うには、あまりにも大きな重荷だった。

そして、その重荷のことは誰にも――父親にさえ――話すことができなかった。自分の苦しみを話せば、その人間にも重荷を背負わせることになる。しかも話したからといって何の解決にもなるはずがないのだ。

フェブラリーは優しすぎた。その優しさのために、押し潰《つぶ》されそうになっているのだ。

それから六日後、どこかよく分からないずっと上の方で、〈アクエリアス〉作戦が承認された。そのコードネームを聞いて、ノーマンは勝利感にほくそ笑んだ。命名者は不明だったが、それが二月七日（水瓶座）生まれのフェブラリーにちなんだネーミングであることは歴然《れきぜん》としていたからだ。

3 〈スポット〉

フェブラリーの周辺が急に慌《あわ》ただしくなってきた。まず〈スポット〉に関する情報を充実させるため、大量の極秘資料がPCIに届けられた。フェブラリーはタニアと協力して、難解な用語で書かれたそれを読み進んでいった。そこから何か新しい情報が手に入るのではないかと思ったのだ。

資料は膨大《ぼうだい》で、多岐《たき》にわたっていた。大気圏外《けんがい》のスパイ衛星からの写真。高度五万フィートの偵察《ていさつ》機からの観測。家を失ったクーガーズロックの住人たちの証言。危険を冒《おか》して〈スポット〉に侵入した陸軍特殊部隊兵士の報告。気象学者の予想、天文学者の計算、化学者の分析、物理学者の推論……etc。

しかし、読み進むにつれてフェブラリーは失望の色を濃くしていった。確かに難しい言葉でだらだらと書かれてはいるが、その内容ときたら、すでにマスコミでやかましく報道されている事実に毛の生えた程度のものでしかなかったのだ。こんなものを極秘扱いする気が知れない。結局、〈スポット〉については、軍も民間人以上のことは分かっていないということだ。

事件は今からおよそ三か月前、二〇一三年八月二七日にさかのぼる。その晴れた朝、オクラホマ・シティの西九〇マイル、北緯三五度西経九九度にある人口八万の小都市クーガーズロックが、原因不明の異変に見舞われたのだ。

最初の兆候は電波障害だった。テレビの画面に雪のようなものがちらつき、音声にむせぶような雑音が混じりはじめたのだ。はじめのうちはささやくようだったが、しだいに大きくなり、ついにはまったく放送が聴き取れなくなってしまった。画面もノイズで埋め尽くされ、真っ白になった。同時に、携帯電話も使えなくなった。

やがて他の電気製品もおかしくなりはじめた。商店の自動ドアが何もしないのに開いた。パソコンが暴走し、データをだめにした。銀行の現金自動支払い機が停止した。普通の電話にもノイズが混じりはじめた。蛍光灯が明滅した。デジタル時計はでたらめな数字を表示した。AT車がアクセルも踏まないのに走り出し、事故を起こした。

午後になると、エレベーターで下降しているような感覚に襲われ、気分の悪くなる者が続出した。錯覚ではなかった。重力の低下がはじまっていたのだ。空気が軽くなったために上昇気流が生じ、強い風が四方からクーガーズロックに吹きつけてきた。この頃になって、ようやく人々は不安を感じはじめた。

異変を聞きつけて取材にやって来たTV局のヘリコプターが墜落《ついらく》した。おそらくエンジンに異常電流が発生し、ノッキングを起こしたせいだろう。街の中でも次々に車がエンストを起こし、立往生《たちおうじょう》していた。もはや平常通りの生活を営むことは不可能になっていた。学校は授業を切り上げて生徒を家に送り帰し、銀行や郵便局は業務を停止した。レジが動かなくなったため、多くの商店で支障が出ていた。

遅い昼食を食べようとした者は、スプーンやフォークが妙に温かくなっているのに気がついた。食器だけではない。腕時計、スパナ、キー、ライター、コーラの缶、ドアノブ……身の回りにあるすべての金属製品が熱を帯びていた。

さらに、スイッチを入れてもいないのに電気カミソリや洗濯機が動き出した。ディスカウントストアの店内は大騒ぎになった。電気製品の売場は大小様々なモーター音の合唱だった。おもちゃのロボットは箱から出ようとがたがたともがいた。電動チェーンソーが陳列《ちんれつ》棚から落ち、恐ろしいうなりをあげながら、刃で床をひっかいて狂ったように這い回った。電気時計の針がぐるぐると回転した。もちろん各家庭でも、主婦が暴れ回る卵泡立て器を止めようと躍起になっていた。

勘のいい電気技師が、電磁誘導現象だと気づいた。数メガヘルツの強力な高周波磁場が街全体を覆《おお》い、モーターを外から回したり、金属製品に渦電流を発生させてホットプレートのように過熱したりしているのだ。だが、その磁気がどこから来るのかは不明だった。測定しようにも、器材がすべて狂っているのだ。

この頃になると、事態が単なる「珍しい現象」では済まされないことが、誰の目にも明白になっていた。すでに機械の大半が使いものにならなくなっていた。このまま金属の温度が上がり続けたらどうなる？　ガス管、車のガソリンタンク、スプレー缶、ライター、銃の弾丸……それらが数百度にまで過熱したら……？

空の色が変わりはじめた。日没にはまだ何時間もあるというのに、太陽は夕陽のようなオレンジ色になり、それに対して空は白くなった。すでに重力の低下は数十パーセントに達し、誰もが体が軽くなっているのを感じていた。風は強さを増した。外界との連絡が途絶していることが、人々の不安をいっそうかきたてた。これは神の怒りなのだろうか？　世界の破滅が訪れたのだろうか？

国や州政府の対応は迅速《じんそく》なものとは言えなかった。電話も無線も通じなかったため、事態を把握するのが遅れたのだ。州兵が出動し、クーガーズロックの住人を避難させはじめたのは、ようやく夜中になってからだった。

道路はエンストした車で埋まっていた。人々は州兵の指示に従い、身の回りの品だけを持って、徒歩で避難した。重力異常が惹き起こす強い低気圧のため、天候はますます悪化し、不安げな表情で住み慣れた街を後にする人々の背中に、激しい雨が追い打ちをかけた。無人となった夜の街では、街灯や家々の明かりがクリスマス・ツリーのように明滅し、家の中では主人を失った電気製品たちが悲しげなうなりをあげていた。金属製品の過熱も進行し、雨に濡《ぬ》れた車は白い湯気を舞い上げていた。

この奇妙な事件がアメリカ中の人々の注目を集めだした頃、海外からさらに驚くべきニュースが飛びこんできた。異常な低気圧の発生している地点が他にもあるというのだ。ひとつは日本の房総《ぼうそう》半島の沖合、もうひとつはギリシャの南の地中海上だった。三つの地点はいずれも北緯三五度線上にあり、経度は正確に一二〇度離れていた。海上に発生した突然の暴風雨のために、すでに何隻《なんせき》もの漁船が遭難していた。

異変の発生から二四時間が過ぎる頃には、南半球にも同様の低気圧が発見されていた。南太平洋にひとつ、インド洋にひとつ、そして南大西洋の南米大陸寄りにひとつ——それらは南緯三五度線上にきれいに並んでおり、経度は北半球のものときっかり六〇度ずつずれていた。合計六つのポイントは、地球に内接する正八面体（八つの正三角形で構成された立体）の頂点を形成していた。

二日目の午後、無人のクーガーズロックのあちこちで火の手があがりはじめた。放置された自動車のガソリンタンクや、各家庭のスプレー缶などが爆発しだしたのだ。幸いにも嵐がもっとも激しい時期と重なったので、発生した火災はいずれも短時間で鎮火《ちんか》したが、それでも市内のかなり広い面積が焼失した。

同時に街の周辺部に落雷が多発しはじめた。強い磁場のために螺旋《らせん》状や渦巻き状にねじ曲げられた雷は、雨雲の中ではなく、もっと低い高度で発生しているようだった。街を監視するために残った兵士や科学者に被害が続出し、彼らも撤退せざるを得なくなった。

そそっかしい上院議員が中国を非難した。その二週間前に中国が新たな軍事衛星を打ち上げていた。クーガーズロックに起きた異変は、中国の衛星から照射されたマイクロ波によるものだというのだ。しかし中国が新兵器の目標にわざわざオクラホマの田舎街を選ぶはずがないし、マイクロ波が重力の低下を惹き起こすはずもない。第一、ひとつの街をそっくり誘導加熱するほどの強力な高周波磁場を発生させるには、原子力発電所数十基分に匹敵する莫大《ばくだい》な電力が必要だろう。

重力低下現象が進行するにつれ、低気圧は勢力を増した。暴風雨圏は直径一〇〇マイルに達し、オクラホマ・シティをはじめとして、フェアビュー、ウッドワード、エルク・シティ、チカーシャ、ロートン、エレクトラなど、多くの街や村が豪雨に呑みこまれ、さらに多数の人々が避難しなくてはならなくなった。

反対に、災厄《さいやく》の中心であるクーガーズロックは晴れ上がった。低気圧の中心に流れこもうとする風と雲は、地球の自転によるコリオリ効果によって右に曲がり、反時計回りの渦となる。そして風自体の遠心力のために中心に近づくことができなくなるのだ。いわゆる「台風の目」である。

海外でも被害が出ていた。東京は房総半島沖の低気圧が巻き起こす暴風雨の圏内《けんない》に入り、首都としての機能が大幅に低下した。水害や山崩れも各所で発生した。また、ギリシャ沖の嵐は地中海を二分する形になり、船舶の航行に支障をきたした。

磁場は広い範囲に通信障害も惹き起こしていた。〈停滞台風〉の中に通信機を持って入るのは無駄だった。暴風雨圏より一〇〇マイルも外でさえ、テレビや携帯電話に雑音が混じるのだ。電離層も乱されていた。

数日後には低気圧は安定したものとなった。気象衛星からの写真には、中心部に穴のあいた、きれいな雲の渦が写っていた。動くことも衰えることもない中型台風が、地球上の六箇所に腰を据えたのだ。六つの台風は（南半球のものは渦巻きが逆であるという以外は）どれもそっくりで、自然現象ではありえないという印象を強めた。

気の利《き》いた気象学者が、渦巻きの中心部を指して〈乱流の特異点《シンギュラー・ポイント・オブ・タービュランス》〉、略して〈スポット〉という造語を用いた。この言葉は即座にマスコミに受け入れられた。しかし、その正体が何なのかは、科学者にもさっぱり見当がつかなかった。

〈スポット〉を囲む暴風雨が調査の妨げになっていた。磁気異常は成層圏にまでは及んでいないので、ジェット機で暴風雨を飛び越え、〈スポット〉の上空に達することは可能だったが、しょせん超高空からの観測ではたいしたことは分からない。唯一、地上にある〈オクラホマ・スポット〉も、住民や州兵が避難した後、道路が嵐で寸断されたため、近寄りがたくなっていた。

海上の〈スポット〉に船で接近するのは論外だ。フランスの原潜が水中から〈地中海スポット〉に近づこうとして消息を断った。偵察機から撮影されたビデオによれば、〈スポット〉の中央の海面は数十メートルの高さに丘のように盛り上がっており、その中心からは海水が勢いよく湧《わ》き出していた。重力は〈スポット〉の中心に近づくほど小さくなっており、重力がゼロとなる点（そんなものがあるとすればだが）は海面下にあるようだった。深いところの水が海面の水より軽いため、強い対流が生じているのだ。

異星人の侵略——そんな言葉がささやかれはじめた。信じられないことだが、自然現象でも人間の起こしたものでもない以上、そう考えるしかないのだ。その説を裏づけるかのように、クーガーズロックを最後に脱出した市民の中から、多面体のＵＦＯを目撃したと証言する者が何人も現われた。マスコミはこぞってそのニュースを報じた。

しかし、異星人の目的は何なのだろう？　資源の略奪か？　人類の奴隷化か？　それとも何かの警告か？——様々な説が乱れ飛んだが、どれも憶測でしかなかった。異星人からのメッセージと思えるものは何もなかったし、あらゆる波長、あらゆる言語で〈スポット〉に向けて呼びかけが行なわれたが、返答はなかった。

嵐の壁を突っ切って、〈オクラホマ・スポット〉に何度か調査隊が送りこまれた。ビデオもムービー・カメラも持ちこめなかったし、数々の障害のために〈スポット〉の中心部にまで行くことはできなかったが、それでも変貌したクーガーズロックの現状について、信じられないような報告が数多くもたらされた。

中でも驚くべき発見は、〈スポット〉の内部では時間の流れが何倍にも速くなっているという事実だ。時計が役に立たないので正確な測定はできなかったが、どうやら重力の低下と反比例の関係にあるらしく、中心部では通常の一〇〇倍以上の速さになっていると推測された。言い換《か》えれば、クーガーズロックから外の世界を見れば、すべてのものがゆっくり動いて見えることになる。太陽や空の色が変化したのも、時間が遅くなったために光の振動数が下がり、スペクトルが赤の方へ偏移したためだった。

この現象には物理学者もお手上げだった。特殊相対性理論によれば、光の速度に近づいた宇宙船の内部では時間が遅くなることが知られている。しかし時間が速くなるような現象は、理論的には考えられないことだった。

また調査隊は、住民が目撃したのと同じＵＦＯと何度か遭遇した。プラスチック製のおもちゃのようなカメラで撮影されたピンボケの写真が、世界中の新聞の紙面を飾った。報告によれば、それらは直径一ないし二フィートぐらいの正四面体または正八面体で、常に数個が群れをなして飛び、踊っているような奇妙な動きをしたという。隊員が勇気をだして声をかけたが、反応を示さず、行ってしまった。

時間の異常やＵＦＯの出現は、奇妙ではあるがさほど危険ではない。街に近づく調査隊員がもっとも警戒しなくてはならないのは〈螺旋雷《スパイラル・ライトニング》〉だった。クーガーズロック上空の雲は消滅しているにもかかわらず、落雷は依然として頻繁に発生しており、何人もの隊員が犠牲になった。明らかに普通の雷とは異なるメカニズムによって、空気中に大量の電荷が蓄積しているらしかった。

また、廃虚と化した街のあちこちで、〈タイガー・バター〉と呼ばれる謎の有機物が大量に発見された。その黄色い物質を最初に目にした兵士が、『ちびくろサンボ』に出てくるバターになった虎《とら》を連想したところから、その名前がついたのだ。『ちびくろサンボ』を人種差別的童話とみなす一部の人権論者が、こんなネーミングはけしからんと騒ぎ立てたものの、〈黄色ペースト状未知有機物質〉という正式名称はどうしても定着しなかった。

最初、それは異星人の体の一部か、排泄物かもしれないと期待された。しかし持ち帰られたサンプルを実験室で分析した結果、その成分は地球上の生物のそれとまったく同じであることが判明した。蛋白質《たんぱくしつ》、脂肪、澱粉《でんぷん》、糖、塩分、カルシウム、ビタミン、いくつかの微量元素などである。膜《まく》や組織などの構造はまったく見当たらず、ある生化学者は「人間の体をミキサーにかけてすり潰したようだ」と表現した。

　奇妙なのは、蛋白質を構成しているアミノ酸がラセミ化していることだった。Ｌ型とＤ型の二種類のアミノ酸が等量存在しているのである。この両者の分子構造は鏡に映したように対称で、化学的性質もまったく同じなのだが、自然界に存在するのはＬ型アミノ酸だけである。これは地球上に初めて誕生した生物がたまたまＬ型アミノ酸を用いていたためだと言われている。右手と左手では握手できないように、Ｌ型とＤ型は互いに結びつくことができない。Ｌ型アミノ酸で構成された地球の生物はＤ型アミノ酸を吸収できないし、その逆も同じである。両方のアミノ酸を等しく用いる生命など、生物学的には考えられないのだ。

　調査隊はこれまでに計一五回送りこまれた。そのうちの九チームは嵐のために挫《ざ》折《せつ》し、〈スポット〉に到達することができずに引き返した。無事に〈スポット〉から帰還したのは五チームだけだ。残りの一チームは、残された器材などから、確かに〈停滞台風〉を突破したことは確認されているが、行方《ゆくえ》は分からなかった。彼らに何が起こったのか、誰も知らない。

　従来の科学が当てにならないことが明らかになるにつれ、オカルト的な解釈が幅をきかせはじめた。バチカンは慎重に口をつぐんだものの、多くの新興宗教の指導者は、これこそ最後の審判の前兆であると騒ぎたてた。正八面体はピラミッドをふたつ貼り合わせた形であることから、ピラミッド・パワーの具現であるという説が現われた。古代マヤの暦では世界は二〇一二年一二月に終わることになっているので、これは一年遅れの予言の成就《じょうじゅ》であるとも言われた。

ムー、アトランティス、デロス、クン・ヤンといった名もささやかれた。テレパシーで異星人（または神、天使、悪魔、オーバーロード、地底文明人など）のメッセージを受け取ったと称する者が続々と現われたが、メッセージの内容はみんなばらばらだった。

結局、確かなことは何ひとつ分からないのだ。

ひとつだけはっきりしているのは、これが人類の危機だということだ。〈停滞台風〉は多くの人々の家を奪い、生活を脅《おびや》かしている。やむことのない膨大な雨はオクラホマ中央部を水びたしにしたばかりでなく、カナディアン河とレッド河に集まり、東に流れていって、ミシシッピーの河口に至る広大な流域に、慢性的な洪水を惹き起こしていた。二〇〇万人以上が家を失い、被害総額は見当もつかない。

日本の状況はさらに深刻だ。千葉沖に停滞している台風は、すでに数百人の人命を奪い、洪水によって田畑や町を破壊している。首都東京も大きな被害を受け、株価は軒並み暴落していた。〈地中海スポット〉も同様で、クレタ島やペロポネソス半島、対岸のリビアの海岸線にも、豪雨や高潮による被害が頻発《ひんぱつ》している。

海流やジェット気流にも大きな乱れが現われ、その影響で世界各地に異常気象が発生していた。このまま何年も〈スポット〉が居座り続けるなら、世界的に不作が続き、やがては大規模な食料危機に発展するのは目に見えていた。

フェブラリーはため息をついた。思った通り、こんなデータでは何も分からない。文書というのはすでに文法化されているものだから、そこから導きだせる推測には限界がある。オムニパシーで謎を解明するには、やはり、じかに〈スポット〉に出向き、生の情報に接するしかないようだ。

無論、彼女とて喜んで〈スポット〉に行きたいわけではない。できることなら、父のそばを離れたくなかった。父に心配をかけたくなかった。どんな危険が待っているか分からなかったし、〈スポット〉に行ったからといって、必ず謎が解けるという確証もないのだ。オムニパシーは全知でも全能でもない。

しかし、真実から目をそむけ、ぬるま湯のような偽《いつわ》りの幸福にひたっているわけにはいかなかった。世界が滅びれば、自分も、父も、愛するものはすべて失われてしまうのだ。早く何とかしなくてはならない。多くの人々が不幸になるのを見過ごすのは耐えられない。

世界がまだパニックに陥《おちい》っていないのは、〈スポット〉が出現した時と同様、急に消滅するのではないかという希望が持たれているからだ。しかし、二か月が過ぎ、三か月が過ぎても、〈スポット〉には何の変化も現われない。希望はしだいに先細りになり、不安と恐怖に取って代わられようとしている。すでに大規模なパニックの火種と思える小さな騒動が、日本をはじめとして、世界の各地でくすぶっていた。

議会では核兵器を使用せよという声も上がっていた。圧倒的な力を秘めた〈スポット〉に対して、地球人のちゃちな爆弾がどれほど効果があるのか、専門家も何とも言えなかった。しかし、他に解決する手段がないことがはっきりすれば、政治家や軍人は間違いなくそれを使用するだろう。

高まりゆく緊張がいつ破れるのか、誰にも予想できなかった。もしかしたら明日にも爆発するかもしれない。そうなったら、人類は飢餓《きが》によって滅びる前に、恐怖とパニックによって自滅してゆくことだろう。

4　出発前夜

轟音《ごうおん》をあげて黒い影が頭上をよぎった。魚類を思わせるスマートなステルス形状のＲＡＨ－６６〈コマンチ〉攻撃ヘリが、いずこかへ飛び去ってゆく。

ダラスに近いフォート・フッド陸軍基地。第三軍団、第一航空強襲騎兵師団、第二装甲師団、第六航空戦闘連隊、第四機械化歩兵旅団などを擁するこの基地は、〈スポット〉の出現以来、常に緊張状態にあった。今や合衆国でもっとも重要な軍事拠点のひとつなのだ。もし〈スポット〉の中から異星人の軍団が出現し、ダラスやヒューストンに向けて進撃を開始したなら、この基地の勢力が迎え撃つ手筈《てはず》になっている。

オクラホマ州にあったフォート・シル基地は〈スポット〉に近すぎたため、電波障害と雷雨によって機能が麻痺《まひ》、そこに配備されていた三つの野戦砲兵連隊がそっくり移転してきているため、普段の二倍近い戦力がこのフォート・フッドに駐屯《ちゅうとん》している。Ｍ１Ａ１〈エイブラムス〉主力戦車、Ｍ１０９Ａ６自走砲、Ｍ１１０Ａ３八インチ自走榴弾砲、Ｍ１９８一五五ミリ榴弾砲などがずらりと砲身を連ね、ＭＩＭ－１０４Ａ〈ペイトリオット〉地対空ミサイルが空ににらみをきかせている。敷地内を行き来している兵士の数もやけに多かった。

「しかし、あんなもので本当に異星人に対抗できると思ってるのかね？」バートは疑問をストレートに口にした。「時間や重力まで操《あや》つれるような存在だ。科学力が違いすぎるだろう」

「確かに蟻が人間に立ち向かうようなものかもしれませんね」

ジープのハンドルを握っているアラン・ドレイク少尉は、まるで悩みがないかのように、明るいくだけた口調で答えた。彼はこれまで二回も〈スポット〉に行った経験があり、今回の〈アクエリアス〉作戦でも、分隊の指揮を執《と》ることになっていた。

「でも、何もしないでやられるのも癪《しやく》でしょう？　蟻でもちくりと刺すことぐらいはできるってことを、思い知らせてやらなくちゃ」

「蟻は刺さないよ」

「おや、そうでしたっけ？　都会育ちなもんでしてね。子供の頃に『昆虫記』を読んどけば良かったな」

助手席で風に吹かれながら、フェブラリーはくすくすと笑った。この若い少尉が好きになりかけていた。

バートは軍人に偏見を持っている。軍隊に志願するような連中はみんな殺人狂だと思っている。だが、フェブラリーには分かっていた。軍人もやはり人間だ。悪人も中にはいるかもしれないが、この少尉のように誠実で気のいい者もいる。ふざけているように見える彼の態度の裏には、強い意志と誠実さが隠れていることを、彼女は見抜いていた。

「ほら、あれですよ」

ドレイク少尉は前方に顎《あご》をしゃくった。フェブラリーは走るジープから身を乗り出した。整列している戦車の向こうに、三台の軍用車両が止まっていた。二両連結で、断面は平たい台形をしており、箱のようなのっぺりした形状だった。単純な斜面で構成されたそのフォルムは、レーダーに対する多少のステルス効果があるだけではなく、地上車両の天敵である対戦車ヘリの三〇ミリ弾を、傾斜を利用してはじき返す効果もある。全体にカーキ色の砂漠用迷彩が施されており、車体の上からは、レーダー・ドームや機関砲、箱型の対空ミサイル・ランチャーなどが突き出していた。近づくにつれ、その怪物じみた大きさが分かってきた。高さは大型のトレーラーと大差ないのだが、横幅は倍近くある。その巨体を支えているのは、高さも幅も子供の背丈ほどもあるキャタピラだ。

少尉は一台の車両の横にジープを止めた。巨体のあちこちに整備兵がかじりつき、メンテナンスに余念がなかった。すでに何度も使用されたことがあるらしく、キャタピラにも車体の下部にも乾いた泥がこびりついている。高い位置にある運転席の扉には、強そうなロボットの顔が描かれ、〈オプティマス・プライム〉と書かれている。

「ドイツ製の戦術支援車両〈ウルヴァリン〉です。国内にはこの三台しかありません。これなら台風でずたずたになった道でも走破できる。現にもう何度も〈スポット〉に行ってるんです。エンジンはセラミック製だし、重要な電子機器は超伝導物質にくるまれて液体窒素《ちっそ》に浸され、シールドされてるから、磁気干渉にも強いんです」

「しかし、〈スポット〉の奥までは入れないんだろう?」

「もちろんです。こいつで運んでもらえるのは、磁気異常のはじまるあたり、嵐の切れるところまでです。それにしたって、嵐の中を何十マイルも歩くことに比べれば、ずっといいでしょう？　そうそう、もうひとつ見せてあげましょう」

少尉はジープを降り、トレーラーの後部扉に入ってゆくと、大きなライフルを持ち出してきた。まるでお気に入りのおもちゃを見せびらかす子供のようだった。

ライフルは肩当ての部分がやけに大きくて平たく、銃身が短かった。弾倉が後ろにあるブルパップ・タイプで、グリップと一体化したトリガー・ガードが後方に大きく傾斜しているため、未来的な印象がある。弾倉は残弾数が確認できる透明プラスチック製で、ずんぐりとしたボンベが付属していた。

「エアライフルです。ベースはオーストリア製のステアーAUGで、もともとプラスチックを多用してたのを、全体をセラミックとプラスチックで造り直しました。口径は五・五六ミリ。ガス圧は極限まで高めてありますから、充分に殺傷力があります」

「重そうだな」

「見かけほどじゃありません。それに〈スポット〉の中では何分の一にも軽くなります」

「そんなもので異星人と戦うのか？」

「無いよりはましでしょう？　それに私たち兵士は銃に信頼感を抱いてます。銃があるというだけで安心なんです」

そう言って彼はエアライフルを腰だめに構え、「トゥルルルル」と撃つまねをした。バートは露骨に嫌な顔をした。

「どんなものかね、人を殺す気分というのは？」

少尉はその皮肉に気づかないふりをして笑った。「まだ殺したことはありません。本物の戦場に行ったことはないんでね。できれば誰も殺さずに一生を終えたい——でも、殺さなきゃいけない時は、撃ちますよ」

「自分と同じ人間でも？」とフェブラリー。

「ああ」彼は力強くうなずいた。「もちろん人殺しが悪いことなのは知ってる。でも、時には悪いと分かっててもやらなきゃいけないこともある。自分が信じてるものを守るためにね」

「………」

「さて、そろそろブリーフィングの時間だ。行きましょう。みなさん待ってますよ」

会議室に集まった人間は、軍人と民間人を合わせても二十数人しかいなかった。これが〈アクエリアス〉作戦の全参加者なのだ。実際に〈スポット〉に入る人間は、さらにその半分でしかない。残りの者は〈スポット〉のとばぐちまで同行するものの、トレーラーで待機し、万一の事態に備えることになっていた。

バートも居残り組に振り分けられた。彼にはそれが不満だった。どうしてフェブラリーといっしょに行ってはいけないのか？

「簡単な数字の問題ですよ」ドレイク少尉は言った。「私の分隊は九人編成です。うち一人は衛生兵ですから、実質的には八人。そしてチームに加わる民間人は、エグバート博士、チャドウィック博士、チャドウィック博士の助手のポラック氏、それにフェブラリーです。つまり二人で一人をガードすることになる。これにあなたが加わったらどうなります？　ガードの数が足らなくなる。一人につき二人では、いざという時、カバーしきれなくなる可能性があるんです」

「だったら数を増やせばいい」

「多くすれば安全というわけでもないでしょう？　八人という部下の数は、私が把握できる限界でもあります。これ以上増やすとバランスが崩れる」

「僕も同じ意見です」同席していたノーマンが言った。「〈スポット〉の中では何が起こるか分からない。人数が多くなれば、かえってパニックが起こりやすくなり、危険です。人間行動学的にも正しいですよ」

人間行動学なんてくそくらえ、とバートは思った。親が子供を心配に思う気持ちを、学問で抑えつけられてたまるものか。それに――

「おい、ちょっと待ってくれ。一三人だって？」

「気にすることはないでしょう？」パーキンス大佐が口をはさんだ。「これは科学的な調査なんですよ。縁起をかつぐのは馬鹿げてます。娘さんを本当に大事に思われるなら、私たちプロに任せていただかなくては」

バートは視線を落とし、隣に座っているフェブラリーの顔色をうかがった。彼女もちらっと父の顔を見上げた。その心配そうな目が無言で語りかけていた。

（我慢して、パパ。私のために）

バートは黙りこんだ。確かに彼らの言うことは正論だったし、些細なことで難癖《なんくせ》をつけているように思われるのは嫌だった——しかし、何か釈然《しゃくぜん》としない感情が残った。

「よろしいですか？　では、チャドウィック博士にこの調査の科学的な側面について説明していただきましょう」

パーキンス大佐に紹介され、中年の天体物理学者が立ち上がった。タニアが理論派なのに対し、ピート・チャドウィックは実践《じっせん》派だった。理論をこねくり回すのは苦手だが、望遠鏡や実験器材をいじり回すのが楽しくてしかたないというタイプだ。太陽プロミネンスを観測するために、シャトルで宇宙に行ったこともある。

博士は手に懐中電灯に似た小さな器械を持っていた。プラスチックの筒の先端にはレンズがはまっており、反対側の端からはT字型のハンドルが飛び出している。

「今度の調査ではこれを全員に携帯してもらいます。これは〈ウィルソンの霧箱《きりばこ》〉と言って、最も原始的な放射線測定機です。使い方はこうやって——」

博士はハンドルに指をかけ、強く引っ張った。レンズがわずかに曇った。

「——こうするだけです。気圧が下がってシリンダーの中に霧ができる。放射線があたりを飛び交っているなら、この中に軌跡が生じます。蜘蛛《くも》の糸のような細い線です。何があるか分からん場所ですから、危険な放射線がないか、時々これで確認してください。まあ、これまでの調査隊員に被曝した例はないので、だいじょうぶだとは思いますが」

一人の兵士が手を上げた。「危険となる放射線の量の目安は？」

「そうですね。線の数が数えられるなら不安はありません。時計の文字盤に使うラジウム程度の被曝量です。しかし、数えられないほどたくさんの線が現われたら、なるべく早くその場所を離れた方が賢明でしょう。それでは本題に移りましょう――」

彼の背後のスクリーンに、クーガーズロックの市街図が投影された。あちこちに赤や緑の文字で、〈〇・四五〉とか〈二・七〉といった数字が表示され、同心円状に大雑把《おおざっぱ》な等高線のようなものが引かれている。しかし図の上半分には大きな空白があり、等高線も途中から破線に変わっていた。

「これまでの調査結果をまとめた図です。赤い数字は重力低下率。緑の数字は太陽スペクトルの赤方偏移から割り出した時間の加速率です。ご覧になって分かるように、このふたつは反比例関係にあるように思われます。これまでの調査では測定器材の精度が低く、測定値の信頼度はあまり高くありませんでした。今回は新たに改良したセラミック・スプリングを使用した重力計を持って行き、一〇〇〇分の一Gの精度で測定を行ない、重力と赤方偏移の関係を確認する予定です。これによって〈虚数仮説〉が検証されれば、〈スポット〉の構造の解明に大きな進歩となるでしょう。

問題は中心部の空白です。これまでの調査結果から推測すると、〈スポット〉の中心はクーガーズロックの中心からやや北寄りにあるものと思われますが、ここにはまだ足を踏み入れていないので、データが不足しています。航空機からの観測ではたいしたことは分かりません。

計算上では、ここの時間加速率は二〇〇倍に達していると思われます。〈スポット〉について何か重大なデータが得られるとしたら、おそらくこの場所でしょう。

ご存じのように、クーガーズロックは盆地にあり、西と北には山がせりだし、東には氾濫《はんらん》する河があります。幹線道路はどちらも破壊されていますから、接近可能なのは比較的平坦な南側だけです。しかし、ここは落雷の危険がもっとも大きい地域でもあります。これまでは危険地域を迂回《うかい》するルートを探そうとしたり、なるべく早く通り抜けようとしたりして、かえって多くの被害を出してきました。そこで今回は、より慎重な方法を取ることにしました……」

フェブラリーはスクリーンを見つめていたが、あまり真剣に聞いていなかった。すでに詳しく知っていることばかりだった。何しろ〈虚数仮説〉は彼女が思いついたものなのだから。

気にしているのは父のことだった。このところ、周囲の人間に突っかかっていくことが多くなっている。ひそかにトラブルを望んでいるのだ。誰かを怒らせたら、この計画が中止になるかもしれない――意識しているわけではないだろうが、無意識のうちにそう考えているのは確かだった。

それがフェブラリーには重かった。父が愛のためにどんどん愚《おろ》かになってゆく気がした。しかし「愛さないでくれ」なんて頼むことはできない。このままでは本当に憎んでしまいそうだった。愛することより憎むことの方が、ずっと楽に見えたのだ。

こんな気持ちを抱えたまま、〈スポット〉に行きたくない。

夕刻、ブリーフィングは終了した。作戦に参加する民間人たちは基地内で夕食を食べた後、プレハブ宿舎に泊まることになった。出発は明日の朝だ。

ドレイク少尉が宿舎の入口までついてきてくれた。

「じゃあね、フェブラリー。また今度」

「うん……」父に続いて建物の中に入ろうとして、フェブラリーはふと振り返った。「ねえ、少尉さん……」

「アランだよ」

「アラン……ひとつだけ教えて。あなたの守ってるものって何？」

少尉は胸を張って冗談めかして答えた。「正義と真実とアメリカン・ウェイさ」

「でも、真実が正しいこととは限らないでしょ？」

「う―ん、難しい質問だな」彼は急に真面目な顔になった。「でも、何が真実か分からないと、何が正しいことなのかも分からないんじゃないか？　俺ならまず、真実の方を選ぶな。何が正しいか考えるのはその後だ。分かるかい？」

「うん……」彼女はうなずいた。「分かるような気がする――じゃ、明日またね」

「またな」

その夜、バートは寝つかれなかった。赤いランプがともっているだけの暗い室内で、安っぽい壁を見上げながら、ここにはいないフェブラリーのことを考えていた。親子でいっしょに寝れるものだと思っていたのに、基地の連中が気をきかせて、フェブラリーにも個室を当てがったのだ。

(軍人の考えそうなことだ)彼は心の中で舌打ちした。(連中は父親の気持ちなんてまるで理解していないんだ。せめて最後の夜ぐらい……)

最後の夜——自分がそう考えているのに気づき、彼は愕然となった。いつの間にか、フェブラリーがもう戻ってこないものと決めつけていたのだ。

どうしてだろう? 本当に娘を愛しているなら、絶対に無事でいて欲しいと思うはずではないか。それとも心の中のどこかに、彼女が去ってくれることを望む気持ちがあるんだろうか。このままいっしょにいるのが苦しいから——いや、そんな馬鹿な。

ノブの回る音がして、部屋が少し明るくなった。バートは寝返りを打った。ドアが半分開いており、廊下の明かりをバックに、パジャマ姿のフェブラリーが無言で立っていた。その表情は影になっていて見えない。

バートはベッドの上に起き上がった。「どうした、寝られないのか?」

「気になってて……パパにひとつだけ訊《き》きたくて……」

フェブラリーは口ごもった。うつむき、床に落ちた自分の影を見つめる。重苦しい沈黙の中で、無限とも思える数十秒が過ぎた。彼女は何度も口を開きかけては、また閉じた。バートは不意に、娘が何を言おうとしているのか気づき、心臓の凍るような感覚を覚えた。何年も前からひそかに恐れていた瞬間だった。

（頼む、言わないでくれ！　それだけは！）

しかし、ついにフェブラリーは顔を上げた。父の顔を真正面から見つめ、涙をこらえ、震える小さな口で、その決定的な言葉を発した。

「パパ……私の本当のパパってどんな人？」

世界が崩壊した。肉体的な打撃にも似たショックを受け、よろめいて壁に肘をついた。悪夢であって欲しいと願ったが、そうではなかった。この瞬間、もう彼らの関係は後戻りできなくなったのだ。

「いつからだ……」彼はあえいだ。「いつから知ってた……？」

「ずっと前……何年も前から」

「誰に教わった？」

「誰にも……何となく分かってたの」

「なぜだ！　どうしてなんだ⁉」バートは急にヒステリックになって怒鳴り散らした。「私はお前を本当の娘と思って育ててきた。実の親が愛するように愛してきた。それなのになぜ分かるんだ⁉　どこが違うというんだ！」

「……ごめんなさい」

フェブラリーもまた苦しんでいた。自分自身の感情と、父親の悲しみの、その両方に。

「……ずっと黙っていようと思ってたの。気づいていないふりを続けるつもりだったの。言えばパパを苦しめるのは分かってたから……でも、耐えられなかったの……重すぎたの……本当にごめんなさい。悲しませるつもりじゃなかったのに……」

バートはようやく落着きを取り戻した。「……いいんだ。お前が謝ることはない。誰が悪いわけでもないいんだから」

フェブラリーは父に駆け寄り、抱きついた。こらえきれずに涙がこぼれ落ちる。

「私、悪い子よ。パパを悲しませたわ……」

「いいんだよ」

「でも、これだけは信じて。パパが嫌いだから行くんじゃないの。大好きよ。この世の誰よりも好き。離れたくない……だけど、やっぱり行かなくちゃいけないの。〈スポット〉をどうにかしないと、世界は滅びてしまうのよ」彼女は小さくしゃくりあげた。「私に何かできるか分からない。でも、何かしなくちゃいけないの。目をつぶることができないの。見えるのよ。何十億という人たちが、食べ物がなくなって、苦しみながら死んでゆく光景が……」

「もういい。何も言うな」

バートは娘をぎゅっと抱きしめ、言葉を封じた。

「ようやく分かった。私は間違ってた。お前に『いい子になれ』と言ってきた。欠点のない子に育てようとした。理想的な父親を演じようとしすぎたんだ……」

「パパ……」

「そんなのはくそくらえだ！　お前にいい子になんかなって欲しくない。優しさがお前を苦しめるのなら、そんなもの捨ててしまえ！　他人のことなんて気にかけるな！　不良になってもいい。人を殺したってかまわない。もっと悪人になれ！　憎め！　自分が楽になるためなら何だってしろ！　私を好きでいることがつらいなら、嫌いになれ！　私は……私はお前がこれ以上苦しむのを見たくない……！」

「だめよ、パパ、そんなこと言わないで……」

フェブラリーは父の肩にささやいた。

「何度もそう思ったの。みんなを嫌いになったらどんなに楽だろうって……でも、やっぱりいやよ。パパを好きでいたいもの。ずっと好きでいたいもの……！」

「フェブラリー……」

二人は長いこと暗がりで抱き合っていた。ずっと前から恐れていた時だったのに、この世でもっとも苦しい瞬間なのに、バートは不思議と満ちたりた気分だった。きっと、ようやくフェブラリーが心を開いてくれたからだろう。百万の偽りの幸福より、たとえ苦痛であっても、たったひとつの真実の方が嬉しかった。

フェブラリーも同じ気分だった。あの言葉を口にする前は、父との関係が崩壊することさえ覚悟していたのだ。そうなったらなったで、かえってすっきりすると思っていた――しかし、そうはならなかった。心の中の重荷を吐き出し、ほんの少しだけ軽くなった気がした。きっと偽りの親子を長く演じすぎ、真実に臆病になっていたのだ。

「……パパの横で寝ていい？」

「……ああ」

バートは毛布の端を持ち上げた。フェブラリーはその中にもぐりこみ、父のパジャマの胸に頬を押しつけた。温かかった。なつかしい匂いがした。頬の下で心臓が愛を刻んでいるのが感じられた。

「……お前の本当の父親の話は勘弁してくれ。今日はとても話せない。気持ちが高ぶりすぎてるからね」

「……ええ」

「だが、ひとつだけ言える。あいつはいい男だった。お前の母さんを愛していたし、あいつも愛されていた。私も好きだったよ」

「……死んだのね？」

「お前が生まれる前だ」

「今はそれだけでいいわ。〈スポット〉から戻ってきたら、残りを話して」

「どうしても行くのか？」

「ええ……でも、信じて。これが最後じゃないわ。必ず帰る。パパをもうこれ以上悲しませたくないもの」

バートは首を振った。「信じられないよ、私には。女の子はいつでも、父親から去っていくものだからな」

「信じて。いつかは離れる日が来るかもしれないけど、今じゃないわ。今はまだ、パパといっしょにいたい……」

「本当だね？　嘘《うそ》じゃないね？」

「ええ。もう嘘で生きるのはいや。私、これからは本当の自分で生きる……」そして、心の中で付け加えた——それがどんなにつらくとも、と。

「おやすみ、パパ」

「おやすみ、私の娘……」

5　嵐の壁を越えて

　戦術支援車両〈ウルヴァリン〉は鋼鉄の巨体を震わせ、やむことのない嵐の中をひたすら前進していた。道などというものはない。かつては赤い荒野だった地表は、今や一面のぬかるみと化している。今は夜で、空は暗く、ライトの照らし出すわずかな範囲しか見えなかった。まるで世界には泥の海しか存在しないように思えた。

　三台の〈ウルヴァリン〉が〈停滞台風〉の暴風雨圏に突入してから、すでに三〇時間近くが過ぎていた。クーガーズロックを取り巻く嵐の壁の厚さは、八〇～一〇〇マイル（一三〇～一六〇キロ）。ハイウェイを走れば二時間とかからない距離だ。しかしクーガーズロックに通じる幹線道路はすべて崖《がけ》崩れか洪水で寸断されている。だからこうして、果てしなく続くぬかるみを這うように進まねばならないのだ。キャタピラは激しく回転し、絶えず泥をはね散らかしている。深い泥にはまりこみ、身動きがとれなくなりかけたことも、一度や二度ではなかった。

　それでも何とか前進を続けていられるのは、〈ウルヴァリン〉の性能のおかげだった。セラミックを用いた大馬力のガスタービン・エンジン、悪路に強いハイドロニューマチック・サスペンション、それに泥道や湿地帯に適したドラゴンスケール・キャタピラの組み合わせは、たいていの障害を乗りきることができた。この車両が導入されるまで、〈スポット〉の調査は想像を絶する難業だったのだ。

車内は絶え間なく揺れていたが、それでもそこそこ快適と言えた。明るいし、暖かいし、思ったほど窮屈《きゆうくつ》でもない。激しく降る雨が機関銃のように天井を乱打していたが、その音も厚い複合装甲にはばまれて、あまり気にならなかった。床下から伝わってくる力強いエンジンの響きも、ベッドに横たわっている者には心地良い振動として感じられる。

「どのへんまで来た？」

頭上からのささやき声に、ベッドサイドのランプの明かりで本を読んでいたノーマンはびっくりして顔を上げた。バートが上部寝台から顔を出してのぞきこんでいた。

「起きてたんですか」

「眠れないんだ。この揺れが気になってね」

もちろん、気になっているのは揺ればかりではない。バートは隣のコンパートメントにいるフェブラリーのことを考え、折り畳み式のベッドにうずくまって可愛《かわい》く寝息をたてている姿を思い描いた。ここでもまた、親子が同じ部屋になることは許されなかった。スペースに限りがあるうえ、調査隊の中に女性は二人だけということで、タニアと同じコンパートメントを割り当てられたのだ。

「今は午前五時です。順調に進んでれば、そろそろ嵐を抜ける頃でしょう」

「長いな……」

そう言ってバートは、スリット状の小さな窓に目をやった。車内が暖かいので、防弾ガラスの内側にはうっすらと露が付いている。ガラスの外を雨がいくすじもの流れとなって伝い落ちており、その向こうは底無しの暗闇だった。

「そんなに心配することはありません。フェブラリーはあなたが考えているよりずっと強い子ですよ。自慢じゃありませんが、彼女は僕の生徒です。彼女の能力に関しては、あなたよりずっと良く知っているつもりです」

「その自信はどこから来るんだね？」

「自信と言うより、期待です。希望ですよ。彼女なら〈スポット〉の化けの皮をはがすことができる――いや、彼女でなくてはできない。そう信じてるんです」

ノーマンがフェブラリーに寄せる過大な期待は、最近では少しばかり鼻についてきた。バートは嫌な気分になった。フェブラリーが〈スポット〉行きを決意したのは、ノーマンのそそかしではないかと疑っていたのだ。口に出して言ったのでなくても、彼の無意識の考えをフェブラリーが感じ取り、影響されたということは充分に考えられる。

「どうしてそんなに〈スポット〉を憎むんだね？」

「憎む？　僕が？」

「そうとも」

バートは上部寝台から滑り降り、器材を詰めこんだトランクケースに座った。車内は禁煙なので、胸ポケットからガムを取り出して噛《か》む。ベッドに寝ているノーマンを見下ろすと、精神科医になった気分だった。

「客観的に見ているとは言わせんぞ」彼は問い詰めた。「君は喋る時いつも、フェブラリーと〈スポット〉を対極に置いているじゃないか。こっちの側にフェブラリー、あっちの側に〈スポット〉……」

「……なるほど」ノーマンは考えこんだ。今はじめて自分の思考に気がついたかのようだった。

「確かにそうかもしれませんね。あなたから指摘されるとは思いませんでした。いったいどっちが心理学者やら！」

「すると、その通りだと認めるんだな？」

「ええ、否定はしません。言われてみれば、〈スポット〉は僕にとって天敵みたいなものですからね」

「天敵？」

「ええ……前にお話ししましたっけ、僕がハイスクール時代、親の仕事の都合で三年ほどソルトレーク・シティにいたってこと？」

「ああ、聞いたような気がするな」

「僕が生まれ育ったのはカリフォルニアの小さな街ですが、そこでは人種偏見はさほど大っぴらじゃありませんでした。少なくとも子供の僕が気にかけるほどのものじゃなかった。黒人や先住民の友人がいましたが、彼らともこだわりなくつき合っていたんです。特にジムというシャスタ族の少年とは仲良しでした……。

ですから、ソルトレークに行ってびっくりしました。ご存じのように、あそこはモルモン教の総本山で、僕が入った学校も生徒の半分以上がモルモン教徒でした。クラスメートと話していて、何度もショックを受けましたよ。彼らはインディアンが白人より劣《おと》っているとはっきり言うんです。心からそう信じてるんですよ。モルモン教の教典には、インディアンはエルサレムから来たイスラエル人の子孫で、神の怒りにふれたために肌の色を変えられたと書かれているんです」

「しかし、モルモン教徒は黒人やインディアンに対して昔から親切だったんじゃないかね。そう聞いたことがあるが？」

「ええ。しかし、それは偏見に基《もと》づく親切なんです。彼らを正しい神の教えに導いてやれば、いつか神の怒りが解け、白く美しい肌に生まれ変われるはずだ。彼ら哀《あわ》れな有色人種を救済するのが我々の義務だ、ってわけですよ。

僕はつらかった。僕の家系は生粋《きっすい》のＷＡＳＰ（白人アングロ・サクソン新教徒）です。だからこそ、自分と同じ肌の色をした人たちが、愚かな偏見にとらわれているのが悲しかった。自分の白い肌が恥かしくなりました――特に思春期の多感な時期でしたからね。

誤解しないでください。モルモン教だけが悪いって言ってるんじゃない。カトリックであれプロテスタントであれ、仏教であれイスラム教であれ、結局は同じようなものなんですよ。科学的には何の根拠もない嘘っぱちを『真理』と称し、人種や性別や身分による偏見を人々に押しつけるんです」

「それはちょっと極端じゃないか？」バートは眉をひそめた。「イエスは『すべての人は神の前に平等である』と言ったはずだ」

「確かにね。イエスは本心からそう願って言ったと思いますよ――しかし、後世の人間が勝手に注釈を付け加えた。『ただし、黒人やインディアンは人間以下の存在であるから、平等である必要はない』……西部開拓時代には、金曜日に黒人を鞭《むち》で打ち、土曜日にインディアンを虐殺した人が、日曜日には平然とミサに出てたりしたんですからね。

人種偏見ばかりじゃない。世の中にはとんでもない考えが無数にまかり通っています。ピラミッドは宇宙人が建てた。ミステリー・ヒル（ニューハンプシャー州にある石造りの遺跡）はフェニキア人の住居だった。皮膚呼吸ができなくなると人間は死ぬ。ニューヨークの下水道には白いワニが棲《す》んでいる。星占い。ムーとアトランティス。ビッグフット。創造説。ヴェリコフスキー……どれを取ってみても、ちょっと考えたり調べたりすれば、おかしいと分かることばかりです。

僕はいろいろ考えました。なぜ彼らは目の前にぶら下がっている明白な事実から目をそらし続けることができるのか？　学歴の高い人も多いのですから、無知のせいとは思えません。また、エゴイズムや邪悪な動機のせいとは言いきれません。そもそも彼らは自分たちが間違いを犯していることにすら気がついていないのですから。

確かに魂《たましい》の不滅とか死後の救済とかは魅力的な考えです。人間が誰でも持つ死に対する恐怖を軽くし、進むべき道を示してくれる……だけど、何の証拠もない。論理的にもでたらめだ。どの宗教もただ『信ぜよ』と言うだけです。その誘惑に負けた人間は、魂の安らぎを手に入れる代わり、大きな代償を払わなくてはなりません。この世に論理を超越したものがあることを認めなくてはならない。自分の目で見て、頭で善悪を判断することを放棄してしまうんです。その結果、偉い人が言ったことを鵜呑《うの》みにする習性がついてしまう……」

なるほど、糸がつながったぞ、とバートは思った。「それで心理サイバネティクスに進んだんだな？　人がものを考えるメカニズムを知るために？」

「そうです。すべての人間が正しく思考するようになれば、この世から多くの悲劇をなくすことができる……当時、心理サイバネティクスを教えているのはテキサス大学だけでしたからね。それで親許を離れて、こっちに移って来たわけです」

「それで、どうして〈スポット〉が天敵なんだね？」

「分かりませんか？　新聞や雑誌を見てください！　〈スポット〉の出現が宗教家やオカルティストにどれだけもてはやされていることか。これまで科学は宗教を裏切り続けてきました。地動説、解剖学、進化論、ビッグバン理論……科学が進歩するたびに、宗教にとって都合の悪い証拠ばかり出てきたんです。今や物質の構造や宇宙の誕生の秘密が解明されるところまで来ました。かつてラプラスがナポレオンに言ったように、『創造主などという仮説』は必要なくなったんです。

そこに現われたのが、科学の常識をくつがえす〈スポット〉です。あれは彼らにとって反科学、非合理の象徴なんです。科学によってとどめを刺されたはずの古典的な『神』なんです。

正直言って、僕は〈スポット〉を消滅させられるかどうかより、解明できるかどうかが重要だと思っています。もちろん〈スポット〉がこのまま地上に居座り続けたら、異常気象のために多くの人が死ぬでしょう。でも、人類が絶滅することはないはずです。どんな劣悪な環境でも、人類は生き延びられると思います。

しかし、〈スポット〉を科学的に解明するのに失敗したら、非合理主義が勝利をおさめるでしょう。世界は暗黒時代に逆戻りです。無知こそ美徳なりと信じこまされた哀れな人々が、科学に背を向け、飢えや病気に苦しみながら、盲目的に〈スポット〉を崇拝《すうはい》し続ける……そんな未来図が思い浮かぶんです」

「それでフェブラリーをぶつけるというわけか？　オムニパシーこそ君の言う『正しい考え方』というわけだな？」フェブラリーを道具扱いされているような気がして、バートは不愉快になった。

「彼女は最後の希望です。世界を呑みこもうとしている暗黒の力に対抗できるのは、彼女だけだと思えるんです」

「素晴らしい思想だな……だが、その考えは根本的に間違ってる」

「え？」

「君は宗教を否定しているつもりだろうが、君の考えはまるっきり〝フェブラリー教〟だ。あの子を偶像視し、崇拝している。しかし、あの子は神でも超人でもない。人間だよ。私の娘なんだ」

「………」

「もし、君の期待があの子に無用のプレッシャーをかけているのなら、私は君を憎むよ。私は全人類よりもあの子一人の方が大切だ」

気まずい沈黙が流れた。少し言い過ぎたかな、とバートは思った。だが、口にしたことはすべて真実だった……。

その時、彼は変化に気がついた。まだ車の揺れは続いているが、さっきまで聞こえていた雨の音が、いつの間にかしなくなっている。窓の外を見ると、ガラスの表面に残った雨滴が強い風に吹き散らされているところだった。

「雨が止《や》んだぞ！」

「台風の目に入ったんでしょう。少し体が軽く感じませんか？」

ノーマンは起き上がり、ジャケットに袖《そで》を通した。内心の迷いをごまかすかのように、ふーっと大きくため息をつく。

「いよいよ到着らしい——コクピットに行ってみましょう」

〈ウルヴァリン〉の運転席は複雑な計器やディスプレイが並び、自動車よりも旅客機のコクピットに似ていた。大人四人が横に並べる広さがある。正面の窓は横長で小さく、運転はもっぱらモニター・カメラの映像に頼っていた。ドライバーとナビゲーターの他にオペレーターがいて、観測装置の表示を絶えず見張っている。

「おはよう」ノーマンは彼らに気安くあいさつした。「どこまで来た？」

「おはようございます」オペレーターは振り返って略式の敬礼をした。「もうだいぶ近づきましたよ。まだ風は強いですが、雨は抜けました。今、クーガーズロックのすぐ南にある丘陵の斜面を登っているところです。ほら、ここですよ」

彼は地図を広げ、その一点を指で押さえた。一二万五〇〇〇分の一の地図の上では、クーガーズロックまでもう指一本ほどの距離だった。

「直線距離で六マイルちょっとです。この丘を登りきれば、街が見えるでしょう」

「〈スポット〉の影響は?」

「すでに重力は八八パーセントにまで低下しています。磁気の影響も出てますね。シールドされてる電子機器はまだだいじょうぶですが、レーダーや通信機はもうだめです。ディスプレイにもノイズが出はじめてます」

彼の言う通り、コンピュータのモニター画面には、霧のような白い粒子状のノイズが流れていた。ちょうどその時、片方のキャタピラが大きな岩に乗り上げたらしく、車体ががくんと揺れた。

「だいじょうぶなのかね?」バートはシートの背にしがみついて不安そうに言った。「こんなところで立ち往生したら戻れないぞ」

「ご心配なく」ハンドルを操りながらドライバーが言った。「はなからコンピュータなんぞ頼ってませんよ。結局、運転するのは人間なんだ。カメラや電子機器がだめになったって、肉眼がある。エンジンが動き続ける限り進みますよ」

「頼もしいな」

「おい、シド。ちょっと砲座《ほうざ》に上がって後ろを見てくれ」オペレーターがナビゲーターに言った。「二号車と三号車からのビーコンが受信できなくなった。後部モニターもよく見えん。ちゃんとついて来てるか、肉眼で確認してくれ。だいじょうぶだとは思うんだが」

「OK」

ナビゲーターは席を立つと、狭い通路を駆けてゆき、前部車両の後端にある梯子《はしご》を身軽に登って、車体上部からドーム状に突き出した対空・対地両用の二連装三〇ミリ機関砲の砲座にもぐりこんだ。

「なにぶん、この車はバックミラーが無いもんでね」

そう言ってドライバーは笑った。

『だいじょうぶだ。ライトが見える。二台ともついて来てるぞ』インターカムからナビゲーターの声が聞こえた。『雲が切れて星が見える。夜明けが近いな。少し明るくなってきてるみたいだ……おい、前を見ろ！　すごいぞ！』

コクピットにいた四人は窓に身を乗り出した。〈ウルヴァリン〉はちょうど丘を登りきったところだった。はるか前方に不思議な光の集合体がせり上がってきた。ドライバーは思わずブレーキを踏んだ。

大地に落ちた銀河か、漁火《いさりび》のように見えた。何百という光が盆地の奥にゆらめき、燃えている。周辺部では赤っぽかったが、中央に近づくほど白く輝いていた。火災にしては炎や煙が見えなかったし、電気の光ほどくっきりしていない。船乗りの伝説に出てくる〝セントエルモの火〟というのは、こんな感じかもしれない。時おり、奇妙な螺旋状の雷がひらめいた。四人は畏怖《いふ》と感動に打たれ、惚《ほう》けたようにその光景を見つめていた。

「あれがクーガーズロックです――〈スポット〉ですよ」

オペレーターがささやくように言った。

夜の〈スポット〉はこんな風に見えるのだ。光の正体は赤外線だった。街の中にはビルの鉄骨やら自動車の残骸やらがあって、今も高熱を放ち続けている。そこから出ている赤外線は、本来なら波長が長すぎて肉眼では見えるはずはないのだが、時間が速いために数十分の一に圧縮され、可視光線の波長になっているのだ。いわゆる青方偏移《ブルー・シフト》である。予備知識として知ってはいたが、実際に見るとかなり印象が違う。

「テレビで映像は見たことがあるが……」バートは口の中が渇《かわ》くのを覚えた。「何と言うか……不気味だ……またたいてるな」

「陽炎《かげろう》ですよ」オペレーターが言った。「空気の層で光が屈折してるんです。あの中はオーブンのようなものですからね」

「……そろそろみんなを起こした方がいいな」

ドライバーは後続車に警告するために後部のライトを点滅させた。

「ここから先は慎重に進まにゃあ……」

幸いにも丘を下っている途中では何もトラブルは起こらなかった。なだらかな斜面を中ほどまで降りたところで、ドレイク少尉は停止を命じた。〈スポット〉の中心から五マイルの地点で、街まではまだ少し距離がある。磁気障害がひどくてモニター・カメラがまったく使えなくなったうえ、車体の表面がわずかに熱を帯びはじめたので、これ以上の運転は危険と判断したのだ。

平坦な場所を選んで、三台の〈ウルヴァリン〉は扇状《おうぎ》に散開して停車した。夜が明け、空は明るくなりはじめていた。用心のため、車外に出るのは完全に明るくなってからということになった。すでに時間も狂っており、時計は役に立たない。

朝食後、トレーラーの後部ドアが開かれると、真っ先に飛び出したのはフェブラリーだった。お気に入りのピンクのリボンで髪をまとめ、特別誂《あつら》えの子供用の戦闘服を着ている。灰色を基調にしたモザイク状の都市迷彩で、前衛画家の作品のようだった。土の上でぴょんぴょんと跳ねてみる。確かに重力はいくらか小さくなっていて、内臓が浮き上がるような感じがした。

強い風が吹いていた。栗色の髪がひるがえり、服の肩のあたりがばたばたとはためいた。フェブラリーは自分の胸を抱き、ぶるっと震えた。

「こら、真っ先に出ちゃだめだろうが」

ドレイク少尉が彼女の頭を小突いた。

「君はこの任務の主役なんだぞ。君たち民間人を守るのが俺たちの務めだ。まず俺たちが先に出て、安全を確認してから君が出る。これが原則だ。分かったね?」

「イェッサー、少尉」フェブラリーは敬礼した。「今度から気をつけます」

「分かればよろしい」

そう言うと、彼はジャケットをフェブラリーに着せかけた。彼女は無言の微笑みで感謝を表現してから、あらためて周囲を見回した。

すでにあたりはすっかり明るくなっていた。見晴《みはら》しのいい丘の中腹で、小さなブッシュが散在している。地平線上のクーガーズロックの街並みは蜃気楼《しんきろう》のようにゆらめいていた。不気味な青方偏移の光も、明るさにまぎれてほとんど分からなくなっており、この距離からではさほど異様なものには見えなかった。例の螺旋状の稲妻《いなづま》が断続的にひらめいており、低い雷鳴が空気を震わせている。

むしろ壮観なのは空だった。高さ五万フィートに及ぶ巨大な暗い雲の壁が、ぐるりと四方を取り巻いているのだ。汚れた布きれを大量に積み上げたようで、普通の雲のように柔らかい感じがしなかった。見上げていると頭上からのしかかってくるように思え、何となく落ち着かない。雲のいちばん下からは雨のカーテンが垂れ下がっていた。時おり、小さな稲妻も光る。

空の色も奇妙だった。台風の中心には雲はないはずなのに、全体に白っぽい。まるで巨大なプラスチックのドームに覆われているような印象だった。南の空から天頂にかけてはややオレンジ色を帯びており、北の空高くにはエアブラシを吹きつけたような水色のベルトがあって、それが東から西まで空をアーチ状に横切っていた。

他の者もばらばらと外に出てきた。チャドウィック博士はすでに作業を開始していた。助手ともに重力計を運び出し、地面に固定して、微妙な調整を行なっている。いかめしい名前はついているが、要するに精密なバネ秤《ばかり》にすぎない。もちろん、プラスチックとガラスとセラミックでできている。

「〇・八〇三G」

博士は秤のバーニアの数値を読み、ノートに記入しながらため息をついた。

「まったくもどかしいな。最新型のレーザー・コリメーターなら、水平方向の偏差を一〇万分の一Gの精度で測定できるんだが。あれさえ使えれば、〈スポット〉の質量が軽くなっていることが簡単に証明できるものを……」

「愚痴《ぐち》を言ってもしかたありませんわ」タニアはなだめた。「一九世紀に戻ったつもりでやりましょう。マイケルソンやニューカムは、レーザーもコンピュータも使わずに光の速度を測定したんですよ」

「まったくだな。我々は便利な機械を使うのに慣れすぎたのかもしれん――どれ、スペクトログラフの用意をするか。そろそろ太陽が顔を出すだろう」

しばらくして、東方の雲の壁の上に太陽が現われた。チャドウィック博士は望遠鏡の筒先をそれに向けた。スリットを通った太陽光線はプリズムによって分解され、機械の後端のスクリーンに美しい虹を投影する。凡人には単なる光の遊びでしかないが、専門家には大きな意味があるのだ。

「見たまえ、この大きなずれを！」

チャドウィック博士はスペクトルの中にバーコードのように並んでいる暗い線——フラウンホーファー線を鉛筆の先でつついた。

「四八六一オングストロームの水素の吸収線が、スペクトルの黄色の領域までずれている。この青と緑の間にある二本はカルシウム・イオンだ。それに、本来なら紫外領域にあるはずの鉄の吸収線が可視領域に現われてるよ」

「クェーサー並みのドップラー・シフトね」タニアも興奮を隠せない。「波長のずれはどれぐらい？」

「F線を基準にすると、ざっと一二〇〇オングストロームほど長くなっている」電卓も使えないので、チャドウィックは紙と鉛筆で計算した。「一・二五〇倍だな。やはり重力の測定値と一致するね」

「赤方偏移してるんですか？」二人の会話を聞いていたバートは、不思議そうに太陽を見上げた。「思ったほど赤くは見えませんね……いや、少しオレンジがかってるかな？」

「この程度の赤方偏移じゃ、肉眼で見分けるのは難しいわね」とタニア。「普通の人は赤方偏移と言うと、単純に色が赤くなることだと思ってるわ。でも人間の目に感じる領域、つまり四〇〇〇から八〇〇〇オングストロームのあたりでは、太陽の輻射《ふくしゃ》エネルギーの分布はほぼ平坦なの。だから、少しぐらい赤い方にずれても違いが分からない。むしろ空の色の方が変化が顕著ね」

「この白い空は赤方偏移か⁉」

「そう。空の青さは太陽光線が空気中の分子や埃《ほこり》でレイリー散乱するせいだけど、本来なら青い方に片寄っているはずのレイリー散乱光が、可視領域全体にずれてきているから、赤から紫までの光が均等に混ざって、白っぽく見えるわけ。もっと〈スポット〉の中心に近づけば、太陽も空もはっきり赤く見えるようになるわ。というのも、紫外線のほとんどは超高空のオゾン層に吸収されて地上まで届かないから、可視領域が紫の方にずれてゆくにつれて、スペクトルが紫の端から欠けてゆくわけね」

「そんな太陽をフェブラリーが見るのか？」

「そうね」太陽を見上げ、タニアは感慨深げに言った。「普通の子供にはできない体験でしょうね」

「何だか不思議な気分」

フェブラリーは遠いクーガーズロックを眺め、夢見るように言った。

「このあたりではもう、時間が外の世界より二五パーセントも速く流れてる。だけど、私たちはそれにぜんぜん気がつかない……外の世界の人から見たら、私たち、早口で喋ってるように見えるでしょうね」

「ひとつだけ言っておくぞ、フェブラリー」

ドレイク少尉はしゃがみこんで彼女の耳にささやいた。

「俺は前にもあそこに行ったことがある。あそこの危険は、肉体的なものというより、精神的なものだ。常識の通用しない未知の空間に入ってゆく。太陽の色が変わり、体が浮き上がる。何が出てくるか、何が起こるか分からない。俺たち軍人でも恐ろしいんだ。そのプレッシャーときたら、想像もつかないだろうな」

「分かってるわ」フェブラリーは言った。すでに少尉自身の口調から、その不安の大きさを理解していた。

「それでも行くのか？　本当に？　やめるなら今のうちだぞ」

「やめない。もう決めたんだもの。それに、プレッシャーには耐えられると思うわ」

「だといいが」少尉はため息をついて立ち上がった。「君のお父さんの気持ちが分からないな。俺が父親なら、こんな危険なこと、絶対に許可しないがな」

「……パパは許可なんかしていない」

フェブラリーは悲しげに微笑んだ。

「今だって許してくれてないわ……」

6　赤い太陽

　トレーラーの中から測定器材や数日分の食料、医薬品などが降ろされた。兵士たちは分担してそれを背負う。調査隊は日没までには帰還する予定だったが、〈スポット〉内ではそれは何日にも相当するのだ。

「所持品を再確認しろ！」少尉は怒鳴った。「金属製品はすべて置いていけ。ライター、ボールペン、ナイフ、時計、何もかもだ。髭《ひげ》は剃《そ》ったか？　しばらくは剃れないぞ」

「このペンダントはだめですか？」一人の兵士が首にかけた金色の細い鎖を示した。「ガールフレンドから貰ったもので、本物の金なんですが」

　純金なら電気抵抗は鉄の一〇分の一ほどしかないから、高周波磁場の中でもそれほど過熱しないはずだ。

　少尉はその鎖に触れた。「少し温かくなってるぞ？」

「俺の体温ですよ。肌身離さず身につけてますから」

「だといいが……一回目か二回目の遠征の時、途中で歯が痛くなった奴がいたそうだ。本人は銀歯だと思ってたが、アマルガムだったんだ。歯医者に騙《だま》されてたんだな」

　兵士は少し考えてから、ため息をついて、その鎖を首からはずした。

「よーし、整列！」

準備が終わったのを確認して、ドレイク少尉は声をかけた。八人の兵士はさっと横一列に並び、気をつけをした。

「俺たちが〈スポット〉に行くのは、これが初めてってわけじゃない。だから、心得についてくだくだしく話そうとは思わん。そういうのは俺のスタイルじゃないしな。だが、今回はこれまでの探索とはひとつだけ違う点がある——銃があるってことだ」

少尉は肩からぶら下げたエアライフルをぽんと叩いた。

「いいか、誤解するんじゃないぞ。こいつは異星人と戦うためにあるんじゃない。異星人と出会っても撃つな。たとえ相手に攻撃されているように思えても、最後の最後までトリガーは引くな。正当防衛なんて考え方は捨てろ。恐怖で判断を誤《あやま》るな。

なぜか？　異星人が本当に敵意を持っているのか、俺たちには分からんからだ。奴らの意図を解明するのは学者さんたちであって、俺たち兵士の仕事じゃない。うかつなことはするな。握手しようとして手を差し伸べても、相手にはそれが侮辱《ぶじょく》のしぐさになるかもしれん。その反対も考えられる。奴らはこうやってあいさつするのかもしれん」

少尉はさっと中指を立てた。兵士たちは笑った。

「では、何のために銃を持って行くんです？」兵士の一人が言った。

「いざという時のためだ」

「いざという時とは？」

「それを判断するのが優秀な兵士ってもんだろうが。違うか？」

少尉はいたずらっぽく微笑んだが、その眼の輝きは真剣そのものだった。

「トリガーを引くだけならバカでもできる。俺たちプロの兵隊がスタローンと違うのは、いつトリガーを引くべきかを知ってるってことだ。そこをよく考えろ——じゃ、行くぞ！」

その合図で、兵士たちはばらばらと散らばり、護衛するべき四人の民間人をはさみこむような位置に立った。一見、隊列も何もないように見えるが、ちゃんと計算され、統率の取れた動きだった。

フェブラリーはその輪を素早くかいくぐり、小走りで父親に駆け寄った。低重力なので、少し足が浮き上がり、スローモーションのような動作だった。迎え入れるようにしゃがみこんだ父の首にしがみつき、頰に素早くキスをする。

「日暮れには帰るわね、パパ」

「ああ」

それだけしかバートには言えなかった。何を言えというのか？　今の感情を表現できるような言葉はなかった。何か喋ったら、涙があふれてきそうだった。

「行くぞ、フェブラリー」

少尉は二人の横に歩み寄った。バートに向かって敬礼すると、意図して事務的な口調で言った。

「娘さんはお預りします。必ずお返しします」

バートは無言でうなずいた。フェブラリーは微笑んだ。それが偽りの微笑みであることは、お互いに知っていた。騙すつもりのない嘘。騙されたふりをする嘘――優しさの生んだ嘘だった。

フェブラリーはくるりと身をひるがえし、隊列に駆け戻った。少尉が合図すると、列は動きだし、丘を下りはじめた。

フェブラリーは振り向かなかった。一歩ずつ、着実に、父から離れていった。体に似合わない大きなバックパックを背負っており、周囲を取り巻く大人たちの中で、その後ろ姿はひときわ小さく見えた。栗色の髪が風にひるがえる。そのはるか向こうには、ゆらめくクーガーズロックがあった。地平線に稲妻がまた光った。

見送るバートの心に、不安と疑惑が渦を巻いた。本当にこれが正しい選択だったのか？　どんな理由があろうと、決してフェブラリーを行かせるべきではなかったのでは？　縛りつけてでも、殴り倒してでも、止めるべきだったのでは……？

今からでも遅くない。大声で叫ぼう。あの子の名前を呼ぼう。追いかけていって力ずくで連れ戻そう。〈スポット〉がどうしたというんだ。地球が、人類がどうなろうとかまうものか。私にはあの子だけが大切なんだ……。

だが――バートにはできなかった。愛が足りないからではなく、愛しているからこそ、できなかった。二つの力の間で、心が引き裂かれそうだった。

遠くで雷鳴が轟《とどろ》いた。

「あの水色の帯はなんでしょうねえ?」

チャドウィックの助手のジェリー・ポラックは、空を見上げて言った。彼も〈スポット〉に来るのは初めてだった。

「さっきから気になってたんですよ。最初は目のせいかと思ったけど、確かにある。虹みたいにアーチを描いてますが、何かの光学現象でしょうかねえ?」

「あれこそ〈スポット〉が球状をしている証拠だよ」チャドウィックは歩きながら答えた。「〈スポット〉の中心から等距離にある場所では、時間は同じ速さで流れる。あれは我々のいる場所と同じ速さの層の断面なんだ。そこの空気から来るレイリー光は、当然のことながら青い色をしている。もっとも、その背後の時間の遅い層から来る波長の長い光と混ざって、かなり白くなっているがね」

「でも、それならアーチの内側からの光はもっと紫がかっているはずでしょう? ここより時間が速いんだから」

「レイリー光は太陽光線の散乱だってことを忘れちゃいかんよ。ここより内側ではスペクトルの中の青い方の光が欠落しているんだから、散乱だってほとんど起こらない。結果的に、その背後からの白色光だけが目立つわけだ」

「なるほど、そうでした。簡単なことなのに」ジェリーは自分の頭を叩いた。

「ここでは常識にとらわれていると判断を誤るぞ」チャドウィックは自分自身に言い聞かせる

ように言った。「今のうちに観察しておきたまえ。じきに見えなくなるはずだ」

水色のアーチの下、クーガーズロックの方角では、ひっきりなしに稲妻がひらめいていた。雷鳴が空気を震わせる。一行の緊張は否応《いやおう》なしに高まった。

もうじき、あの下に行くのだ。


一行は丘を下りきって平地に入った。冷たい風は強くなったり弱くなったりを繰り返し、時おり激しい勢いで横から砂粒を叩きつけてくる。それでも予想していたほどひどくはなかった。台風から吹きこんでくる風は湿気を含んでおり、砂埃《すなぼこり》が舞い上がるのを抑えているのだろう。そうでなければ、砂嵐で何も見えない状態になっていたはずだ。

重力が確実に小さくなってきているのはありがたかった。背中の荷物がどんどん軽くなるのだ。最初は持ってゆく器材の多さをこぼしていたチャドウィックたちも、これならもっと持って来るんだった、と悔しがるようになった。

チャドウィックの言葉通り、クーガーズロックに近づくにつれて、空にある水色のアーチを識別するのはしだいに困難になっていった。空は背後からしだいに赤く染まってゆき、太陽もまた、昇ったばかりだというのに夕陽のような色になっていた。

時々、立ち止まっては重力やスペクトルや磁気の観測をしていたので、一行の進み方は遅かった。主観時間で四時間ほど歩いたところで、放棄された農場にたどり着いた。地図で確認すると、ハニカット農場となっていた。〈スポット〉の中心からは三マイルの地点で、クーガーズロックは目と鼻の先だ。少尉は小休止を命じた。

農場を囲っている高さ四フィートほどの木の柵《さく》を、フェブラリーはほとんど助走もせずに、ひょいと飛び越えた。すでに重力はそれほど小さくなっていた。歩く時に体が跳ねてしまうのを抑えるのが難しいほどだ。

夕焼けに似た赤い空の下、荒廃が広がっていた。見渡すかぎり、彼らの他には生きているものの姿はない。小麦畑はもちろん、木々や雑草にいたるまで、すべて枯れ果ててしまっている。外界では三か月だが、ここではもう半年が過ぎていた。光合成に必要なエネルギーに乏しい赤い光と、何十時間も続く夜は、植物の生育にはきびしすぎる条件なのだ。強い風がしなびた小麦の穂を揺らし、畑全体がしゃらしゃらと乾いた音を立てていた。

フェブラリーはバックパックを降ろすと、打ち捨てられたトラクターのタイヤに腰かけ、膝《ひざ》の上に昼食を広げた。別の機会であったなら、農場はピクニックの場所として最適だったかもしれない。しかし、この荒れ果てた風景を前にしては、どうしても食欲が減退してしまう。おまけに父とのことが心の中にわだかまっていた。このさびしい風景が、自分の心の反映のように思えた。

「お姫さま、ご感想はいかがかな?」

少尉が陽気に声をかけてきた。フェブラリーは無理に笑おうとしたが、うまくいかなかった。しかたなく自分のつま先を見つめながら、ビスケットを何口かかじった。

「……さびしい場所だわ。火星ってこんな感じでしょうね」

「もう赤方偏移率は二倍を超えてる。つまり、今見えている光はみんな紫外線なんだ。これからどんどん暗くなるぞ。波長の短い光ほどオゾン層に吸収されやすいからな」

「ええ、分かってる」

少尉はフェブラリーの寄りかかっているトラクターのボンネットに手を当てた。

「かなり温かくなってきてるな。ここから先では、もう鉄やアルミは触ることもできなくなる。街の中心はひどい状態だろうな。ビルの鉄骨がみんな高温を発してるんだから。風が吹いてるとはいえ、オーブン・トースターの中のようなもんだ……」

なぜこの男が分かりきったことばかり喋っているのか、フェブラリーには理解できた。彼も怖いのだ。口調は明るいが、〈スポット〉に入ってゆく不安に耐えるのに懸命なのだ。だからフェブラリーを怖気《おじけ》づかせるようなことばかり言って、自分より弱い子供に不安を転嫁しようとしている――無論、悪意があるからではなく、無意識にやっていることだ。だが、本人すら気づいていないそうした心理すら、フェブラリーにはお見通しだった。人間の弱さをあらためて知り、彼女は悲しかった。

「ねえ、少尉――」

「アランだ」

「アラン。さっきの話だけど、本当はどう思ってるの、異星人のこと?」

「何でそんなことを訊くんだ? 俺は科学者じゃない。軍人だ」

「知りたいの。いろいろな人の考えを。何かの参考になるかもしれないから。兵隊さんとしての考えはどうなの？」

「そうだな……これだけ地球に騒ぎを起こしてるんだから、とうていETみたいに友好的な存在とは言えないな。しかし、単純に侵略とも思えない。人類を滅ぼすつもりなら、もっと賢いやり方があるはずだ。海の上とかオクラホマの田舎街とかに〈スポット〉を出現させる必然性は何もないからな。北緯三五度線にこだわる理由があるとしても、他にも重要な目標はいっぱいあったはずだ。トーキョーとか、テヘランとか、ロサンゼルスとか、ロス・アラモスとか――」

「ブエノスアイレスとか、キャンベラとか？」

「そう。連中はきっと人間のような姿はしてないだろうな。生物ですらないかもしれない。ロボットか、あるいは目に見えないエネルギーのようなものかも……俺たちとは異質すぎる存在なんだ。だから、お互いの存在を認識できない。〈スポット〉がクーガーズロックにぶつかったのは、たぶん偶然だろう。連中は俺たちに迷惑をかけてることすら気がついてないんじゃないかな。人間が蟻の巣を踏み潰しても気がつかないように――」

「違うわ」フェブラリーはきっぱりと言った。

少尉は目を丸くした。「どうして？」

「異星人が私たちと異質な存在だっていうのは賛成よ。彼らがどんな姿をしてるのか、何が目的なのかは、私にも見当がつかない。ひとつだけ確かなのは、彼らが――『彼』なのか『彼ら』なのか分からないけれど――人間の存在を認識してるってこと。そして、私たちに迷惑をかけているのを知っていることだわ」

「根拠は？」

「〈タイガー・バター〉よ。あれはお詫《わ》びのしるしだわ」

「お詫びだって⁉」

「他に考えられる？　あれが異星人の体の一部じゃないことは確かだわ。明らかに人工的に合成されたもの――それも、人間のために造られたものだわ。彼らは人間のことを知らないどころか、人間の体の仕組みについて知りつくしてるのよ。人間がどんなものを食べるか、ちゃんと分かってるに違いないわ。ただ、アミノ酸にDとLの二種類があることまでは気がつかなかったようだけど」

「あれが……〈タイガー・バター〉が食べ物だっていうのか⁉」

「そうよ。こんな風に――」

フェブラリーは食べていたビスケットを二つに割り、半分を少尉に差し出した。

「相手に好意を表現するのには、食べ物をあげるのが一番じゃない？」

少尉はビスケットのかけらを受け取り、茫然として首を振った。「信じられんな。そこまで人間について分かっているなら、どうして俺たちに話しかけてこない？　どうして呼びかけに答えないんだ？」

「生物学的な構造は分かってても、どうやって話しかけていいか分からないのよ。あまりにも話す方法が違いすぎていて、ぜんぜん理解できないんだわ。私たちには彼らの声が聞こえない。

彼らには私たちの声が聞こえない……」

「メタ・チョムスキー文法とかいうやつか？　君なら理解できるのか、フェブラリー？」

「そうだといいと思ってるんだけど……」

フェブラリーは少しさびしそうに言った。

「あなたならどうする、アラン？　どうやって蟻に話しかける？」

彼には答えられなかった。


「少尉、ちょっと来てください。納屋《なや》の中に妙なものがあるんです」

ブリッシュという名の伍長《ごちょう》が呼びに来た。少尉は怪訝《けげん》な顔をして納屋に向かった。フェブラリーもその後を追おうとする。

伍長は彼女を押しとどめた。「お嬢ちゃん、君が見てもしかたないよ」

「どうして？」

「君には関係のないものだからさ。R指定だ」

「死体ね？」

真実を言い当てられて、伍長はぎょっとなった。

「いいから見せて。何でも見ておかないと」

「だめだ。ひどい状態だから」

「ふうん……あら、あれは何？」

フェブラリーは頭上を指さした。伍長は驚いて空を振り仰ぐ。その隙《すき》に彼女は伍長の脇をすり抜け、少尉に追いついた。

「だめだ、フェブラリー！」納屋の中をちらっと覗いた少尉は、慌《あわ》てて彼女の肩をつかんで押し戻した。「君は見ちゃいけない」

「少尉！　気遣ってくれるのは分かるけど――」

「アランだよ」

「今は〝少尉〟にお話ししてるの」彼女は憤然《ふんぜん》として言った。「私は何のためにここに来たの？　あなたにお姫さまみたいに大切にガードしてもらうためだけ？」

「そんなことは――」

「ごめんなさい。言い過ぎたわ。でも、分かって。私はここにあるものは何でも見なくちゃいけないの。たくさんのものを見て、たくさんのことを知って、考えるの。それが私の仕事なのよ。私を守るのがあなたの仕事なのと同じように。ねえ、分かる？」

「分かることは分かるが――」

「写真を見たり、報告を聞くだけなら、わざわざここまで来る必要はないわ。じかにこの目で見ないと意味がないのよ。どんなにひどいものでも。ねえ、お願い」

「しかし、君のお父さんに――」

言いかけて、少尉は口ごもった。フェブラリーの真剣なまなざしは、どんな言葉にもまさる強制力を持っていた。

「分かった。見るがいい」

　彼はフェブラリーを解放した。二人はいっしょに納屋に入った。

　異様な腐敗臭がたちこめていた。散乱した藁《わら》の上に、痩《や》せ細った死体が横たわっていた。覚悟はしていたが、やはりフェブラリーはショックを受けた。かつては生きて、動いて、笑ったり泣いたりしていたはずのものが、こんな風に変わってしまうのか？　軽いめまいに襲われ、彼女は少しふらついた。

「大丈夫か？　吐きたかったら吐いてもいいぞ」

「……平気よ」

　彼女はかすれた声で言った。確かに吐き気がした。半ば腐った死体を長く見つめるのは、嫌悪感を通り越して苦痛だった。しかし、彼女は断固として目をそらそうとしなかった。

　ニュースを聞いて、他の者も納屋に集まってきた。衛生兵がみんなを押しのけ、死体の横にしゃがみこんだ。

「外傷はないな。血痕《けっこん》も、争ったような跡もない。病死かもしれん。死後二週間ってところか」彼は首をひねった。「確かに妙だな。どこから来たんだ？　それに、この妙な身なりは何だ？　浮浪者でももっとマシだぞ」

　死体はボロボロのズボンと長靴をはいているだけで、裸同然だった。胸には汚らしいタッパーウェアを大事そうに抱いている。それに手足の細さは少し異常だ。

「異星人の変身ですかね？」

ブリッシュ伍長が半ば本気で言った。子供の頃にビデオで見た『遊星からの物体X』を思い出したのだ。

「いいえ、人間よ」フェブラリーは蒼《あお》ざめた顔で、よろめきながら死体に近づいた。「脚を折ってるわ。ここまで這ってきたのよ。床に這った跡があるわ」

少尉は死体の脚と、床に散らばった藁に目をやり、彼女の言う通りだと知った。

「なるほど。ここで力尽きたか……では、ホームズ君。聞かせてくれ。こいつはどこから来たんだ？」

「中から……」

「何？」

「〈スポット〉の中よ。この細い手足は低重力の中で何十年も暮していたせいだわ」

「何十年⁉」

「そうよ。私たちにはほんの三か月でも、〈スポット〉の中心ではその一〇〇倍の時間が過ぎてるわ。何十年ぶりかで外に出ようとしたけど、骨がすっかりもろくなっていて、二分の一の重力にも耐えられなくなっていた——確かクーガーズロックから避難する時に、行方の分からなくなった人が何人かいたんじゃない？　あの騒ぎで記録がごちゃごちゃになって、確認できなかったようだけど」

「今までずっと〈スポット〉の中にいたって言うのか？　まさか！　だいたい、そんなに長い間、何を食べてたって言うんだ？」

「そのタッパーウェアを開けてみて」

少尉は半信半疑で死体の手から合成樹脂の容器をもぎ取ると、その指示に従った。容器の中にあったのは、どろりとした黄色い物質だった。腐りかけてはいるが、それには見覚えがあった。全員が息を呑んだ。

「〈タイガー・バター〉……」誰かがつぶやいた。

7 〈螺旋雷《スパイラル・ライトニング》〉

フェブラリーたちが出発してしばらくの間、バートはむっつりとして、誰とも口をきかなかった。昼食の時もみんなから離れて、〈ウルヴァリン〉の巨体の影でひっそりと缶詰のトマトスープをすすっていた。雷鳴が聞こえるたびに、びくっと肩を震わせた。とても全部食べる気になれず、ぼんやりしているうちにスープはすっかり冷えてしまった。

そんな彼の様子を見かねて、一人の兵士が声をかけてきた。今朝、言葉を交わした〈ウルヴァリン〉のオペレーターである。

「お嬢さんのことが心配なんでしょう？　ご覧になりませんか？」

バートは顔を上げた。「何を？」

「望遠鏡ですよ。彼らの姿が見えます」

オペレーターは背後を親指で示した。三台の〈ウルヴァリン〉が停車している場所の近くにテーブル状の岩があった。その上に数人の観測員が器材を設置し、〈スポット〉を観測している。望遠鏡を覗いている者もいた。

バートは少しためらってから、その岩の方へ歩いていった。岩は見かけよりもずっと大きく、沈みかけた船のように丘の斜面にのめりこんでいる。よじ登るのはさほど苦労ではなかった。

岩の上では観測員たちが彼には分からない機械をあれこれと操作していた。バートは彼らを無視し、まっすぐに望遠鏡へ近づいていった。

気配を感じたのか、望遠鏡を覗いていた兵士が振り返った。バートの顔を見て微笑み、無言で場所を譲る。望遠鏡はかなり重そうで、岩の上に三脚で固定されていた。観光地の展望台によく置いてある有料のやつに似ている。バートは腰をかがめ、おそるおそるそれを覗きこんだ。

最初はよく見えなかった。陽炎のために視界全体がさざ波のようにゆらめいている。そのうち目が慣れてきて、家のようなものが見分けられるようになり、その間に黒くて細長い影がいくつもちょこまかと動き回っているのが分かった。

バートは落胆した。確かに人間であることは分かるが、どれがフェブラリーかなんてとても見分けられない。小さな人影は絶えず跳ね回り、くっついたり離れたり、伸び縮みしたりしている。人数を数えることさえできない。

それにしても、何であんなに忙しそうに動いているのだろう?――そう考えて、バートははっとなった。時間の加速現象だ。彼らはすでに、ここより何倍も時間の速い場所に入りこんでいるのだ。

「どれぐらい離れているのかね?」

彼は望遠鏡を覗いたまま兵士に訊ねた。

「光線が屈折してるんで正確な測定はできませんが、まあ二・五マイルってとこでしょう。ここと〈スポット〉の中心との中間点あたりですね。あの動きから見ると、ここより二倍以上速く動いてるようですね」

「もうそんなところまで行ってるのか」

「これからが正念場ですよ。いちばん危険な地域にさしかかってますからね」

「〈螺旋雷《スパイラル・ライトニング》〉か……」

バートはまた不安になった。これまでに何人もの人間が〈螺旋雷〉の犠牲になっているのだ。すでに今朝から数え切れないほどの雷鳴を耳にしている。いくらオムニパシー能力者でも、落ちてくる雷をよけることはできないだろう……。

レンズから顔を上げると、街の周辺でまた紫色の電光がひらめくのが見えた。普通の雷はジグザグだったり枝分かれしてはいても、ほぼまっすぐに地上に落ちる。ところがその雷は、音楽のト音記号のような、奇妙にねじれた形をしていた。しかも雲がまったくないところに発生しているのだ。十数秒して雷鳴が聞こえてきた。

「何か連絡を取る方法は？」

「そうですねえ。無線は使えないし、声も届かないし……強力な紫外線ライトでもあれば、簡単な合図ぐらい送れるかもしれませんが……それが限度ですね。こんなにちらついてるんじゃ、モールス信号は無理だ」

「遠くのライトなんかには気づかないだろう。真っ昼間なのに」

「そうとも言えませんよ。あのあたりはもうだいぶ薄暗くなってるはずだから」

「暗い？」

バートは驚いたが、すぐにテレビで科学解説家が言っていたことを思い出した。太陽の光は〈スポット〉に入ると赤方偏移して波長が長くなるが、反射して出てくる時には青方偏移で短くなるから、差し引きゼロで、外からでは普通の明るさに見える。しかし中の人間にとっては違う。時間が数倍に加速されているフェブラリーたちには、今や太陽からの可視光線はすべて赤外線になっており、肉眼で見えるのは紫外線だけなのだ。そして太陽の紫外線の大半はオゾン層でさえぎられてしまうから、ほとんど地上に届かない……。

「どうも混乱してしまうな」バートは頭を振った。

兵士は苦笑した。「混乱してるのはあなただけじゃありませんよ」

その時、また雷鳴が轟いた。バートははっとして振り返った。その拍子に腕が接眼レンズに当たり、望遠鏡が少し揺れた。

慌ててレンズを覗きこんでみたが、望遠鏡の微妙な角度が変わってしまっており、人影は見つからなかった。兵士は苦々しげに舌打ちした。距離が離れすぎている。再び人影を視野に捉《とら》えるのは、まず不可能だろう。

協議の末、死体はテントにくるんで納屋に置いておき、帰りがけに回収することになった。

一行は農場を後にし、街へと続く田舎道を歩いた。

進むにつれて、空はますます赤く、鮮やかな血の色になっていった。夜が明けてから主観時間では半日ぐらい過ぎているはずなのに、太陽はまだ天頂に達してさえいなかった。赤い信号灯のようで、まともに見つめてもまぶしくない。

あたりはしだいに薄暗く、肌寒くなってきた。風景は何もかも暗赤色に染まり、まるで赤いフィルターを通して見ているようだった。クーガーズロックの市街地が放つ青方偏移の光も、再び肉眼で見えるようになってきた。赤とオレンジと白のイルミネーションが、一行を歓迎するかのように輝き、揺れている。

そそり立つ雲の壁から離れるにつれて、風は急速に弱まっていった。以前から知られていた気象学上のパラドックスである。風は渦を巻いて低気圧に吸いこまれるのだが、風速が大きく、回転の中心に近いほど、遠心力が大きくなる。つまり低気圧の中心には弱い風しか近づけないのだ。

もちろん時間の加速現象も関係しているに違いなかった。たとえ風が一定の速さでしか流れていないとしても、〈スポット〉の中心に近づけば時間が速くなるのだから、風速は相対的に遅くなるわけだ。

兵士の一人がエアライフルの試射をしてみたいと言い出した。もっともな意見だったのでドレイク少尉は許可した。強い磁場の中でも使えるように設計された武器で、もちろん何度もテストはされているのだが、実際に現場に持ちこまれるのはこれが初めてなのだ。いざという時にちゃんと使えるかどうか、今のうちにチェックしておく必要がある。

道端の畑に並んでいた杭《くい》が目標になった。兵士たちは一人ずつ順にそれを狙って撃った。ぱんぱんという迫力のない発射音とともに、杭から木片が飛び散る。

「簡単なものなのね」

ブリッシュ伍長のライフルの操作を横で見ていたフェブラリーが言った。一度見ただけで、彼女はもう完全に使い方を理解していた。

「ま、モデルガンに毛が生えたようなもんだけどな」伍長は肩をすくめた。「鋼板をぶち抜くなんてことはできんが、それでも人は殺せる……」

兵士たちが異星人には通用しないと知りつつも武器に頼りたがる理由が、フェブラリーにはよく分かった。それは〈スポット〉に核兵器を使用せよと主張している政治家の心理と似ているかもしれない――みんな不安なのだ。何でもいい、よりどころとなる力が欲しいのだ。

「弾丸の速度はどれぐらいなの？」タニアが訊ねた。

「ええっと、確か秒速〇・二マイルだとか聞きましたよ。ほとんど音速ですね。もっとも本物のライフルの初速はマッハ二から三だから、比較にはなりませんが」

そう言ってから、伍長はにやりと笑った。

「ねえ先生、ちょっと面白いことに気がついたんですがね。地球の引力から脱出するための速度って、確か秒速七マイルだったでしょ？　でも〈スポット〉の中心じゃ、弾丸のスピードは二〇〇倍、つまり秒速四〇マイルになる。空に向かって撃てば、弾丸は宇宙まで飛び出してゆくってわけだ！」

タニアは微笑した。「残念ながらそうはならないわ。見かけの重力は〈スポット〉の中心に近づくほど大きくなるのよ」

「見かけの重力？」

「そう。今の時間加速率はだいたい三倍だから、外から私たちを見れば、三倍の速さで動いているように見える。つまり、物が落ちるのにかかる時間は三分の一になってるはずよね？」

彼女は地面に落ちていた石を拾い、胸の高さまで持ち上げて落とした。石はややゆっくりと、一秒近くかかって落下した。

「一Gでなら石は一秒で約一六フィート落ちる。ところが、ここでは同じ距離を落ちるのに一・七秒もかかる。外から見てるとその三分の一、つまり〇・六秒で落ちるわけね。つまり外から見ると逆に重力は三倍になったように見える。これが見かけの重力。当然、〈スポット〉の中心では見かけの重力は二〇〇倍になってるわけだから、脱出速度はその平方根……ええっと、一四倍になるわね。秒速一〇〇マイルってとこかしら。たとえ弾丸の速さが秒速四〇マイルになっても、宇宙までは飛び出さないわ」

「ははあ？」伍長はぽかんとした表情になった。

「でも、かなりいい線まで届くと思うわ。たぶん成層圏の上あたりまでは……もちろん空気抵抗は無視しての話だけど――」

タニアの講義はジェリーのあげた大声で断ち切られた。

「チャドウィック博士、エグバート博士、これを見てください！」

一同はぞろぞろとジェリーの周囲に集まった。彼が興奮して指さしているのは、並んでいる杭のうちの一本だった。斧《おの》で割ったように縦に裂け、全体が焼け焦げている。

「落雷だな」チャドウィックは眉をひそめた。「それも新しい。このあたりはもう危険地帯というわけだ」

「よーし、みんな道から降りろ。急いで!」

ドレイク少尉はみんなを追いたてた。兵士たちは両腕に匍匐《ほふく》前進用の分厚いゴムのサポーターをはめ、道路より一段低くなった乾いた地面の上に、数メートル間隔をおいて腹這いになった。フェブラリーたちもそれに倣《なら》う。背負っていた荷物は降ろし、顔の前で抱きかかえる。全員が伏せたのを確認してから、少尉もバックパックを抱いてうつぶせになった。

これが〈螺旋雷〉に対する唯一の防御手段だった。これまでの調査隊は雷を甘く見てひどい目に遭《あ》っている。高い建築物も木もない平坦な田舎道を歩く人間は、雷にとって絶好の攻撃目標なのだ。

導電性セラミックでできた避雷針を持ち歩くという案も検討されたが、コンピュータ・シミュレーションによって、地面に伏せるという原始的な方法が最も安全と分かったのだ。たとえ時間はかかっても、立って歩く場合より、落雷に遭う確率は数百分の一になる。万一の時の被害を最小限にするために、なるべく互いにくっつき合わないようにすることも重要だった。

これまでに収集されたデータから、〈螺旋雷〉にはパターンや周期性は存在しないが、雷の落ちる場所は限定されていることが知られている。〈スポット〉の中心から一・五マイル以上、二・五マイル以内のドーナツ状の地域だ。中心から一・五マイル以内には落雷はほとんどない。つまり幅一マイルの地域を、文字通り運を天にまかせ、我慢して匍匐前進すればいいのだ。

一行は各自の荷物をずるずると押しながら、地面を這い進んだ。時おり、どこか遠くないところで、渦巻き形やスプリング形にねじれた電光がひらめき、ティンパニの乱打にも似た雷鳴が轟いた。そのたびに彼らはびくりとして動きを止め、いっそう低く這いつくばった。音がした時にはもう遅いのだと分かっているが、体がつい反射的に反応してしまうのだ。

重力が三分の一に低下していて、体や荷物が軽くなっているとは言え、一マイルの距離を這い進むのは大変な労働だ。おまけに軍隊の訓練を受けていない民間人もいる。何十メートルか進むごとに、止まって休憩しなくてはならなかった。まさにカタツムリのような遅々とした歩みだ。

主観時間で一時間もたった頃には、誰もが疲れ、嫌気がさしてきていた。サポーターはしていても、手はすりむけるし、腕は疲れる。ばかばかしいことをしているような気がして、衝動的に立ち上がりたくなる――しかし、ドレイク少尉は決してそれを許可しなかった。前回の調査の時には、一人の科学者がうっかり背伸びをした拍子に雷に撃たれ、即死したのだ。少尉はその瞬間を間近で目撃していた。落雷がほんの少しずれていたら、彼が死んでいたかもしれない。

一行は何度も落雷を目撃したが、幸いにも近い場所に落ちたものはひとつもなかった。しかし、気がつくと地面のあちこちに放射状に焼け焦げた落雷の跡があり、ひやりとさせられた。伏せていても絶対安心とは言えない。次の雷は自分の背中に落ちるかもしれないのだ。まるでロシアンルーレットである。

「なあ、こんな話を知ってるか？」

何度目かの休憩の時、一人の兵士が緊張をまぎらわせようとして言った。

「若い男と女が野原の真ん中でいちゃついてると、急に雷が鳴りだした。男は叫んだ。『危ないぞ。雷は金属に落ちるんだ。金属のものはみんな捨てろ』二人は腕時計やアクセサリーをみんなはずして投げ捨てた。男はさらに言った。『服のファスナーやブラジャーのホックも金属だ。みんな脱がなきゃだめだ』女は雷が怖いので男の言う通りにした。二人は裸になって野原にうつぶせになった。『だめだ、もっと低く』――」

「おい、やめとけ、ロブ。レディがいるんだぞ」

そのジョークのオチを知っている少尉がたしなめた。だが、フェブラリーはすでにオチを理解していた。勘が良すぎるのはこんな時に困る。顔が赤くなったのを悟られまいと、彼女は知らないふりをして空を見上げた。

その瞬間、閃光《せんこう》と大音響が大気を切り裂いた。隊列の先頭から三〇フィートと離れていない場所に、数億ボルトの光の柱が突き刺さったのだ。世界はまばゆい光に満たされ、空が崩れ落ちるかのような轟音が大地を震わせた。タニアが悲鳴をあげる。ほんの一瞬、ほぼ全員が、めまいとともに、体が締めつけられるような感覚を味わった。ちょうど顔を上げていたフェブラリーの網膜に、緑色の残像が強く焼きついた。

それで終わりではなかった。あたりには強い静電気が残り、髪の毛が下敷でこすったように逆立ち、肌がぴりぴりした。落雷地点の周囲では、人間の背丈ほどのミニチュア版の雷が、ぱちぱちと音をたてて踊っていた。強いオゾンの匂いが鼻をつく。やがてそれらは少しずつ薄れ、消えていった。

ようやく落ち着きを取り戻した一同は、おそるおそる顔を上げて落雷地点を見た。地面が丸く穿《うが》たれて、ゴルフボール大のクレーターになっており、その周囲に放射状の黒いすじが焼きついている。クレーターはまだうっすらと煙をあげていた。

「報告書で読んだ通りだわ……前の時もあんな現象が起きたの？」タニアは振り返り、少しうわずった声で少尉に訊ねた。

「ええ——一瞬だけど、変なめまいがして、何かが体を圧迫するような感じがしたんです。何でしょうね？」

「落雷の大電流が磁場を局所的にかき乱して、その周囲の時間加速効果が一時的に中和されるのかもしれないわね。それで私たちの体の中に、ほんの一瞬だけ時間の速い部分と遅い部分ができて、神経の作用が乱される……でも、あの二次的な放電現象は何かしら？　雷と磁場の相互作用だけじゃ説明がつかないわ」

「原因はたぶん空気そのものにあると思うわ」フェブラリーがまだくらんでいる目をこすりながら言った。

「空気ですって？」

「そうよ。確かＭＩＴ（マサチューセッツ工科大）のレポートにあったでしょ？　雷の発生原因についてのシミュレーションのやつ」

タニアはうなずいた。ＭＩＴの地球・大気・惑星科学部は、〈スポット〉周辺の大気に電荷が蓄積するメカニズムをコンピュータでシミュレートし、ある程度の成功を収めていた。フェブラリーと二人でそのＣＧを見たのだ。

大気中に充分な量のイオンが存在していると仮定すると、それは回転する高周波磁場の力によってプラスとマイナスに分離する。プラスの電荷は地中に流れこみ、マイナスの電荷は数千メートルの上空に押し上げられ、〈スポット〉の中心を半球状に囲む領域に蓄積する。こうして地上と空中に数億ボルトの電位差が生じる。空中に蓄積したマイナスの電荷は、地中のプラスの電荷と引き合い、地面に流れようとする。その時、マイナスの電荷がもっとも大きい領域を通り道に選ぶため、落雷は主として〈スポット〉の周辺部に集中するわけだ。

この説の欠点は、最初になぜ大量のイオンが発生するかを説明できないことだった。普通の雷の原因となる電荷は、雷雲の中で氷の粒子がぶつかり合う時に生じるとされている。しかし〈スポット〉の真上には雲は存在しない。核爆発の時に生じる強力なガンマ線も、空気を電離させて落雷の原因となるが、そういったものも観測されていない。ＭＩＴの学者は、高周波磁場がイオンを加速させ、それが空気分子とぶつかり合うことによってさらに多くのイオンを生み出すという、一種の増幅プロセスを提案したが、計算の結果、それだけではうまくいかないことが分かった。

「フェブラリーの言う通りだわ。高周波磁場とは別に、何か空気をイオン化させている未知の要素があるのよ。落雷による大電流がその作用を一時的に活発化する……単純な放射線のようなものじゃなさそうね。その要素が何か分かれば、〈スポット〉の謎を解明する手がかりになるかもしれない」

タニアは一時の恐慌状態から脱し、熱心に喋り続けた。兵士たちにとってライフルが不安をまぎらわすお守りであるように、彼女にとっては議論と思索が恐怖から逃れるための手段なのだ、とフェブラリーは思った。

「ようし、そろそろ出発だ」

少尉が声をかけた。一行はまた、長くて退屈で不安な前進を再開した。

主観時間で五時間ほどもかかって、彼らはどうにか危険地帯を通過し、クーガーズロックの住宅街に入った。これまでの調査隊は（行方不明になった一チーム以外は）危険地帯の途中で引き返しているので、ここまで深く〈スポット〉に踏みこんだ例はない。〈スポット〉の中心まで、あとほんの一・五マイルだった。

そこで彼らはＵＦＯを目撃した。

8　最初の接触

空はいっそう暗くなり、太陽の光もすっかり衰えていた。あちこちに火災の爪跡《つめあと》の残る無人の住宅街は、現像室を思わせる赤い薄闇の底に沈んでいた。ここでもやはり、芝生や街路樹はすべて枯れている。

重力は〇・一Gまで低下していた。これは月面より小さい値だ。もはや普通に歩くのは不可能になり、全員が子供のようにスキップしていた。路上には錆《さ》びついたたくさんの自動車がうずくまっていたが、それらを飛び越えてゆくのは造作もないことだった。

いいことばかりではない。一歩ごとに両足が地面から離れてしまううえ、重い荷物を背負って重心が高くなっているので、かえって転びやすくなっている。フェブラリーも一回だけ転んだが、そのおかげで要領を学んだ。転びそうになったら素直に地面に手をついて、反動でさっと起き上がればいいのだ。倒れまいとして体勢を立て直そうとすると、無意識に地面を強く蹴ってしまい、かえってぶざまな結果になる。

他の者はもっと要領が悪かった。ジェリーは三度も転んだ。そのひっくり返り方がまた、ひどく派手なので、そのたびに兵士たちは笑った。しかし、低重力に慣れるまでは、彼らもずいぶん転んだのである。フェブラリーほど早く学んだ者は他にいない。

「コツは分かりました。もう転びませんよ」

そう断言した矢先、ジェリーはまたもひっくり返った。今度のは一番ひどかった。前につんのめった拍子に思いきり地面を蹴ってしまい、大きくジャンプしてしまったのだ。ジェリーは情けない悲鳴をあげながら弧を描いて飛んでゆき、鉄柵を飛び越え、一軒の家の庭に転がりこんだ。「九・三！」と誰かが言った。一同は爆笑した。

その時である。UFOが現われたのは。

道路の向こうから、青く光る多面体の群れが近づいてきた。地上三階ほどの高さに浮かび、くるくると回転しながら、自転車ぐらいの速さで音もなく飛行している。

「動くな！」少尉が叫んだ。

全員がその場で凍りついた。UFOは彼らに気づいた様子もなく、頭上を通過した。おかげで詳細に観察ができた。

UFOは全部で五機。うち一機は正八面体で、その周囲を飛び回っている四機は正四面体だった。いずれも一辺は一フィート（三〇センチ）ぐらい。半透明の物質でできており、内部から青い光を放っている。まったく音がせず、ジェット噴射管のようなものも見当たらない。

頭上を通り過ぎたUFOは、ある家の屋根の上で静止した。その家の煙突に黒いポリ袋がひっかかっており、風にばたばたとはためいている。正八面体は煙突の周囲でゆっくり弧を描くような運動をはじめ、他の四機はその周囲に滞空し、跳ねたり回転したり波打ったり、思い思いの動きをしている。

チャドウィック博士はプラスチックのカメラを取り出し、夢中で撮影しはじめた。他の者は身じろぎひとつせず、UFOの奇妙な挙動を見つめていた。

「前に見たことがある？」

タニアがささやいた。少尉はうなずいた。

「ここよりもっと外側で見かけました。あの時は正四面体が八機いましたが、それ以外は同じですね。声をかけたけど、まったく反応がなかった」

「音が聞こえないのかもしれないわ。私たちの姿も見えていないかも」

「ポリ袋に興味を持ってるのにですか？　なめられたもんだ」

「動くものにだけ反応するのかもしれないわ。蛙《かえる》の眼のように」

「どうやって飛んでるんでしょう？」

「間違いなく磁力ね。この高周波磁場にシンクロした磁場を作って、その反発力で浮いてるのよ。それで〈スポット〉の外では目撃されない説明がつく。きっと、この強い高周波磁場と弱い重力の中でしか飛べないのよ」

「生物だと思いますか？　それともただの機械？」

「さあ……」

UFOはまだ屋根の上にいた。八面体は円運動を続けているが、四面体の動きはまるでばらばらで、統率などないように見えた。上下左右に激しく動いているのもいれば、ほとんど止まっているのもいる。

「踊ってるようだ……」少尉がつぶやいた。

「俺たちをせせら笑ってやがるな」兵士の一人が言った。

「まるでコンピュータ・グラフィックを見てるみたいね」とタニア。

「あの形は分子構造を表現しているのかもしれん」とチャドウィック。

「RPGに使うダイスみたいだ」とジェリー。

フェブラリーの感想は誰とも違っていた。彼女が連想したのは「指」だった——一本の親指と、その他の四本の指。

彼女はずっと前にタニアに聞かされた古いSF小説のストーリーを思い出した。四次元の生物が出てくる話だ。三次元に住む人間に見えるのは、その生物の断面だけなのだ。その生物が三次元空間に指を突っこんだなら、人間の眼には、五個の球体がいきなり空中に出現したように見えるだろう……。

無論、あの多面体が超次元の立体の断面だというのではない。だが、この比喩はさほど真相からはずれてはいないだろう。五つの多面体はばらばらのように見えるが、ひとつの大きな存在の構成要素であり、その動きには明らかに意味があるのだ。

「タニア、あの左端にいる三角のやつ、分かる？　今はじっとしてるけど」

「ええ」

「次に右に動くわよ。それからぐるっと回って上昇するわ」

フェブラリーが言い終わらないうちに、その四面体は動き出した。ゆっくりと群れの中央まで移動し、そこで急にUターンして、上に向かう。

「次に右。それから少し止まって、急に下に落ちるわ。くるくると回って、そこから左に跳ねながら動いていく。左端に戻ったら、今度は上に――」

四面体はまるでフェブラリーに操られているかのように、彼女の言葉通りに動いた。

「フェブラリー！　あなた、あの動きが予測できるの⁉」

フェブラリーは肩をすくめた。「何となくね。ジェットコースターみたい。空中にレールが敷いてあるような感じなの」

「信じられない！　不規則な動きに見えるがなあ」と少尉。

「法則があるのよ。でも、意味までは分からないわ」

「じゃ、もしも襲ってくる時には事前に分かるな？」

「たぶん……でも、襲ってくる気配はないわ」

ブリッシュ伍長が進み出た。「少尉、あれに近づかせてください」

「近づくだって？」

「ええ。すぐ近くで観察すれば、何か分かるかもしれません。フェブラリーの言うことが正しいなら、危険はないはずでしょう？」

少尉は少し考えてから言った。「よし、やってみろ――チャドウィック博士、こいつに予備のカメラを貸してやってください」

伍長はカメラを受け取ると、全員に敬礼してから、ＵＦＯの方に向き直り、低重力を利用して大きくジャンプした。高さ七フィートはある煉瓦《れんが》の壁に飛び乗り、そこからさらに屋根に飛び移る。猫のような動きだった。

ＵＦＯは伍長の動きに反応した。ふわっと散開し、五機で正五角形を形成して彼を包囲する。だが、それはほんの数秒のことで、伍長が屋根にへばりついて動きを止めると、また煙突に戻って、さっきまでの動きを再開した。再びポリ袋に興味が移ったようだった。

伍長はゆっくりと上半身を起こした。ＵＦＯはすぐ近くを飛び回っており、手を伸ばせば届くほどだった。彼は至近距離で写真を何枚か撮った後、そろそろと腰に手をやり、ベルトに下げた霧箱を手に取った。先端を八面体に近づけ、ピストンを強く引く。

その動きがＵＦＯを刺激した。四面体のひとつがはじかれたように群れを飛び出し、大きな弧を描いて、伍長の背後から戻ってくる。

「後ろ！」

誰かが叫んだ。それがまずかった。そのままだったら四面体は伍長の横を通過したはずなのに、彼が振り返ったので、その肩に当たったのだ。彼は驚いて屋根の上をごろごろと転がり、中庭に落ちた。ＵＦＯの群れはそれを追ってくる。

少尉はとっさに石を投げた。当てる意志はなく、ＵＦＯの注意をそらすつもりだった。ところが偶然にも四面体のひとつに当たってしまった。その四面体はバランスを失ったらしく、ぐるぐると旋回して家の壁にぶつかり、砕けた。他の四機はすぐに上昇し、八面体を中心にして隊形を組み直すと、あっという間に飛び去った。

みんなは倒れている伍長に駆け寄った。彼はぴんぴんしていた。この低重力では、屋根から落ちてもたいしたことはない。UFOのぶつかった肩にも痣《あざ》ひとつなかった。みんなは胸を撫でおろした。

「チャドウィック博士、霧箱を使った時、白い線が三本ほど見えましたよ。明らかにあいつから放射されてました」

「本当か？　そいつは収穫だな」

「博士、これを見て！」

タニアが壊れたUFOの破片を拾ってきた。厚さは一インチほど。氷のように透明だが、もう光は発していない。手に取ったチャドウィックは驚いた。重力の小ささを考慮に入れても、空気のように軽かった。

「エアロゲルだ！」

「私もそう思いますわ」

「何ですか、それは？」少尉は怪訝な顔をした。

「テトラエトキシシランなどのシリカを原料にした乾燥ゲルだ。地球の技術でも簡単に造れる。体積の九〇パーセント以上が空気だから、非常に軽い。大きな断熱性と音響インピーダンスを有していて、屈折率も特異だ。放射線測定機の検知素子として使われている。さっきまで青く光っていたのは、間違いなくチェレンコフ放射だね。内部に荷電粒子の線源があったに違いない」

「空《から》っぽだわ。中身は飛んで行ったようね」とタニア。「きっとそれが磁気を生み出して、空を飛んでたんだわ。でも、いったい何かしら？」

「まさかマイクロ・ブラックホールとかじゃないでしょうね？」ジェリーが気味悪そうに言った。彼は少し想像力が過剰なところがあった。

チャドウィックは苦笑した。「だとしたら、我々はホーキング効果で吹っとんでるよ。ブラックホールが蒸発する時には、一〇〇〇メガトンぐらいの爆発が起きるからね」

「ええ、でもコイルも使わずにこんな大きな磁力を生み出せるのは――」

「ちょ、ちょっと待ってください」

暴走ぎみの議論に少尉がブレーキをかけた。

「素人にも分かるように説明してください。結局、これは人工物ってことですか？」

「さあ、それはどうかしら」タニアは言った。「シリカで構成された生物がいないとは断言できないもの」

少尉はため息をついた。これでは何も分からないのと同じだ。

「とにかく、ここを移動しましょう。まさかとは思うけど、あいつらが仲間を殺されて復讐に来るかもしれませんからね」

赤い太陽はまだ空高くにあって動かないが、体内時計は夜を告げていた。彼らは少し離れた場所に移動し、簡易テントを張って野営することにした。

このあたりでは鉄の温度は一〇〇℃を超えている。周囲には焼け残っている建物もあることはあるのだが、鉄骨が過熱して膨張し、コンクリートがひび割れているので、うかつに足を踏み入れるのは危険だった。燃えていない建物の中には、まだ爆発していない過熱した危険物があるかもしれないから、なおさらだ。

結局、少尉が野営の場所に選んだのは、ディスカウント・ストアの焼け跡の前にある駐車場だった。燃えた車の残骸がいくつか横たわっているが、それ以外に障害になりそうなものはない。見通しのいい場所にテントを張るなどというのは、軍隊の常識に反しているが、UFOを相手にそんな理屈が通用するとは思えない。火災や倒壊の危険を考えるなら、なるべく開けた場所にいるべきだと少尉は判断したのだ。

「まったく不思議な子だな」

プラスチックのレトルト・パックに入ったポークを食べながら、ドレイク少尉はひとり言のように言った。

「確かにすごい天才だけど、ぜんぜんそんな風に見えない。だけど、普通の女の子のつもりで話していると、いきなり難しいことをぺらぺら喋られて面食らってしまう……どんなことでもお見通しみたいだ」

当のフェブラリーは、少し離れたところにいた。コンクリートの電柱のてっぺんにちょこんと座り、街の中心の方をぼんやりと眺めながら、質素な夕食（ここでは日没までまだ何十時間もあるのだが）を食べていた。見た目は危なっかしいが、重力は一〇分の一Gしかないので、落ちてもまったく危険はないのだ。

「彼女の能力を過大評価してはだめよ」タニアが注意した。「彼女は決して超人じゃない。オムニパシーがあるという他は、まったく普通の女の子なのよ。彼女のテストに何度も立ち会ったけど、計算速度はたいして速くないし、暗記力もあまり優れているとは言えないわ」

「でも、あんなにいろいろなことが一瞬で分かるじゃないですか」

「それは私たちとは考えるやり方が違うからよ——少尉、あなた、一から一〇〇までの数字の合計を求めろと言われたら、計算にどれくらいかかる？」

少尉はスプーンの柄で頭をかいた。「計算は苦手なんですよ。三分か、四分か……もっとかかるかもしれませんね」

「昔、ドイツのガウスという天才数学者は、一〇歳の時にこれと同じような問題を先生から出されて、ほんの数秒で正解を出したと言われているわ」

「へえ？　そりゃすごい」

「素人にはそう思えるでしょうね。でも、コツがあるのよ。一と一〇〇を足せば一〇一になるでしょう？　二と九九も一〇一、三と九八も一〇一……そして五〇と五一でも一〇一。つまり一〇一を五〇倍すればいいのよ。正解は五〇五〇よ」

「なるほど、言われてみれば簡単だ」

「でしょう？　この逸話が本当かどうかは分からないけど、真実を突いてると思うわ。ガウスは確かに暗算は速かったけど、それだけでは天才とは呼ばれない。彼は問題を解く方法を発見する能力が優れていたのよ。コンピュータは与えられたプログラムに沿って計算するのは速いけど、自分でプログラムを組み立てることはできない。だから人間にとってはごく簡単な問題でも、ものすごく回り道をして考えてしまう。一から一〇〇まで順番に足してゆくような作業しかできないの。人間なら花を見て『ああ、花だな』と思うけど、コンピュータに花を認識させるのは大変なことなのよ。その物体の形と色を解析して、記憶しているあらゆる物体の形との相関を求め、〈花〉というカテゴリーに分類されている一連の物体との類似を検討して、ようやく『これは花と呼ばれる物体である確率が最も高いと思われます』と答えるわけよ。人間の認識能力にはとてもかなわないわ」

「つまりフェブラリーは、人間よりももっと認識能力が優れていると……？」

「というより、人間とコンピュータのいい部分が組み合わさっていると言えるわね。人間は物事を単純に記号化して考えがちだから、錯覚や偏見にとらわれて、間違いを犯すことが多いわ。フェブラリーの頭脳は普通の人よりはるかに複雑な情報処理ができる。さっきのUFOの時のように、私たちに見えないパターンが見えるのよ。

でも、誤解しないで。オムニパシーは決して人間を超える能力ではないのよ。ある意味で、私たちはみんなオムニパシーを持っていると言えるわ。ガウスは自分の業績を誉《ほ》め讃《たた》える人に対して、こう言っている。『もし世界中の人が私と同じように常に数学に没頭したならば、私の成した発見を自分たちで成し遂《と》げることができたでしょう』とね」

「でも、例の〈虚数仮説〉とやらはどうなるんです？　世界中の科学者が誰も解けなかった謎を、フェブラリーが解明したんでしょう？」

「確かにね。でも、言われてみればすごく簡単なことだったのよ。たとえフェブラリーが言い出さなくても、遅かれ早かれ誰かが発見していたに違いないわ——あなた、特殊相対性理論は知ってる？」

「宇宙船が光の速度に近づくと時間が遅くなるっていう、あれですか？」

「そうよ。数式で書けばこうなるわ」

　タニアはノートに鉛筆で方程式を走り書きした。

$$t=\sqrt{1-\left(\frac{v}{c}\right)^2}\cdot t_0$$

「地上の時間はt_0、宇宙船内の時間はtよ。vは宇宙船の速度、cは光の速度。vがcに比べて充分に小さい時は、ルートの中はほぼ一に等しいから、地上の時間t_0は宇宙船内の時間tと同じだわ。でもvが大きくなってcに近づくにつれて、ルートの中が小さくなって、宇宙船内の時間は遅くなっていく。これはずいぶん前から知られていたことだわ——でも、これは速度vが実数の場合よ。もし速度が虚数だったらどうなる？」

　少尉はノートを覗きこんで眉をしかめた。「ええっと、虚数の二乗はマイナスだから、速度が大きくなればなるほど、ルートの中が大きくなっていきますね……でも、虚数の速度って何ですか？」

「相対性理論を超光速に当てはめれば、物体の質量・時間・長さは虚数になるわ。速度は移動距離を移動に要した時間で割ったものだから、時間か距離かどちらかが虚数なら、速度も虚数になる。この場合、おそらく距離が虚数だと考えた方が妥当でしょうね。つまり〈スポット〉の中のすべての物質は、虚数次元へものすごいスピードで動いているのよ」

「虚数次元ですって？」

「そうよ。私たちの住んでいる三次元空間に、時間を加えた四次元——それらすべてに直交している次元よ。電磁気学なんかではずっと以前から方程式の中に虚数を用いているけど、この場合の虚数は計算上のものではなくて、実在するものなの。

三〇年ほど前に、日本のある技術者が複素電磁場理論というのを提唱しているわ。従来からあるマックスウェルの電磁気理論は、電場と磁場の関係が非対称なの。電気のプラスとマイナスは独立して存在してるけど、磁気のNとSはいつもペアでないと存在しない。だけど、私たちの知っている実数の時間と空間の他に、虚数の時間と空間が存在すると仮定すると、電場と磁場が対称になって、電磁気理論がきれいに整理されるのよ——もっとも、虚数のエネルギーが人間の意識だとかいう説になると、ちょっと眉唾《まゆつば》だけどね」

「何だか矛盾してますね。虚数（イマジナリー・ナンバー＝実在しない数字）が実在するなんて」

タニアは微笑した。「虚数という名前を発明したのはガウスだけど、これは彼の最大の失敗だと言われているわ。ゼロが実在するように、マイナス一の平方根・iは想像上《イマジナリー》のものではなくて、目には見えないけどちゃんと実在している数字なのよ」

「分かりました。虚数次元が実在することは認めましょう。物体がその方向に移動すれば時間が速くなる……でも、どうしてその動きが見えないんです？　クーガーズロックは一インチも動いているようには見えませんが」

「当然よ。実数座標の上では移動していないんですもの。虚数軸上の動きは私たちには見えないわ——これを見て」

彼女はノートの一枚を破り取ると、隅に小さく人間の形を描いた。それから紙の中央を突いて穴を開け、その中に鉛筆を通した。

「二次元の人間には、自分たちの住んでいる平面のことしか分からない。この鉛筆はどこで切断しても断面は六角形だから、彼らはこれを六角形の物体だと思いこんでいる。もし無限に長くて何の印もない鉛筆があったとしたら、それをこう——」彼女は鉛筆を紙の穴にゆっくりと突っこんだ。「スライドさせても、その動きは彼らには分からないわ」

「じゃあ、物体というのは、虚数次元に無限に長く伸びていると……？」

「そう仮定することもできそうね。普通の人は素粒子を点のようなものと思っているけど、四次元的に見れば、すべての粒子は時間軸の方向にひものように長く伸びているわ。地球は太陽の周囲を回っているから、その軌跡は時間の中では螺旋になる。私たちは通り過ぎる螺旋の三次元的な断面しか見ることができないから、地球は球だと思っているわけよ。

理論によれば、素粒子も極微のレベルでは点や球ではなく、陽子の大きさの一〇〇億分の一のそのまた一〇〇億分の一という、小さなひものような構造をしていることになるわ。こうした超ひも《スーパー・ストリング》は本来は一〇次元だったのが、そのうち六つの次元が収縮して崩壊して四次元になったと考えられている。実数次元がひもで構成されているなら、虚数次元がひもであっても不思議じゃないわね」

「でも、重力の低下はどうなります?」

「それも簡単よ。相対性理論によれば、高速ですれ違う物体の質量は増大する。その比率は時間の収縮と反比例の関係にあるわ。つまりこうね」

タニアは別の公式を書いた。

$$t = \frac{m_0}{\sqrt{1-\left(\frac{v}{c}\right)^2}}$$

「速度vが実数なら、質量mは大きくなる。速度が虚数なら、逆に質量は小さくなる――地球の他の場所から見ればクーガーズロックの質量が小さくなったように見えるけど、ここから見ると地球の質量が小さくなったように見える。だから重力も小さくなるわけよ」

「ちょっと待ってください。質量の変化は時間の変化と反比例の関係にあるわけでしょう?

だったら、クーガーズロックから外を見れば時間は遅く見えるんだから、地球の質量は大きくなったように見えるはずじゃないですか」

「相対論では運動は相対的なのよ。絶対的な静止座標系というものが存在しないから、どっちが動いているかは決められない。すれ違う観測者同士は、互いに相手の方が動いているように見えるの」

「よけい変ですよ。だったら、〈スポット〉の中から外を見ても、時間は速くなってるはずでしょう?」

「昔からある〈双子のパラドックス〉の裏返しね。厳密に説明しようとすれば、光行差とか一般相対論を持ち出さなければならなくなるから、ややこしくなるわ。実を言えば、そのあたりはまだ議論の余地が残っているの。もしかしたら虚数次元の超ひもは直線じゃなく、小さなリング状なのかもしれない。リングが高速で回転しているとすれば、その動きは往復運動になるから、〈双子のパラドックス〉の解法をそのままあてはめることができるわ」

「はあ……」

少尉は困った顔でうなずいた。すでに彼の乏しい科学知識では理解できない話になっている。

「別の解釈もあってね、物体が光速に近づいても、運動エネルギーが増加するだけで質量は増えない、だから重力も強くならないと考えている物理学者も多いの。その場合、重力の低下の原因はローレンツ収縮に求めなくてはならなくなる」

「光速に近づくと宇宙船が縮むってやつですか?」

「そう。この場合はローレンツ伸張とでも呼ぶべきかしら。クーガーズロックから見て、すれ違う地球は虚数次元方向に長く伸びているように見える。断面積がそのままで長さが増えると、体積が増える。質量がそのままで体積が増えるから、密度は小さくなり、重力も小さくなる――ただ、この解釈を採用すると、重力場の方程式に虚数次元の密度を導入する必要が出てきて、現在の重力理論はパニックに陥るわね。

謎を解く鍵は、たぶんこの高周波磁場にあると思うの。これは物体が虚数次元にスライドしたり、回転したりする際に生じる副次的な現象なのか。それとも、この磁場がリニアモーターのように作用して、粒子を虚数次元方向に押し出しているのか……磁場の状態を詳しく解明して、それに沿って従来の理論を修正しなくてはならないわね。何にしても、基本的な点ではフェブラリーの考えが正しいのは間違いないと思うわ。

もちろん、彼女には高度な数学の素養はないから、複雑な方程式を書くことはできない。その代わり、鋭い直感で真相を解明するヒントをつかんで、それを示唆してくれるの。それを数式によって具体化するのが、私たち物理学者の仕事なのよ」

「彼女をここに連れて来たのも、それが目的なんですね？」

「そう。この現象のおおまかな原理は分かったけど、まだ大事なことがさっぱり分かっていない――『誰が？』『なぜ？』……この二点を知らなくてはならないの。乏しい情報の中から手がかりを得るには、どうしてもフェブラリーの能力が必要だわ」

「彼女にそれができると思いますか？」

「さあ、何とも言えないわね。でも、さっきのUFOの一件を見ていると、期待できるわ。まったく無意味と思われていた多面体の動きを、あの子は確かに読み取った。あれは異星人の意志を理解する第一歩だわ」

タニアは振り返り、電柱の上に鳥のように座っているフェブラリーを眺めた。

「何を考えてるのかしら。あの子の心の中を知りたいわ……」


フェブラリーは電柱の上で誰にも邪魔されずに黙々と食事をしていた。こんな場所を選んだのは気まぐれではない。自分ひとりでじっくりと考えてみたかったのだ。電柱には鉄筋が入っているため、尻の下で温かかった。

ここからだと街の中心部がよく見えた。美しい光の洪水だ。すべての建物がぼんやりとした光の衣をまとっている。光は中央では白く輝いていたが、周辺では赤っぽく、色褪《あ》せている。回転を止めたメリーゴーランドのようだった。静かで、不気味で、きらびやかだったが、死んだ光景だった。

時おり、遠くで〈螺旋雷〉がひらめき、空を赤く染める。数十秒して、コントラバスのような不気味な低音が響いてくる。〈螺旋雷〉の雷鳴が、通常より二～三オクターブも低い音として聞こえるのだ。

食事をしながら、いろいろなことを考えていた。常識や偏見にとらわれないメタ・チョムスキー文法による思考は、普通の人間よりずっと速く、深く、多彩な角度から検討し、多くのものを組み合わせ、考えることができた。〈スポット〉のこと、多面体のこと、〈タイガー・バター〉のこと、あの死体のこと。ノーマンのこと、タニアのこと、少尉のこと、父のこと……。

しかし、今いちばん心を奪われているのは、さっきからずっと自分たちをつけている人物のことだった。

9　廃虚の少年

テントに入って横になっても、尾行者のことが気になって、なかなか寝つかれなかった。

その人物の存在に気づいたのは、主観時間で数時間前、あの多面体のＵＦＯとの遭遇の直後だった。焼けて真っ黒なジャングルジムと化した家々が立ち並ぶ住宅街を、兵士たちとともに急ぎ足で横切っている途中、視野の隅《すみ》にちらっと影が動くのを見たのだ。他の者なら気づかなかったか、気づいても気のせいと思ってすぐに忘れてしまっただろう。しかしオムニパシーは現実と錯覚を明確に区別することができた。それは確かに人間の影だった。

それから彼女は慎重に観察するようになった。違う方向を眺めているふりをしながら、ちらちらと横目で人影の潜《ひそ》んでいるあたりをうかがった。彼女たちが移動すると、予想通り、その影も動き出した。家の屋根から屋根へ飛び移り、塀《へい》の裏を走り、車の残骸の後ろに隠れ、巧妙につけてきた。もちろん移動するのはフェブラリーたちが他の方を向いている時だけで、誰かが振り返ると、即座に影の中に這いつくばるのだ。あたりはかなり薄暗く、影も多いので、尾行に気づいているのはフェブラリーだけだった。

何度も目撃するうち、彼女は尾行者のことがかなり分かるようになってきた。彼女は遠方からちょっとした動作を見るだけで、相手の性別やおおよその年齢、心理状態まで当てることができるのだ。人影はほっそりとして小さく、まだ若い男性らしい。こちらを恐れ、警戒していると同時に、強い好奇心も抱いているようだ。しかし明確な敵意は感じられない。

実を言えば、ここに来る前から、彼女はクーガーズロックに生存者がいるのではないかという疑いを抱いていた。夜間に飛行機から撮影された街の映像の中に、青方偏移のまだら模様の光にまぎれて、気になる光点がいくつかあったからだ。宇宙や成層圏からの観測では、青方偏移の光や陽炎に邪魔されて、〈スポット〉の中心付近の状態はあまりよく見えない。たとえ生存者がいたとしても、数十人のオーダーなら、その肉体から発生したり反射したりする赤外線は、背景のノイズに埋もれてしまい、映像を見ても普通の人間には識別できないだろう。フェブラリーにも確信があったわけではなかった。ただ、その光点が人間ではないかという漠然とした感じを受けただけだ。

農場であの死体を見た時、疑いは確信に変わった。他にも生存者がいるに違いない。彼らがこれまで何度も訪れた調査隊に発見されなかったのは、何らかの理由で外部の人間を警戒し、身を隠していたからだろう。しかし、中には〈スポット〉の外に出ようとしたり、好奇心にかられて調査隊をつけ回す者もいるようだ。何とかして彼らと接触したい。

少尉やタニアに相談しなかったのは、慎重に対処したかったからだ。こちらが尾行に気づいていることを悟られては、厄介《やっかい》なことになる。相手の警戒心を刺激し、逃げられてしまうかもしれない。小さな街とはいえ、隠れる場所は無数にある。ひとたび彼らが身をひそめたら、たった一三人で探し出すのは難しいだろう。

（私だけでやれるかしら……？）

フェブラリーは思案した。危険はあまり考えていなかった。相手は敵意は抱いていないし、武器だってたいしたものはないはずだ。いざとなればオムニパシーで身を守る自信はある。問題は、それだけ大胆なことをやる度胸が自分にあるかどうかだ……。

ばかばかしい！　彼女は自分の臆病を笑った。〈スポット〉に行くと決めた時から、どんな危険も覚悟のうえのはずではないか。

彼女は決意を固めると、隣で寝ているタニアを起こさないように、そっとテントから這い出した。空は依然として暗く、赤黒く病み衰えた太陽は天頂近くで静止したままだ。ここでたっぷり睡眠を取っても、外界では一時間も経過していないだろう。

二人の兵士が歩哨《ほしょう》に立っていた。ぼそぼそとジョークを話し合っている声が聞こえる。銃を吊るした肩が緊張しており、笑い声にも不安が隠されていた。フェブラリーはカンガルー飛びで彼らに近づいて行った。

「どうしたんだい？」兵士の一人が怪訝な顔で言った。

「プライベートよ」とフェブラリー。

「ああ――気をつけるんだよ」

「だいじょうぶ。何も起こりっこないから」

フェブラリーは兵士たちの横を通り過ぎ、通りを横切って、ディスカウント・ストアの向かいにある焼け残った理髪店の横の路地に入った。慎重にあたりに目を走らせる。あの尾行者はまだいるだろうか？　いるとしたら、一行を監視するのに便利なのは、あのディスカウント・ストアの屋上あたりだが……。

いた――ディスカウント・ストアの屋上で人の頭が動いたのだ。

さて、どうするか？　問題なのはあの二人の兵士だった。すぐに戻らないと怪しまれる。姿を消したことをしばらく気づかれないようにしなくてはならない。

彼女はあたりを探し、手頃な大きさのコンクリート片を拾い上げると、それを真上に力いっぱい投げ上げた。それから何食わぬ顔で駐車場に駆け戻り、兵士たちの横を通り抜けて、自分のテントに近づいた。二人の視線が追ってくるのを感じる。彼女はテントの垂れ幕をめくり上げ、中に入るそぶりを見せた。

ちょうどその時、兵士たちの背後で、かつーんという固い音がした。フェブラリーが十数秒前に放り投げたコンクリート片が、アスファルトの路上に落下したのだ。兵士たちはびっくりして振り返り、理髪店の前でゴムマリのようにスローモーションではずんでいるコンクリート片を見つめた。

一人が走って行って、それを拾い上げた。手の中で何度もひっくり返し、首を傾《かし》げる。

「……ただのコンクリのかけらだぜ」

「そこの建物の壁から剝《は》がれ落ちたんじゃないか？」

「かもしれんなあ」

二人は釈然としないものを感じながらも、コンクリート片を投げ捨て、歩哨に戻った。二人ともフェブラリーの姿が見えなくなったことを不審に思っていなかった。テントの垂れ幕が揺れているので、テントの中に入ったと思いこんでいるのだ。

しかし実際は、二人がコンクリート片に気をとられている間に、フェブラリーはディスカウント・ストアの中に飛びこんでいたのだ。

火災に遭ったディスカウント・ストアの店内は、ひどい有様だった。壁も天井も煤《すす》で真っ黒で、ショーケースはすべて砕け、焼け焦げたりねじくれたりした商品の残骸が床に散乱している。天井からは何本もの細い鎖がぶら下がっていた。売場の案内板を吊るした鎖だったが、プラスチックの案内板はとっくに融《と》け落ちていた。

店の奥は外の光が届かず、暗くて気味が悪かった。胸ポケットから透明なチューブ状のケミカルライトを取り出し、ぽきんと折る。ほどなくチューブは内部の薬品の反応で緑色に光りはじめた。外にいる二人に感づかれないよう、片手でチューブを覆って光の範囲を絞った。

何かを踏んづけて音をたてたり、過熱した金属に触れないように注意しながら、暗がりの中を慎重に進んでいった。ケミカルライトの投げかけるほの暗い緑の光だけが頼りだった。闇を恐れる人間の本能が、理屈ではどうにもならない不安となって、小さな心臓を締めつける。

暗さに眼が慣れてきた頃、階段が見つかった。彼女は低重力を利用して五段抜きで昇っていった。二階は衣服の売場になっていた。吊るしてあった服がすべて燃えた後、焼け焦げた金属製のハンガーだけがずらりとぶら下がっているのは、何とも寂しい光景だった。どういうわけかマネキンの腕だけが燃え残って、床に転がっている。

二階からさらに三階へ。階段を昇りきったところに玩具売場があった。このあたりは火があまり回らなかったらしく、壁や天井には白い部分がまだらに残り、商品もいくつか燃え残っている。しかし陳列台に並べられていたプラスチックのロボットや機関車は、過熱した金属部品だけを残してどろどろに融け、台の端から色とりどりのつららとなって流れ落ちていた。

隣接した観葉植物の売場は、めちゃくちゃに荒らされていた。鉢植えはひとつ残らずひっくり返り、植物は紙のようにしなびている。床には薄く泥が積もっていた。天井はガラス張りで、本来は温室になっていたのだろうが、ガラスはすべて割れている。ここから激しい雨が吹きこんで、火を消し止めたに違いない。

屋上に行く階段はなかった。きっと店の裏にでもあるのだろう。探すのは面倒だし、鍵がかかっているかもしれない。フェブラリーは近道をすることにした。ケミカルライトを胸ポケットに戻すと、膝を曲げ、全身のバネを使って勢いよくジャンプする。体がふわりと浮き上がり、割れた天窓をくぐり抜けて外に飛び出した。

フェブラリーは音もなく屋上に降り立った。足の下はひび割れたコンクリートに覆われており、エレベーターを動かす機械室と、薄汚れた給水タンクがあるだけの、殺風景な構造だった。人影は見当たらない。しかし、彼女は尾行者がまだここにいることを確信していた。

あの給水タンクの後ろか——フェブラリーは深呼吸すると、ゆっくりとそちらに歩いていった。心臓がどきどきし、一瞬、現実感覚が崩壊しかけた。サスペンス・ドラマのヒロインになったような気分だった。

だが、これはドラマではなく現実なのだ。必ずヒロインが助かるという保証はない。奇跡的な偶然や、間一髪《かんいっぱつ》でドアを破って駆けつけてくるたくましいヒーローを当てにはできない。頼りになるのは自分自身の力と判断だけなのだ……。

給水タンクは目の前だった。強い風が吹き、戦闘服の裾《すそ》がぱたぱた鳴った。足の下で割れたコンクリートがこすれ、がりっという不快な音をたてた。ひそんでいる者にはその音は聞こえただろう。それも計算済みだった。背後からこっそり忍び寄っていることを、相手に気づいて欲しかった。

彼女が望んでいるのは、奇襲することではなく、奇襲されることだった。警戒心の強い相手を安心させるためには、自分の方が有利だと思いこませなくてはならない。その役はフェブラリーにしかできないのだ。いかつい兵士たちでは、いかに演技しようと、相手を油断させることなどできないだろう。

いきなり、給水タンクの蔭から少年が飛び出してきた。手にしたセラミックのナイフをフェブラリーに突きつける。煤で汚れた顔の中で、白い眼がぎょろついている。彼女より二つか三つ年上だろうか。手足はひょろ長く、栄養失調のようだった。服は大人用のズボンとシャツで、袖や裾を破ったり、腰を縄で縛ったりして、強引に寸法を合わせていた。あちこちが破れ、煤と泥でひどく汚れている。〈スポット〉の中で生まれ、育ったのだろう。

ナイフの刃は少女の顔から数センチのところにあり、先端が震えているのがはっきり分かった。彼女は少し安心した。追い詰められ、警戒してはいるものの、やはり殺意は感じられない。思いがけない事態に動揺しているだけなのだ。彼女は枯葉色の眼を見開き、精いっぱいおびえた表情をしてみせた。

少年の方でもフェブラリーを観察した。まだ幼さの残る顔。風にひるがえる髪。すらりとした手足。奇妙な模様の服。胸ポケットで光っている不思議な緑色のチューブ――それらの間を視線がせわしげに往復した。

少年の表情の奥に罪悪感が広がってゆくのを、フェブラリーは見た。小さくて無防備な女の子をおびえさせているという、うしろめたさだった。ナイフを握った手が震えながらゆっくりと垂《た》れていった。

「……こ、声を出すなよ」

少年は小声で言った。フェブラリーはこっくりとうなずいた。少年は左腕をそろそろと伸ばし、汚れた手で彼女の手首をつかんだ。ちゃんと人間の体温と肌触りがあることに安心したらしく、口許に微笑みが浮かんだ。

「来い」

少年はフェブラリーを引っ張った。彼女は抵抗しなかった。二人は屋上の端からジャンプした。きれいな放物線を描いて、ディスカウント・ストアの裏にある倉庫のスレート葺《ぶ》きの屋根に落下する。足に衝撃があったが、一〇分の一Gの中ではたいしたことはなかった。階段を五段ぐらい飛び降りた程度のショックだ。

二人はさらに跳んだ。建物の屋根から屋根へ、映画に出てくるニンジャのように、スローモーションで次々と跳び移った。ディスカウント・ストアの建物は急速に遠ざかり、背後の闇の中に沈んでいった。タニアが目を覚ましてフェブラリーの失踪《しっそう》に気づくのは、主観時間で何時間も先のことだろう。

フェブラリーは少年が自分を連れて行こうとしている方向に気づいていた。青方偏移の光に彩られたクーガーズロックの北側——〈スポット〉の中心部だ。

二人が進むにつれ、前方に広がっていた青方偏移の光は後退し、しだいに赤っぽくなって、手前から消えていった。時間の速さの差がなくなってきているのだ。遠くからでは赤く輝いて見えた建物も、近くに寄るとただの黒ずんだ廃虚だった。しかし鉄の温度はさらに上がってきているはずなので、むきだしの鉄に触れないように注意した。

重力も小さくなってきているので、歩き方には気をつけなくてはならなかった。高くジャンプするのは効率が悪い。ほんの数フィート跳び上がっただけでも、降りてくるのに何秒もかかってしまうし、うっかり地面を強く蹴ろうものなら、どこまで飛んで行ってしまうか分からない。地面に這いつくばるようにして、手や爪先で軽く蹴り、慣性に身を委ね、なるべく水平に進むのがコツだった。走るというより泳ぐような動きだ。

空はすでに真っ暗になっていた。見上げると、ビロードを張りめぐらせたような星ひとつない空に、霞《かすみ》のかかった満月のような灰色の太陽が浮かんでいる。月よりもかなり暗く、夜空に投影されたサーチライトのような感じだった。その表面は一様ではなく、黒いあばたや、白く輝く部分があった。フェブラリーはそれと同じものを以前に見たことがあった――スペースシャトルから撮影された太陽のX線写真だ。

太陽からのX線はほとんどが大気に吸収され、地上に届くのはごく微量なので、廃虚の街は夜のような暗さだった。〈スポット〉の中心に近づくにつれ、青方偏移の光は見えなくなっていった。ずっと前方にあるいくつかの建物が赤い光を発している程度だ。ほとんどの建造物は黒いシルエットとなり、低重力下を泳ぐように進む二人の子供の左右に、悪夢じみた巨大なジャングルジムのようにそびえ立っていた。

気温も上昇しており、温室の中のような蒸し暑さだった。フェブラリーは疑問に思った。鉄の誘導過熱だけでこんなに気温が上がるものだろうか？　おそらくまた別のメカニズムが作用しているに違いない。

少年はフェブラリーをひとつの建物に連れこんだ。入口の上に〈ＢＡＮＫ〉という文字がかろうじて読み取れた。中は洞窟のように真っ暗だった。南に面した広い窓は熱で割れ、薄暗い太陽光（厳密に言えば太陽X線）がぼんやりと差しこんでいるが、まったく中を照らす役には立っていない。フェブラリーが胸ポケットに差しているケミカルライトが、ほとんど唯一の照明である。

少年はようやく彼女の手を離した。

「そこにじっとしてろ。いいな」

そう命令すると、少年は大きなソファーを軽々と持ち上げ、入口をふさいだ。それからカウンターの奥に飛びこみ、紙の束を持って戻ってきた。慣れた手つきで、過熱したステンレス製の現金両替機の隅にごしごしとこすりつける。ほどなく紙の端が黒くなり、ぽっと火がついた。少年はそれでウィスキーのボトルを利用したランプに灯《ひ》を点《とも》した。銀行の中がさっきより少し明るくなった。

ここにも火災の跡があったが、壁の一部を焦がした程度で、広い床やカウンターは白いままだった。床の隅には毛布や衣服が山と積まれ、汚れた食器や瓶《びん》やタッパーウェアが散らばっていた。汗と汚物の入り混じった生活の匂いがする。少年はここに住んでいるらしい。原始人のような暮らしだ、とフェブラリーは思った。

少年はフェブラリーを油断なく監視しながら、タッパーウェアのひとつを開け、中からどろりとした〈タイガー・バター〉をつかみ出した。床の上に置いたフライパンに無雑作に放りこむ。じゅーっという音がして、コンロもないのに肉が焼けはじめた。いい匂いがあたりに広がる。

不意に、焼け残った窓ガラスの断片がびりびりと震えはじめた。近くを列車が走り抜けているような震動だ。フェブラリーははっとしたが、少年にとってはいつものことらしく、気にする様子もない。彼女はすぐに理由に気がついた。〈螺旋雷〉の雷鳴が、人間の可聴範囲ぎりぎりの低周波音になっているのだ。

しばらくして、少年は生焼けの〈タイガー・バター〉を皿ですくい上げ、少女に差し出した。

「食え」

フェブラリーはおとなしく皿を受け取った。それはぞんざいな好意のしるしであると同時に、一種のテストだった。少年はまだ、彼女が自分と違う人間ではないかと疑っている。自分と同じものを食べているところを見て安心したいのだ。

腹は減っていないが、しかたがない。彼女は焼けた〈タイガー・バター〉をふうふうと冷ますと、小さくちぎり、口に入れた。ハンバーグのような舌触りだったが、思った通り、あまりおいしくなかった。味付けがないせいもあるが、含まれているD型アミノ酸が人間の味覚に合わないこともあるのだろう。『鏡の中のミルクは飲めないわね』というアリスの台詞《せりふ》が思い出された。しかし、こうして少年が生きているのだから、体に入れても害はないはずだ。

少年は床にあぐらをかき、自分の分をがつがつと頬張りながら、フェブラリーの上品な食べ方を眺めていた。彼女はとても全部食べる気にはなれず、三分の二ほど残して皿を置いた。少年は一片も残さずに平らげると、皿をなめてきれいにした。

満腹すると、少年はフェブラリーに近づいてきた。彼女の周囲をぐるりと回りながら、もう一度じっくりと、上から下まで観察する。すでに恐怖心や警戒心は失《う》せ、好奇心と男性としての好意――「ひと目惚《ぼ》れ」とでも言うべき感情に突き動かされていた。

「……お前、女か？」

「そんな風に見えない？」

すると少年は彼女に背後から体を押しつけ、いきなり戦闘服のズボンの中に手を突っこんできた。覚悟はしていたものの、フェブラリーはさすがにどぎまぎとなった。それでも抵抗はしなかった。少年はようやく納得し、にやりと笑った。

「本当に女だ」

「……疑り深いのね」

「お前、子供、産めるのか?」

フェブラリーは素直にうなずいた。初潮は一年も前に経験していた。

「納得したでしょ? だったら、もうやめて」

「いや、まだだ。もっと調べる」

そう言うと少年は、少女の秘密を指で乱暴に探りはじめた。フェブラリーはあきらめた。少年には彼女を傷つける意志はまったくない。だが、文明圏のモラルから隔絶されて育ったため、異性に好意を表現するためのまともな方法を知らず、ストレートな行動しか思いつかないのだ。誤解されないためには、しばらくは逆らわず、されるがままでいた方がいい。

「分かったわ。でも、乱暴にしないで。もっと優しく――」

「こうか?」

「ええ、そうよ。それでいいわ……」

(ごめんなさい、パパ。私、悪い子だわ……)

フェブラリーは眼を閉じ、罪悪感を覚えながらも、少年のぎこちない愛撫に身をゆだねた。涙が流れそうになるのをこらえる。欲望に突き動かされた手つきの背後に、少年の純粋な好意がひしひしと感じられたが、それでも一一歳の少女にはつらかった。

少年は彼女の耳にささやいた。「……お前、雲の壁の中から来たのか?」

「雲の壁の向こうからよ」彼女は訂正した。

「じゃあ、雲の向こうに世界はあるんだな? 人がいるんだな?」

「ええ、大勢いるわ」

「やっぱりか! 司祭の野郎、俺たちを騙しやがって!」

胸をぎゅっとつかまれ、フェブラリーは顔をしかめた。「司祭って?」

「ウェストン司祭さ。俺たちにいろいろと教えたり、命令したりするんだ。神を信じろ、神をうやまえ、神の言葉を聞け――あいつは俺たちに、世界は洪水で滅んだんだって教えた。この街は選ばれた者だけが生き残るノアの箱舟なんだと」

「あなたの他にも人がいるの? 何人くらい?」

「さあ、四〇人ってとこかな? しょっちゅう赤ん坊が生まれたり死んだりしてるから、よく分からねえや」

その返答にフェブラリーは心を痛めた。ここの環境が劣悪なものだろうという見当はついた。不衛生だし、〈タイガー・バター〉しか食べるものがないのでは、栄養やビタミンが片寄ってしまう。ろくな薬もないだろうし、病気になっても満足な治療もできないはずだ。乳幼児の死亡率はかなり高いだろう。

それに強力な高周波磁場の影響もある。地球の磁気は生体膜の透過性や、酵素活性、血液中のフィブリノーゲンなどの性質、染色体の遺伝子座の転移などに関係していると言われ、数十ないし数百ヘルツの低周波磁場の変動は、人体に多くの影響を及ぼすことが知られている。数万ヘルツの高周波磁場に関しては、動物実験では目立った悪影響は現われないという結果が出ているが、長期的にはどんな影響があるか分からない。

それだけではない。低重力、落雷の発する電波、D型アミノ酸の混じった〈タイガー・バター〉の長期摂取、終わりのない夜、熱気……それらが何十年にもわたる期間のうちに人体にどんな悪影響を及ぼすのか、まるで見当がつかない。

「みんなは司祭の話を信じたの？」

「大人たちはな。でも、俺は信じなかった。ジェイクの兄貴もな。ジェイクはずうっと前に司祭と喧嘩《けんか》して、『雲の向こうに行く』って言って行っちまった。帰って来なかったけどな」

ジェイクというのは、あの農場で死んでいた男だろう。少年にとっては〝ずうっと前〟でも、外の世界ではほんの一週間ほど前の出来事なのだ。

「あなただけ、他の人たちと別に暮してるの？」

「そうさ。あいつらの顔なんて見るのも嫌だからな」少年は愛撫を再開した。「そんなことより、外の世界のことを聞かせてくれ。大人から聞かされたことしか知らないんだ。太陽は明るいんだろう？　空は青いんだろう？」

「ええ、太陽は明るいわ。とても暖かいのよ」

「花もあるんだろう？　絵や造花じゃなくて、本物の花が？」

「ええ、あるわ」

「人がいっぱいいるんだろ？　食べるものや飲むものもいろいろあるんだろう？　電気とかテレビとかがあって、車が動いてるんだろう？」

「ええ……ええ、そうよ」

だんだんまともに受け答えするのが難しくなってきた。少年のへたくそな愛撫が効果を現わしはじめたのだ。フェブラリーは身をよじり、額に汗を浮かべて、「ああ……」と吐息をもらした。生まれて初めて味わう感覚だった。一一年のあいだ固く閉ざされていた秘密の扉が、わずかに開きかけた。ほんの一瞬、このままどこまでも落ちていきたいと思った……。

「だめ！」

フェブラリーは我に返り、少年の手をつかんでぐいと押し戻した。少年はびっくりして押さえつけようとしたが、無駄だった。身長に差はあっても、低重力の中で育ったひ弱な筋肉では、少女の力にかなわない。彼女が床に体を押しつけながら、細い腕をぶんと振ると、少年はその勢いで浮き上がった。ゆっくりと宙を飛んでいって、天井と壁の境目にぶつかり、そこにニンジャのようにへばりつく。思いがけない抵抗に出くわして驚き、まじまじとフェブラリーを見下ろした。

「何だって!?」

彼女はほっとして、ずり落ちたズボンを引っ張り上げた。「ごめんなさい。ここまでにして」

「これ以上はだめなの。分かって」

「そんな勝手は許さないぞ！　女は男に絶対従うものなんだ！」

「誰がそう言ったの？　司祭？」

少年は黙りこくった。少女のそのひと言がきっかけで、それまで信じていたことが揺らいだ。欲望の矛先《ほこさき》が鈍り、少し冷静に考える余裕ができた。

「……お前、俺より強いんだな。何で逃げなかった？　いつでも逃げられたのに」

「あなたに近づきたかったから」

「近づく……？」

「そうよ。だから騙したの。あなたを警戒させたくなくて、弱いふりをしてたの。でも、もう嘘はつかないわ。信じて」

少年はまだ天井から降りてこなかった。「俺が本当は嫌いなのか？」

「そんなことない。あなたがいい人だってことは分かってる。でも、私がヴァージンのまま戻らないと悲しむ人がいるの。だから、あなたと寝るわけにいかないの」

「………」

「それに、あなたとはお友達になりたいの。一度セックスしてしまったら、友達にはなれないわ。分かるでしょ？」

「……うん」

フェブラリーは床を軽く蹴って、少年のところまで飛び上がり、抱きついて唇を重ねた。不慣れで、あっさりとしていたが、様々な思いをこめたキスだった。そこにこめられた意味のいくらかが、唇を通して少年の心にも届いたに違いない。二人はワルツを踊るように回転しながら、ゆっくりと床に降りてきた。

「……ごめんね。これで許して。パパ以外の人とする初めてのキスよ」

少年はしばらくぼうっとしていたが、やがて肩をすくめ、ふっと笑った。

「しょうがねえなあ。負けたよ。許してやる。俺たちは友達だ」

フェブラリーは花のように微笑んだ。「ありがとう」

「俺はドーンだ。お前の名前は?」

「フェブラリー・ダンよ。二月に生まれたからフェブラリー」

「二月だって⁉ すげえなあ。それじゃお前、俺よりすごく年上なんだ。俺は一〇月二日の夜明けに生まれたんだぜ」

突然、フェブラリーは笑い出した。ドーンはきょとんとして見つめる。

「どうしたんだ?」

「だって、手順がまるで逆なんだもの！ 普通は最初に自己紹介して、友達になって、キスして、最後に抱き合うものよ」

説明されても、やはりドーンにはどこがおかしいのか分からなかった。それでもフェブラリーの屈託のない笑いにつられて、笑い出した。

10 〈司祭〉

ドーンの話を総合すると、他の生存者たちについて多くのことが分かった。

三か月前（ドーンにとっては生まれる前のことだが）、この街に異変が起こった時、避難するのを拒否した人が少なからずいたのだ。生まれ育った土地に固執した人や、異常現象がすぐにおさまると思い、家や財産を放り出して逃げるのをためらった人たちだった。避難民を誘導するために派遣された州兵も、時間の余裕がなくて、家を一軒一軒回って逃げ遅れた人の有無《うむ》を確認することができなかった。結局、そうした人々は「行方不明」として処理されたのだ。

その後に襲った嵐と大火災によって、街は大きな打撃を受けた。多くの人が死に、生き残った者も大半が家を失った。病気と栄養失調がそれに追い打ちをかけた。食料や医薬品もほとんど失われてしまったのだ。クーガーズロックが台風の目に入って嵐がおさまった時、生き残ったのはわずか二十数人の男女だった。

彼らは世界の変貌ぶりに茫然となった。重力はとてつもなく小さくなった。昼でも空は暗く、太陽は光を失い、その歩みは極端に遅くなった。街は雲の壁に囲まれ、外界との連絡は途絶した。機械はすべて使えなくなった。街の周辺には落雷が頻発した。助けを求めて徒歩で嵐の中へ入って行った勇敢な者は、戻って来なかった。いつまでたっても救助隊は現われず、人々は完全に外界から取り残されたことを知った。

その中に〈司祭〉ウェストンがいた――彼は本当は聖職者ではなく、異変の起こる前は小さな自動車修理工場の工員にすぎなかった。オカルトやＵＦＯにかぶれていて、ちょっと風変りな面があったものの、ごくありきたりの善良な市民だったのだ。

しかし異変の直後に多面体のＵＦＯを間近で目撃したことが、彼の心に眠っていた何かを目覚めさせた。彼はＵＦＯを神の使者と信じ、自分は神の言葉を聞いたのだと主張した。そして神からのメッセージを他の生存者たちに伝えた。

『これはハルマゲドンである。あの雲の中では神と悪魔の最後の戦いが繰り広げられているのだ。世界はクーガーズロックの街を除いてすべて滅んだ。嵐と洪水によって、人類の愚かな文明は地球上から一掃《いっそう》されたのだ。この街は第二の箱舟であり、我々は新世界の住人となるべく、神によって選ばれたのだ。神の勝利を信じ、神の御心《みこころ》に忠実に生きるなら、いつかこの闇は晴れるだろう。太陽は光を、空は青さを取り戻すだろう。その時、雲の壁は晴れ上がり、神が用意してくださった新たな楽園が我々のものとなるだろう。

だが、今はまだその時ではない。待つのだ。神が悪魔を滅ぼし、ハルマゲドンが終わるには、まだどれだけかかるか分からない。くれぐれも街から出てはならない。不注意に雲の壁に近づいた者は、悪魔の爪に捕らえられ、永遠に救済されることはないだろう――』

そんな突拍子もない演説を他の者たちが真に受けたというのは、とても信じられないように思える。だが、フェブラリーには理解できるような気がした。世界の終わりとも思えるすさまじい災厄を体験し、家や財産や愛する者を失った後、いっさいの情報が途絶《とだ》えたまま、物理法則の崩壊した異様な世界に取り残された人々――そんな状態で、人間がまともな思考や判断力を保っていられるわけがない。茫然自失となり、どんな〝真実〟でも信じたい、ほんの小さな希望にもすがりつきたい心理だったことだろう。

彼らを愚かと責めることはできない。それが人間というものなのだ。もろく、流されやすい生きものなのだ。

最初のうち、彼らは街の中心部に広がる闇を恐れて、郊外に固まって住んでいた。しかし、雷が街の周辺部に多発していることを知ったウェストンは、危険を避けるためには街の中心部で暮すべきだと主張した。あの大いなる闇こそ神の影なのだ。あの影の下でなら、悪魔の爪から守られて生きのびることができる。人々はその言葉に従い、彼に導かれて危険地帯を越え、〈スポット〉の中心に近い場所へ移住した。ウェストンが自分をモーゼになぞらえていたことは、容易に想像できる。

フェブラリーは、最初の調査隊が〈スポット〉に派遣されたのは、異変が起きてからようやく二週間目であったことを思い出した。準備不足のため、彼らは街の周辺部をざっと調査したにすぎず、生存者は見つからなかったと報告している。その時すでに、生存者たちは世界の滅亡を確信し、神の加護を求めて街の中心部に移り住んでいたのだ。外界での二週間は、彼らにとって何か月にも相当する。待ちくたびれ、希望が絶望に変わるのに充分すぎる期間だ。

こうして〈司祭〉ウェストンを中心とした奇妙な共同体が誕生した。毎日が儀式だった。彼らは出没するＵＦＯを〈使者〉と呼んであがめ、瞑想《めいそう》によって神の心に近づこうとした。ウェストンは次々におかしな教義を考え出し、神の啓示と称して信者たちに押しつけた。物質文明は否定され、失われた過去への懐旧《かいきゅう》にひたることは不道徳な行為とされた。外界では数週間にすぎない期間に、ウェストンはすっかり人々を洗脳してしまったのだ。

彼はまた、来たるべき楽園の到来に備えて多産を奨励した。そもそも、ここには娯楽はセックスしかなかったのだ。女性は八人しかいなかったので、男たちの共有財産にされた。女は男に隷属するべきだというのがウェストンの信念だった。

街のあちこちにＵＦＯが残してゆく〈タイガー・バター〉（彼らは〈マナ〉と呼んでいた）があったので、飢え死にする心配はなかったが、やはり病気はよく発生した。特に生まれたばかりの子供たちがよく犠牲になったが、ウェストンはそうした悲劇が起こるたびに、『神の御心にそぐわなかったのだ』『神が我々に与えたもうた試練なのだ』と説いた。

もっとも、彼の教義が揺らぎそうになったことは何度もあった。滅び去ったはずの外界から、たびたび調査隊がやって来たからだ。自分たち以外の人間の姿を目撃して、信者たちは動揺した。それでもウェストンは自分の信念を放棄しようとせず、逆に熱のこもった説教で信者たちを言いくるめた。

『近づいてはならない。奴らは人間に化けた悪魔なのだ。あの雲の中から、我々を騙して連れ去るためにやって来たのだ。なぜなら我々は選ばれた民、地球最後の人類であり、大いなる神の計画の欠くべからざる要素だからだ。我々を堕落させるためには、奴らはどんな手段でも使うだろう。彼らを信用してはならない！』

こうして生存者たちは調査隊から身を隠すようになった。それはたいして難しいことではなかった。隠れる場所はいくらでもあったし、調査隊はたいてい危険地帯の途中で引き返してしまったからだ。それに調査隊がやって来る間隔は、彼らの時間感覚にしてみれば数年に一度にすぎなかった。

それでも誤って調査隊に発見されてしまったことが一度あった。もちろん彼らは生存者たちを〈スポット〉の外に連れ出そうとした。抵抗する者を連れて行こうとして、かなり強引なやり方をしたのだろうと、フェブラリーは想像した。それがかえって誤解を深める結果になった。ウェストンの扇動で狂信者たちは逆襲に転じた。調査隊の中には兵士も混じっていたが、武器はナイフしかなかったし、低重力での動きに慣れていなかった。不意を突かれ、彼らは混乱の中で全滅した。死体は不浄なものとして焼かれた……。

話を聞いているうちに、フェブラリーはだんだん胸が苦しくなっていった。嫌悪ではなく、悲しみからくる苦痛だった。何という悲劇だろう！　狂気やすれ違いや誤った信念が積み重なって、たくさんの人が死んでしまった。確かにきっかけとなったのは〈スポット〉の出現だったが、悲劇を拡大したのは人間自身の弱さと愚かさなのだ。

考えてみれば当然かもしれない。〈スポット〉でなくても、人間がいるところに必ず悲劇は起こるものだ。歴史を見れば、それは明らかだ。

それでもやはり見過ごすことはできなかった。何とかして彼らの間違いを正さなくてはならない。悲劇の連鎖を断ち切らなくてはならない。

「他の人たちのところに案内して」彼女はドーンに懇願した。

「正気か、お前？」ドーンは眉をひそめた。「外から来た人間はみんな悪魔だと思われてるんだぞ。殺されちまうぜ」

「その誤解を解きたいのよ。みんなと会って話をしたいの。〈司祭〉の言うことを疑ってるのは、あなただけじゃないはずよ。たぶん誰もが心の中で疑いを抱いてると思うの。きちんと説明すれば、きっと分かってくれるわ」

「どうだかなあ……そうだ、お前の仲間も呼んできたら——？」

フェブラリーはかぶりを振った。「だめよ。大人が大勢で押しかけたら、かえってみんなをおびえさせてしまうわ。また殺し合いになるかもしれない……でも、子供が一人で行けば安心させられるんじゃないかしら。少なくとも、いきなり襲ってはこないと思うわ」

「うーん……」ドーンは考えこんだ。「本当にみんなの目を覚まさせられると思うか？　これまでずっと騙され続けてきたっていうのに？」

「ええ」

彼女は深くうなずいた。必ず説得できるという根拠はどこにもなかったが、人間がそこまで愚かではないと信じたかった。

「よーし、分かった。連れて行ってやるよ」

「ありがとう。でも、その前に……」

「何だ？」

フェブラリーは枯葉色の眼を眠そうにしばたたき、微笑んだ。

「寝てないから眠くなってきちゃった。横にならせて。少しだけ寝てから出かけましょ」

「セックス抜きでか？」

「お友達になったんじゃないの？」

「ちぇっ！」

異変が起こる前まで、クーガーズロックと他の街を結ぶ絆《きずな》は、鉄道とハイウェイだった。鉄道は街を東西に横切っており、東はオクラホマ・シティに、西はテキサス州のアマリロに通じている。駅は街の中心ではなく、北のはずれにあった。それはクーガーズロックが開拓時代からの歴史のある街であることを示している。鉄道ができてから街ができたのではなく、すでにあった街に鉄道を通したので、土地買収の手間をはぶくため、市街地のはずれに線路が敷かれたのだ。その後、街は線路を越えて北側にもいくらか広がったが、依然として市街地の大部分は駅の南側だった。

ハイウェイは古いTVシリーズのタイトルになったルート66号線だ。ほぼ鉄道と密着して走っており、駅前で広いロータリーになって、街を南北に走る大通りと交差していた。ロータリーは背の高いビル（と言っても、せいぜい九階までだが）に囲まれ、街の中の盆地のようになっている。

フェブラリーはドーンとともにビルの屋上に立ち、そこを見下ろした。中央の円形の広場は、かつては芝生が敷き詰められ、木が植えられて、小さな公園になっていたのだが、今は草も木も枯れ果て、醜い土が露出しているばかりだ。中央には馬にまたがったインディアンの大理石像がある。かつてこの地方にいたカイオワ族の偉大な酋《しゅうちょう》長の像だ。

ここはほぼ〈スポット〉の中心でもあった。時間加速率は二〇〇倍近くにも達しているだろう。ここでの一時間は外界の十数秒にすぎないのだ。外の世界で一日が過ぎるごとに、ここでは半年以上が過ぎる。真っ暗な空には、月よりもかなり暗く、かろうじて見分けられる灰色の円盤があるだけだった。この異常な発熱がなければ、何もかも凍りついていただろう。この場所の周囲の時間はすべてここより遅いため、もう青方偏移の光も見えない。世界は闇の中に沈んでいた。

しかし完全な暗黒ではなかった。広場のあちこちに赤っぽい光を放つ白熱電球が、クリスマスの飾りつけのようにぶら下げられているからだ。もちろん電源など存在しない。高周波磁場がフィラメントを過熱させているのである。生活の便宜《べんぎ》のために生存者たちが配置したものだった。衛星や偵察機からの観測でこの人工光が発見できなかったのは不思議ではない。ここでの可視光線は、〈スポット〉の外では青方偏移のためにX線になり、ほとんど大気に吸収されてしまうのだ。

ドーンの話によると、電球はたまに壊れるので、そんな時は郊外の焼け残った家から新しい電球を探して来て、補充しなくてはならないという。物質文明を放棄したはずの人々が、物質文明の象徴である電球に依存していることに矛盾を感じていないのが、フェブラリーには不思議だった。

二人は近くのビルの屋上から足を踏み出し、三〇秒以上もかけてゆっくりと落下して、ふわりと広場に着地した。人の姿は見えなかった。しかし、確かにここが生存者たちの生活の場であるはずだった。こんな荒涼としたところに主観時間で何十年も暮していたら、外に本当の世界があるということを信じられなくなるのも無理はない。

「おーい、みんな、出てこーい!」

ドーンは大声で呼んだ。

「俺は戻ってきたぞ! 証拠を持ってきたぞ! 外の世界はあるんだ! 破滅なんかしていないぞ! ちゃんとあるんだ! これを見ろ!」

ほどなく、地の中から痩せこけてボロをまとった人々がぞろぞろと湧き出してきた。ホラー映画の一場面を見るようで、フェブラリーは一瞬ぞっとなった。彼らは地下の下水道をねぐらにしているのだ。ビルの中は過熱した金属が散乱していて危険だったし、路上で寝泊りするのは人間の習慣に反している。その点、水が涸れて乾燥した下水道は、衛生面さえ別にすれば、適度に暖かく、そこそこ快適なのだ——彼らは穴居《けっきょ》時代にまで逆戻りしていたのだ。

人々の年齢や性別は様々だった。老人が何人かいるし、母親に抱かれた赤ん坊もいる。中年の男もいるし、ドーンと同世代の、〈スポット〉の中で生まれたらしい若者もいる。半数ぐらいは子供だった。共通点は、みんな痩せていて、眼がぎらつき、不健康だということだ。不信と恐れと好奇心のこもったたくさんの眼が、フェブラリーをおどおどと見つめていた。

誰が〈司祭〉かはすぐ分かった。中年から老年にさしかかった男で、やはり痩せているが、他の者よりはかなり健康そうだ。シーツから造ったらしい白いサリーのような衣裳をまとって、頭を短く刈り上げ、片手に杖を持っている。彼は他の者を制し、衣裳の裾をふわりとはためかせて、一歩前に出た。

「ドーン！　異端者め！　ついに悪魔に魂を売ったのか！」

ウェストンは憎悪で歪んだ形相《ぎょうそう》で少年をにらんだ。これほど強烈な悪意を、フェブラリーは感じたことがなかった。

「悪魔だって？」ドーンはせせら笑った。「この娘のことか？　どこが悪魔なんだよ。見てみなよ。どこから見たって普通の女の子だぜ——俺たちよりずっといいもん食ってるから、顔色はいいけどな」

「信用してはならん！　悪魔は様々な姿で人間をたぶらかすのだ！」

「この服の下に、蹄《ひづめ》や翼や尖った尻尾《しっぽ》が隠れてるってか？　あいにくだったね。俺は服の下まで確かめたんだ。どこからどこまでも人間だったぜ」

「ならばお前も悪魔だ。悪魔がドーンに化けているのだ！」

フェブラリーは人々の反応を観察した。形勢は悪かった。彼らは異邦人の出現に困惑しているが、それでもまだウェストンを信頼している。どうやれば彼らに真実を認めさせることができるのだろうか？

「お願い、信じて」彼女は懇願した。「何ならここで手首を切って見せましょうか？　ちゃんと赤い血が流れるわ。私は人間よ」

「そんなことは証拠にならん――」

「なら賛美歌を歌いましょうか？　十字架を持って見せましょうか？　聖書の文句も少しぐらいなら暗唱できるわ。悪魔にはできないはずよ……お願い、信じてちょうだい。あなたたちを救いたいのよ」

「我々はお前たちの救いなど必要としておらん！　神に守られておるし、〈マナ〉もたっぷりある！」

「でも、みんな病気にかかってるじゃないの！　神様が守っておられるなら、病気もないはずよ。あなたたちが〈マナ〉と呼んでるものは、確かに栄養があるけれど、それだけを食べていては栄養やビタミンが片寄ってしまうのよ」

「病気にかかるのは信仰が足らぬからだ。この通り、わしは健康だ！」

「そうね、あなたは健康ね」

フェブラリーはさっきからそのことに気づいていた。そう、ウェストンは他の者に比べて不自然なほど健康だ……。

「〈マナ〉以外のものを食べているのね」

男は狼狽《ろうばい》した。「何を言うか⁉」

「郊外に食料が隠してあるのね。時々、出かけて行っては、それを食べているんだわ。なんてひどいの。みんなに秘密で、自分だけで──」

「でたらめを言うな！」

「本当のことよ。私にはあなたの心が読めるの」

絶句したウェストンの背後で、人々がざわめいた。ドーンは大きくうなずいた。

「そう言えばこいつ、時々、ふらっと出かけることがあったな。雲の壁の様子を見てくるとか言って……そうだったのか！」

「知らん！　わしは知らん！」

「いいえ、あなたは知ってるのよ。あなたは──」

突然、重大な事実に気づき、フェブラリーはショックを受けた。驚きのあまり茫然となり、全身から力が抜けた。重力が低くなかったら、その場に膝をついていただろう。それまで細々と抱き続けてきた人間に対する希望と信頼が、一挙に打ち砕かれたように感じた。

「あなたは──」次の言葉が出てこず、彼女は口をぱくぱくさせた。「──あなたは知ってるんだわ。自分が間違っていることを……」

「何のことだ⁉」

「あなたは狂ってなんかいない。何もかも気づいてるのよ。私が人間であることも。世界が滅びていないことも。あのＵＦＯが神の使者じゃないってことも……ずうっと前から知っていて、みんなを騙し続けていたんだわ！」

最初の衝撃が過ぎ去ると、フェブラリーの心に憎しみが湧いてきた。生まれてから一度も感じたことのない、強烈な憎悪だった。ドーンから話を聞いた時は、ウェストンのことを狂気にとらわれた哀れな男だと思い、心から同情した。それが裏切られたと知った時、悲しみと怒りが心の中に渦を巻いた。これほど冷酷な男がいるとは信じられなかった。

神の声を聞いたと思いこむことは、狂気ではあるが、罪ではない。しかし、この男は途中で正気に目覚めた——おそらく初めて調査隊を目撃した時からだろう。そして外の世界が滅びていないことを知り、自分の教義が誤っていることに気がついたのだ。

にもかかわらず、彼は前と同じく〝神の声〟をみんなに伝え続けた。小さな世界の指導者としての自分の地位を失うことを恐れ、真実を知らされた信者たちが怒り狂って自分をリンチにかけることを恐れた。そこで嘘の上に嘘を塗り重ねたのだ。信者に対する自分の絶対的な影響力を利用して、外から来た調査隊が悪魔の化身であると吹きこみ、彼らを扇動して調査隊を虐殺したのだ……。

「ひどい！」激情に流され、フェブラリーは涙をぼろぼろ流した。「どうして？　何でそんなひどいことができるの⁉　あんまりだわ！　たくさんの人を殺して、たくさんの人を苦しめて——どうしてそこまでしなくちゃいけなかったの⁉　分からない！」

「こ、こいつを殺せ‼」

ウェストンは指さしてヒステリックに叫んだ。フェブラリーはショックのために突っ立っているだけだったので、数十人の狂信者がいっせいに襲いかかれば、紙のように引き裂くことができたはずだった。

しかし人々は即座に行動を起こさなかった。ウェストンの動揺が彼らにも広がり、少女を殺すことをためらわせたのだ。その隙をつくように、ドーンがさっとフェブラリーの前に立ちはだかった。

「おっと、この子を殺すのはまずいぜ。他にも仲間がいっぱいいるんだ。怒って押しかけて来るぜ」

「また皆殺しにすればいい！」

「そうはいかねえだろうよ。今度はみんな銃を持ってるんだ。知ってるだろ？　銃だよ。みんな殺されちまうぜ」

「馬鹿な！　ここで銃が使えるものか！」

「使えるのよ」フェブラリーは震える声で言った。「ガス銃よ。金属も火薬も使ってないの。弾丸もセラミックよ。もし戦いになったら、たくさん死ぬわ」

ウェストンはたじろいだが、すぐに気を取り直した。「我々は死なん！　神に守られているのだ！　悪魔に傷つけられるはずがあるものか！　だからこそ悪魔どもは言葉で我々をたぶらかそうとするのだ！　耳を貸してはならん！」

フェブラリーは考えた。怒りと悲哀とやるせなさのために混乱し、涙がとめどなくこぼれたが、それでも懸命に道を探した。自分の命など、もう問題ではなかった。むしろ自分が殺されることでこの人々の罪をいっそう深めてしまうことを悲しんだ。この愚かな状況を打開するためには、どんなことでもするつもりだった。

だが、言葉ではウェストンにかなわないのははっきりしている。人々はすっかり彼の言葉の奴隷になっているのだ。理性や論理では彼らを解放することはできない。何か他の方法でウェストンを打ち負かさなくてはならない。

その方法を思いついた。

「あなたの方が悪魔でないと、どうして言えるの?」

「何だと!?」

「あなたがみんなをたぶらかす悪魔でないと、どうして言えるの? どこにそんな証拠があるの? みんなあなたの言葉だけじゃないの! 私が悪魔だと言うなら、まず、あなたが悪魔でない証拠を見せてごらんなさい!」

「たわ言を――」

「私を傷つけてごらんなさい!」彼女は精いっぱい挑発した。「できるわけないわ。あなたには絶対にできないはずよ。悪魔には神に守られた人間を傷つけることはできないんだもの。そうでしょ?」

全員が唖然《あぜん》となった。暗い広場に沈黙が降り、風がビルの間を吹き抜けるごうごうという音が、やけに大きく響いた。

「……どうしろというのだ?」

ウェストンは内心の不安を隠して、平静を装った口調で言った。相手を自分のペースに引きずりこむことができたので、フェブラリーはしめたと思った。

「私と決闘するの」フェブラリーは自分でもびっくりするほどの冷静な声で言った。「勝った方が正しいのよ。あなたが正しいなら負けるはずがないわ。私が負けたなら、引き裂くなり火あぶりにするなり、好きにして」

他の者の目から見れば、これほど無謀な挑戦はないように見えた。年老いているとはいえ、ウェストンは若い頃にスポーツをやっていたので体格が良く、背も高い。痩せていても体重は少女の倍はあるはずだ。勝負にならないのは明白だ。

ウェストンは何か裏があるのではないかと警戒した。しかし、彼は挑戦を受けないわけにはいかないのだ。決闘を避けたら、この少女を恐れていると思われてしまう。自分の方が悪魔にされてしまう。

「……よかろう。望み通り引き裂いてやろう」

「おい、正気かよ?」ドーンは心配そうにフェブラリーにささやいた。

彼女にも勝つ自信があるわけではなかった。確かに筋力ではひけを取らないはずだし、オムニパシーもある。しかし、二〇〇分の一Gでの動きにはあまり慣れていない。〈スポット〉の中で何十年も生きてきたウェストンに対して、これは大きなハンデだった。もしかしたら殺されてしまうかもしれない。

「いいえ、正気じゃないわ」フェブラリーは悲しそうに微笑んだ。「たぶん私、気が狂ってるのよ」

11　一／二〇〇Gの死闘

「ひとついかがですか？」

〈ウルヴァリン〉のキャビンでぼんやりとしていたバートに、ノーマンがタバコを差し出した。禁煙中なので断ろうかと思ったが、思い直した。今は体の健康より心の健康の方が重要だった。フェブラリーのことばかり考え続けていたら、頭がおかしくなりそうだ。ノーマンも、彼が禁煙しているのを知っていて、あえて言っているのだ。

「すまない」

バートはタバコを一本くわえた。ノーマンは学生時代から愛用している安物のライターの蓋を開けた。

その瞬間も〈スポット〉の中心部では、通常の二〇〇倍の速さでドラマが展開していた。

「本当に手助けはいらないのか？」ドーンは何度も言った。

「ええ――それより、もし私が負けたら、あなたはすぐに逃げてね。捕まったらあなたも殺されてしまうから」

「分かってる」

「それから、私の仲間にこのことを伝えて。争いは避けるように、私の仇《かたき》を討《う》とうなんて考えないように言ってちょうだい。お願い」

「遺言かよ？　そんなの伝える役はごめんだぜ。勝てよ」

ドーンはそう言って、セラミックのナイフをフェブラリーに手渡した。彼女はそれを無雑作にベルトにたばさんだ。親切はありがたいが、使い方が分からなかったし、使いたくもなかった。

彼女はちらっと少尉やタニアたちのことを考えた。キャンプを抜け出してから主観時間で半日ぐらい過ぎているが、キャンプでは一時間もたっていないだろう。まだ彼女の失踪は気づかれていないかもしれない。みんなは何も知らずに穏やかに眠っているのだろうか。

そして、父のことが思い浮かんだ。〈ウルヴァリン〉の中で娘の帰りを待っている父――いらいらして、やめたはずのタバコを吸っているかもしれない。娘が死にかけていることも知らず、今この瞬間も、二〇〇分の一のスピードでゆっくりと動き続けているのだろうか……。

フェブラリーは頭を振り、迷いを払いのけた。勝たなくてはいけない。自分が死ねば、父やみんなを悲しませる。死ぬわけにはいかないのだ。

決闘がはじまった。

ウェストンは静かに腰をかがめて地面に這いつくばり、獲物を狙うクモのようなポーズを取った。右手に白い杖を握り締めている。それはグラスファイバー製の旗竿《はたざお》で、一方の端に銅線がきつく巻かれていた。銅線の両端が杖の先から二本並んで突き出していることに気づき、フエブラリーは警戒した。銅は鉄ほど過熱しないが、コイル状になっている銅線には絶えず高周波磁場による誘導電圧が発生しているはずだ。あの先端で人体に触れれば、回路が形成されて電気が流れる。簡単なスタンガンなのだ。

あれを封じなくてはならない。フェブラリーは上着を脱ぐと、左腕にギプスのように巻きつけた。これを振り回せば、うまくすれば杖をからめ取れるかもしれない。

彼女も腰をかがめた。浮き上がらないようにするのが大切だった。大ざっぱに計算してみると、二〇〇分の一Gでは、軽く地面を蹴っただけでも三〇フィート（約九メートル）も飛び上がってしまい、地面に戻るのに四〇秒もかかることになる。その間、まったく方向転換できないのだから、相手の格好の標的になってしまう。オムニパシーで相手の動きを予知しても、よけられないのでは意味がない。

ウェストンはいやらしい笑みを浮かべ、膝と爪先を器用に使って、じりじりと近づいてくる。あと四〇フィート。この距離で飛びかかるのは不利だ。相手に動きを読まれてしまう。ウェストンもそれを知っているのだ。

逃げ回るだけなら難しくなかった。問題はどうやって相手を倒すかだ。本当に殺したくはなかったが、殺さずに勝ちを宣言するのは難しいだろう。ジレンマだ。さっきからずっと考えているのだが、いいアイデアが浮かばない――

あと三〇フィート。

頭の中が不思議に澄み渡っていた。冷静になったわけではなく、その逆だった。恐怖も、憎悪も、悲しみも、あせりも、その強烈さのあまり凍りついてしまったのだ。青空のような透明な感覚だけが頭の中に広がっていた。

あと二五フィート。

彼女はドーンや人々の存在を忘れた。今やウェストンしか目に入らなかった。世界には二人だけしかいなかった。相手の感じていること、しようとしていることが、自分の感覚のように理解できた。それに対して、彼女自身の感情は透明感の中に溶けこんでいった……。

あと二〇フィート――

ちょうどその時、ノーマンのライターに火がついた。

男は奇声をあげて地を蹴った。水平に突進して少女に襲いかかろうとする。だが、その半秒前にフェブラリーは真横に飛んでいた。一瞬の差で、二人の軌道は触れ合うことなく、別々の方向へ離れていった。

前方に信号機が立っていた。フェブラリーは地表すれすれを滑空《かっくう》しながら、左手で土をひっかき、ブレーキをかけた。信号灯に足からぶつかる。軽い衝撃があり、ブーツの裏がじゅうという音をたてた。方向感覚が狂った。今や大地は横倒しになっており、彼女は大地から水平に突き出た信号灯の基部に立っていた。

ウェストンが方向転換して襲ってきた。彼女にとっては頭上に相当する方向からだ。フェブラリーは焦げたブーツの裏の粘着力を利用して、信号機の先端へすたすたと歩いた。ウェストンは過熱した信号灯の基部に激突しそうになったが、すかさず杖で信号灯を叩いて飛びのいた。

ここにいては目標になってしまう。フェブラリーは信号灯の先端から地面にダイブした。腕を曲げて衝突の衝撃を吸収し、土をつかんで反動で跳ね返るのを防いだ。蛙のように地面にへばりつく。再び大地は水平になった。

間髪を入れず、ウェストンが襲ってくる。フェブラリーはまたも身をかわした。目が回りそうだった。水平感覚をつかさどる三半規管は、Gのかかる方向を〝下〟と認識するのだ。重力よりきわめて大きい加速度で横に飛ぶと、水平と垂直の感覚が目まぐるしく入れ替わる。大地が垂直の崖になり、その壁面を落下している感じがした。

首をひねると、ウェストンの方向転換のやり方が見えた。地面に杖を強く突き立て、鉄棒のように半回転して、一瞬でUターンするのだ。老人に似合わぬすばやさだ。

さっき攻撃をかわす時、フェブラリーは強く地面を蹴りすぎていた。まだ地面に触れることができず、地表すれすれを慣性で水平に流されている。ウェストンが後ろから迫ってきた。彼女は身をよじって杖をかわした。同時に男の腹を蹴りつけた。

ミスした！　はずしたのではなく、うまくヒットしすぎたのだ。ウェストンは地面に叩きつけられ、反作用でフェブラリーはくるくる回転しながら、空中高く舞い上がった。世界が洗濯機のように回転した。みるみる地面が遠ざかる。

彼女は上着を帆のように広げた。しばらくすると、空気抵抗によってどうにか回転は止まったが、すでに地面から四〇フィートほども浮き上がっていた。あとは放物線に沿ってゆっくり落下するだけだ。空中で軌道を変えることはできない。

落下予定地点には、すでにウェストンが腕を広げて待ちかまえていた。今のフェブラリーには敵の懐《ふところ》に飛びこんでゆくことしかできないのだ。彼女はのろのろと落下を続けながら、杖の攻撃に備えて、上着を顔の前にかざした。

ウェストンは杖を振り上げて威嚇《いかく》した。それがフェイントのための布石であることをフェブラリーは見抜いていた。杖で突くと見せかけて、まず左手で彼女の足首をつかむつもりだ。そうして彼女の動きを封じてから、おもむろに料理しようという魂胆《こんたん》だろう。

ライターの火の先がタバコに触れた。まだタバコに火はつかない。

「フェブラリー!」

ドーンが飛び出してきて、ウェストンに飛びかかろうとした。男はさっと杖を振り、少年の腹を打った。少年は感電して悲鳴をあげ、はじかれたように飛んでいった。

地上まで一〇フィート。ウェストンはフェブラリーの顔めがけて、しきりに杖を突き出す。少女が顔をかばい、下半身の防御がおろそかになったのを見て、彼はすかさず飛び上がり、足をつかもうとした。フェブラリーはその手を蹴飛ばして払いのけ、同時に上着を振り回して杖の先にからみつかせた。

それでもウェストンは強引に突いてきた。杖の先がフェブラリーの胸に触れた。彼女は悲鳴をあげた。上着とシャツの布地を通しても、電気の衝撃はすさまじいものだった。

少女の体は再び宙に舞い上がった。回転しながら上昇してゆく。上着は杖にからみついたまままだ。ウェストンはそれを引き裂いて投げ捨てた。

フェブラリーは木の葉のように空中を漂いながら、激しくあえいでいた。致命的な高電圧ではなかったが、それでもショックは大きかった。まだ頭がぼうっとしている。周囲のものがはっきり見えるようになるまでには、しばらく時間がかかった。

また地面が近づいていた。しかも今度は体が回転を続けている。これでは防御のしようがない。ウェストンの勝ち誇った顔が迫る――

彼は落下してきたフェブラリーを杖の先端で受け止めた。彼女の背中、ベルトのすぐ上のあたりに、杖が垂直に突き立った。尖った銅線の先が少女の柔らかい皮膚に食いこむ。

フェブラリーは絶叫した。腰の中で嵐が荒れ狂っていた。アクロバットのように杖の先端で仰向《あおむ》けになったまま、逃れることも、苦痛のあまり気絶することもできず、手足を広げてじたばたさせた。まるでピンに刺された蝶だった。リボンがほどけ、髪が大きく広がった。苦痛にあえぐ幼い顔から、涙と汗がきらめくしずくとなって空中に飛び散った。

ウェストンは傘でも差すかのように、杖を片手で持ち上げ、赤ん坊のように泣き叫びもがき苦しむ少女を空中に掲げた。そのままゆっくりと、路上に転がっているひしゃげたマイクロバスの残骸の方へ運んでゆく。その中に少女を押しこみ、蒸し焼きにするつもりだった。

彼女は必死にもがいた。背中に回した左手が杖をつかんだ。左腕の力だけを使って、どうにか杖を背中から引き抜き、体を空中に持ち上げる。「こいつめ！」ウェストンは怒って杖を振り回した。少女は遠心力で飛ばされた。

フェブラリーは半ば失神状態で空高く飛んでいた。黒く焼け焦げたビルが前方に絶壁のように立ちはだかっている。割れた窓ガラスが牙《きば》をむいて、獲物が頭から飛びこんでくるのを待ち受けていた。だめだ、気を失うわけにはいかない。ここで失神したら――

最後の瞬間、彼女は気力を振り絞って体をひねり、足を前に向けた。ステンレスの窓枠に両足で踏ん張って停止する。どうにかガラスに突っこまずに済んだ。

吐きそうだった。頭の中がぐるぐる回っているし、腰はしびれて無感覚になっている。ブーツの底が焦げているのも気にならなかった。このままでは負けてしまう。悪夢と現実が交錯《こうさく》する中で、彼女はほとんど死を覚悟していた。

それでも逃げようという気は起こらなかった。戦いを続けなくてはならない。その強烈な意志だけが、ほとんど混濁《こんだく》状態にある彼女を突き動かしていた。それは義務感でも、勇気でも、誇りでもなかった。それは――

ウェストンは杖を窓にひっかけて、ビルの垂直の壁面をすいと登ってくる。フェブラリーは右のブーツを靴下ごと脱ぎ、脇にかかえた。裸足《はだし》になった右足の指をコンクリートの割れ目にひっかけ、左足は過熱した窓枠に焼きつけて、スーパーマンのようにビルの壁面に垂直に立ち上がる。ブーツの底を両手で持ち、サムライが刀をかまえるように、向かってくる敵に突きつけた。

少女のそんなけなげな姿は、ウェストンにしてみれば、哀れな最後のあがきに見えた。もう体中ががたがたになっているだろう。そろそろとどめを刺してやろう。彼はせせら笑いながら、杖を突き出して突進した。

「死ねい！」

フェブラリーが待っていたのはその瞬間だった。杖の軌道がはっきりと見えた。すかさず杖の先端にブーツをかぶせ、脇にはさむ。腰をかがめ、相手の突進力を利用して後ろに倒れ、ビルの壁面に背中を押しつける。

勢い余って、ウェストンの体は空中に吊り上げられた。もともと旗竿だった杖は、今やビルの壁面から水平に突き出し、その先端に男が旗のようにぶら下がっている格好になった。慌てて足をじたばたさせる。杖を放せば自由になれるのだが、彼がそんなことをするはずがない。

少女は野獣のような声をあげ、杖を力いっぱい空中に押し出した。ウェストンは後ろ向きに宙を飛んで広場の上を横切り、向かい側のビルにぶつかった。むきだしの鉄骨が背中を焼き、悲鳴をあげる。跳ね返り、もがき苦しみながら広場の上を漂った。

フェブラリーは相手が地面に落ちるのを待つようなことはしなかった。自分も壁面を蹴って水平に飛び、空中で体当りする。ウェストンはもう一度ビルに叩きつけられた。フェブラリーは反動を利用して最初のビルに戻り、そこから斜め下向きに飛んで、ぴたりと着地した。もう低重力での動き方のコツを完全に学んでいた。

ウェストンが落ちてくる。もう杖は手にしていない。形勢は逆転した。フェブラリーは真下からジャンプすると、男の腹を膝で蹴り上げた。ウェストンは再び空にはじき飛ばされ、フェブラリーは地面に戻った。敵が落下してくるのには、しばらく間がある。

ウェストンはゆっくりと上昇を続けながら、地上のフェブラリーが何をしようとしているのかを見下ろし、恐怖に襲われた。少女は広場の中央にある等身大のインディアンの石像を、大きな台座ごと持ち上げようとしているのだ。

フェブラリーは一Gでなら二トン以上ありそうな石像を横倒しにして、肩にかつぎ上げた。敵の落下予定地点を目指して、ゆっくりと水平に運んでゆく。支えるのに苦労はなかったが、動かそうとすると大きな抵抗があった。重量は小さくなっても、慣性は元のままなのだ。自分の体重の何十倍もあるものを動かすのだから、かなりの力が必要だった。

それでも少しずつ勢いがついてきた。一歩、二歩、三歩……フェブラリーは地面を踏みしめながら、しだいにスピードをあげていった。ウェストンが地上近くまで降りて来た時には、すでに全力疾走になっていた。手を放すと、慣性のついた石像は目標に向かって一直線にぶつかっていった。ウェストンは絶望の悲鳴をあげた。

車にはねられたようなものだ。男はビリヤードの玉のようにはじき飛ばされ、駅前の映画館の看板に描かれたキアヌ・リーブスの顔に叩きつけられた。石像はそのまま飛んでいって、ビルのシャッターに激突し、ものすごい音をたてた。

フェブラリーはもう一方のブーツも脱ぎ、ズボンも脱いだ。ウェストンは気を失ったらしく、ゆらゆらと回転しながら落ちてくる。フェブラリーはジャンプして空中で彼をつかまえ、ズボンを巻きつけて縛りあげた。その時、ズボンのベルトにはさんでいたナイフのことを思い出した。もっと早く使えば良かったのだ。

二人はもつれあいながら地上に降りた。ウェストンはうめいた。目を覚ましかけている。フェブラリーはナイフをつかみ、男の咽喉《のど》に当てた。勝ったのだ。彼女は髪を振り乱し、にんまりと微笑んだ。これを軽く突くだけで、こいつを殺すことができる……。

殺す。

フェブラリーは自分の考えていることに気づき、愕然となった。恐怖で血の気《け》がひき、興奮が冷めていった。他の誰でもない、自分自身に対する恐怖だった。たった今、確かにこの男に殺意を抱いていたのだ。正気に戻るのが数秒遅れたら、間違いなく殺していただろう。

これまで自分を善良な人間だと思っていた。人など殺せるはずがないと確信していた。ノーマンもそう言っていたし、父もそう信じていた。優しすぎるのが自分の欠点なのだとさえ思っていた。しかし、それは間違いだった――

ウェストンは意識を取り戻し、目の前に下着姿の少女がナイフを手に立っているのを見た。逃げようにも、上半身は縛られ、脚の骨も折れている。その表情を絶望がよぎったが、それはじきに倒錯《とうさく》した希望に変わった。少女がナイフを握ったままとまどっているのを見て、彼は苛立たしく身をよじった。

「どうした――殺さないのか?」彼はあえぎながら無理に笑った。肋骨《ろっこつ》も何本か折れているようだ。「早くそいつで刺せ……わしを殺せないなら、自分が悪魔であることを証明することになるぞ。それでもいいのか？　さあ早く！」

この男は死にたがっているのだ、とフェブラリーは知った。生き続ければ罪を裁かれてみじめな思いをするが、ここで死ねば殉教者《じゅんきょうしゃ》になれる。彼女に殺されることによって、すべての罪から解放されるつもりなのだ。

「そうだ、フェブラリー、やっちまえ！」ドーンが背後から叫んだ。「そいつは悪い奴なんだ。死んで当然なんだ。殺しちまえ！」

(殺す……)彼女の心の中でその単語が反響していた。(殺す……殺す……殺す……殺したい……殺したい……)

「いやあ！」

耐えられなくなり、彼女はナイフを投げ捨て、へなへなとしゃがみこんだ。意志を支えていたものが崩れ去り、顔を覆ってすすり泣いた。さっきまでのりりしい女戦士は影をひそめ、どこにでもいる一一歳の子供に戻っていた。

だが、彼女は知っていた——本当の意味では、もう二度と子供には戻れないのだ。

ようやくタバコに火がついた。

戦いが終わったと知り、人々がぞろぞろと集まってきた。縛られて倒れている男と、しゃがみこんで泣き続けている少女を取り囲む。どちらが正しかったかは明白だった――それでもなお、彼らは真実を受け入れることをためらっていた。

　一人のみすぼらしい中年女がおずおずと進み出た。フェブラリーの肩にそっと手をかける。

「……本当なの？　本当に外の世界はあるの？」

　フェブラリーは涙をぬぐって顔を上げた。「……本当よ」

「時間はどれぐらい経《た》ってるの……？」

「まだ二〇一三年の一二月よ。三か月しか経ってないわ」

　突然、女の形相が変わった。野獣のように叫びながらウェストンに飛びかかり、顔を何度も何度も殴りつける。

「嘘つき！」女は泣いていた。「嘘つき！　嘘つき！　嘘つき！」

　殺してしまいそうな勢いだった。「やめて！」フェブラリーは女の腰に抱きつき、懸命に取り押さえた。女はしばらくもがいていたが、やがておとなしくなった。息をはずませ、髪を振り乱して、フェブラリーの方を振り返る。

「どうして!?」女は激しい憎悪の表情を浮かべていた。「どうして邪魔するの？　どうして殺させてくれないの!?」

「気持ちは分かるけど……」

「あんたなんかに分かるもんですか！　あれが起こった時、私はあんたぐらいの歳だったのよ。それがどう!?　こんなに醜くなってしまった！　私と同じ歳の子供たちは、まだ若いままだっていうのに！　それもこれも、みんなこいつのせいなのよ！

私は九人も子供を産んだわ。そのうちの六人が死んだ。一人なんか、まだ眼も開かないうちに死んだのよ。みじめな生活だったわ。神様を信じて、いつか楽園に行けるという希望だけを抱いて、この暗い世界でこそこそと生きてきた……神様も楽園もみんな嘘なら、あの子たちの命って何だったの⁉　私の人生って何だったの⁉　教えて！」

女は泣き崩れた。フェブラリーはかぶりを振った。

「……それでも殺すのは良くないわ。この人だって被害者だったのよ。あなたたちと同じなのよ」

そう言って、哀れみに満ちた視線をウェストンに投げかけた。さっきまでの強烈な憎悪は嘘のように消えていた。この男をあれほど盲目的に憎んだのは、自分とはまったく異質で邪悪な人間だと思ったからだ。自分の中にもこの男と同じ邪悪がひそんでいると知った今、もっと違う見方ができるようになっていた。

おそらく、この男ももともとは善良な人間だったのだ。しかし狂気から目覚め、真実を知った時、恐怖にとらわれたのだ。自分の築き上げてきた世界がすべて幻影だったこと、その幻影に多くの人間を巻きこんでしまったこと——その途方もない空《むな》しさと罪の大きさに、彼はたじろいだ。そして現実と直面することを拒んだのだ。いつまでも嘘をつき続け、幻影の中で生き続けることをしたのだ。

他の人々がなぜ何十年も騙され続けたのか、今なら理解できる。彼らも怖かったのだ。外の世界が存在しているなら、自分たちの死にもの狂いの努力と忍耐の日々は、すべて無駄だったことになる。心の底ではウェストンが間違っているのではないかと思いつつも、それを認める勇気がなかったのだ。認めれば自分のそれまでの人生をすべて否定することになる。だから彼らは、外の世界を異常に恐れながら、ずっと騙され続けたのだ。

しかし、それももう終わった。彼らはついに現実を認めたのだ。ほとんどの者は虚脱状態で、口もきかなかった。ぼんやりと突っ立ったり、抱き合ってすすり泣いたりしている。偽りの世界が崩れ去り、これからどうやって生きていけばいいか分からないのだ。幼い子供たちは事情をよく理解できないようだったが、それでも大人たちの沈んだ雰囲気を察し、神妙にしていた。まるで葬式のようだった。

自分のしたことは正しかったのだろうか、とフェブラリーは思った。偽りの世界で生きるのは悲劇だ。だが、真実を知ることも悲劇なのだ。彼らにはもう神はいない。彼らのささやかな希望や救いを、彼女が打ち砕いてしまったのだ。

もう元には戻らない。

「……ドーン」フェブラリーは静かに言った。「兵隊さんたちをここへ呼んできて」

バートはタバコをふかした。禁煙期間が長すぎたせいか、ひどくまずい。彼は顔をしかめながらも、より深く煙を吸いこんだ。ニコチンやタールが肺に流れこむのを感じ、不快ながらもある種の満足感を感じていた。

今は自分を痛めつけたい気分だった。そうすることによって、フェブラリーの苦しみに近づけるような気がしたのだ。

ドーンがドレイク少尉たちを連れて戻って来るのに、主観時間で半日ほどかかった。彼らは大急ぎでやって来たのだが、それでも二〇倍近い時間の流れの差はどうしようもない。

おかげでフェブラリーにはいくらか立ち直る余裕ができた。少尉たちに泣き顔を見せるわけにはいかない。沈んだ気分を少しずつ心から払いのけ、涙の跡をぬぐって、微笑む練習をした。少尉たちがやって来た時、笑顔で迎えることができた。陰のある笑顔だったが、それで精いっぱいだった。心の奥にはぽっかりと大きな傷口が開いている。元のように笑えるようになるには、長い時間がかかるだろう。

下着だけのあられもない少女の格好を見て、少尉は目を丸くした。フェブラリーはこれまでの事情を説明した。あまり心配をかけないよう、なるべく軽い口調で、あちこちごまかして喋ったが、それでもウェストンと決闘をしたことは話さないわけにいかなかった。

話を聴き終わると、少尉はいきなり彼女の頰を強く叩いた。もちろん彼女はそれを予知していたが、あえてよけなかった。その一撃で、彼女の造りものの笑顔は吹き飛んでしまった。少尉は鷹《たか》のような眼でにらみつけた。

「何でぶたれたか、分かってるな?」

フェブラリーは頰を押さえてうなずいた。「……ええ」

「本当はこれは君のお父さんの役目なんだろうが、今は代わりに俺がぶっておく。たぶん君のお父さんはぶたないだろうからな」

「……ごめんなさい」

父の顔が脳裏に浮かび、また眼が熱くなった。何て遠くなってしまったんだろう。たった数時間前に別れたはずなのに、ほんの数マイルのところにいるはずなのに、まるで何十年も、何光年も離れているような気がした。

「長い説教は苦手だ。君にはオムニパシーがあるんだし、俺が何を言いたいかは分かるだろう? 君を好きだからぶつんだ」

「………」

二人の間にしばし沈黙が流れた。フェブラリーがすっかり神妙になったのを見て、少尉は一転して優しい顔になった。

「それにしても何て格好だい！ 『エイリアン』のシガニー・ウィーバーじゃないか！」

彼女の気分を少しでも明るくしようとしたジョークだった。その親切が嬉しくて、フェブラリーは涙をぬぐい、くすりと笑った。

12　フェブラリーの選択

「あの人たちをどうするかが問題ね」タニアがため息をついた。

駅前の広場では、生存者たちと調査隊メンバーとの交流が、割合と円滑に進んでいた。以前に調査隊が一度全滅させられているとあって、少尉らはトラブルを予想していたが、取り越し苦労だったようだ。人生の目的を失って虚脱状態になった人々は、もはや反抗する気力もなく、兵士たちの指示に従順に従った。

しかし、問題はあった。彼らの健康状態である。衛生兵は病気にかかっている子供や老人の容体を忙しく見て回り、他の兵士や科学者たちも診察を手伝った。持ってきた医薬品や食料はたちまち底をついた。それでも間に合わなかった。ほとんど全員が何らかの形で健康を害していたのである。

主な原因はビタミンの欠乏と、低重力による骨のカルシウムの減少のようだった。すぐに死ぬことはないにしても、なるべく早く病院に入れなくてはならない。だが、低重力に慣れた彼らの体が、一Gの重力に耐えられるだろうか？

「宇宙ステーションで一年以上過ごしたロシアの飛行士の記録を見たことがあるが、地球に戻っても、しばらくは立つこともできなかったそうだ」チャドウィック博士が言った。「私がシャトルで地球を回ったのは、ほんの二週間だったが、それでもしばらくは体が重くて、歩きづらかったのを覚えてるよ。彼らの場合、それが二〇年以上なんだから……」

「でも、治療は可能なんでしょう?」と少尉。

「私は医者じゃないから何とも言えんが、リハビリテーションするしかないだろう。薬では治せんよ」

「問題は体がひどく衰弱している者もいることなんです」衛生兵が言った。「老人や幼児もいます。彼らをいきなり一Gのところへ連れて行ったら、心臓に負担がかかって死んでしまうかもしれません。循環器系もかなり萎縮しているはずですからね」

小さなテントの中、ケミカルランプの緑色の光を囲んで、彼らの議論は堂々めぐりをしていた。生存者たちをなるべく早く〈スポット〉の外へ連れ出さなくてはならない。だが、無理に連れ出すと死んでしまう……。

「こうしたらどうかな」チャドウィック博士が提案した。「彼らを少しずつ外へ移してゆくんだよ。ここよりほんの少し重力の大きい場所でしばらく生活させ、そこに慣れたら、さらに外へ移す……これを繰り返して、少しずつ重力に適応させるんだよ」

「どれぐらい時間がかかります?」

「さあね。何か月か、それとも何年か……見当もつかんね」

「……意味がないわ」それまで無言だったフェブラリーがぽつりと言った。

「何だって?」少尉が怪訝な顔をした。

「外の状況を思い出して。世界はそんなに待ってくれないわ。〈スポット〉があと半年も居座り続けたら、異常気象は取り返しがつかないほど悪くなる。確実に文明は崩壊するわ。苦労してあの人たちを地獄から救い出しても、別の地獄が待ってるだけよ」

「本当かい、その話？」

一同は驚いて振り返った。テントの垂れ幕がめくれ上がり、ドーンが顔を出した。音もなく近づいてきたので、フェブラリーにも分からなかったのだ。みんなをびっくりさせることができたので、彼はいたずらっぽく笑った。

「邪魔して悪かったな。でも、この話は聞き捨てならなくてね。俺も混ぜてくれよ」

「君に関係のある話じゃ――」

「待って！」少尉がごまかそうとするのを、フェブラリーが制した。「もう嘘はいやよ。今、嘘をついても、どうせじきにばれるんだもの。正直に話しましょう――ドーン、あなたにも本当のことを知って欲しいの」

「そう来なくちゃ！」

ドーンはタニアとチャドウィックの間に強引に割りこみ、腰を下ろした。

「つまりこういうことだろ？　フェブラリーが前にちょっと話してくれたんだけど、この場所――ええっと、あんたらは〈スポット〉って呼んでるんだっけ？――この重力の小さい場所ができたおかげで、世界中の天気がめちゃくちゃになってる。その原因を突き止めて、どうにかするのがあんたらの目的だ。そうだろ？」

「そうよ」フェブラリーはうなずいた。

「〈スポット〉を消すことができなけりゃ、世界は破滅する？」

「ええ」

「でも、〈スポット〉が消えると俺たちは死んでしまう……」

「みんなが死ぬわけじゃないわ」タニアが言った。「もしかしたら誰も死なないかも……でも、保証はできないわ。何人かは死ぬかもしれない」

「うーん……」ドーンはしばらく考えてから言った。「世界にはどれくらいの人間がいるんだ？」

「もうじき八〇億人を突破する」と少尉。

「八〇億……！」

ドーンは絶句した。たった四〇人の小さな世界で生きてきた少年には、八〇億の人間がひしめいている世界など、想像を絶したものだった。やがて驚きから立ち直ると、その表情にあきらめに満ちた笑いが浮かんだ。

「だったら何も迷うことはねえだろうに？　世界を救うのがあんたらの任務だろ？　八〇億の人間を救うためなら、俺たち四〇人ぐらい犠牲になったってしょうがねえ……」

「やめて！」

みんなは振り返った。フェブラリーは枯葉色の眼に涙を浮かべていた。

「そんなこと言わないで！　これ以上、私を苦しめないで！」

そう叫ぶと、彼女はテントから飛び出していった。

主観時間で何時間も捜《さが》し回った末、ドレイク少尉はようやくフェブラリーを見つけた。そこはビルの屋上だった。少尉の手にしたケミカルランプの投げかける光が、漆黒の闇の中にうずくまっている少女の姿を浮かび上がらせた。ひび割れた古いコンクリートの上で、膝の間に顔を埋《うず》め、冷たい風に吹かれている少女の姿は、ひどく痛々しかった。

「……あんなこと言うなんて」

フェブラリーは泣き腫《は》らした眼を上げ、少尉を見た。

「ドーンはひどいわ。八〇億と四〇人？　犠牲になってもしょうがない？　そんな言い方ってないわよ。命は――命は数で比べられるものなんかじゃないのに。何であんなことを言って私をいじめるの？　嫌いよ、あんな奴」

「彼は君をいじめるために言ったわけじゃない」

「分かってる――分かってるのよ。みんなそうなの。みんな私のことを思いやって、私のために思って、自分の命を削《けず》ろうとするの。パパも、ドーンも、あなたも……でも、それが私には苦しいの。みんなの思いや、魂や、命が、みんな私にのしかかってくるの」

「………」

「もう誰も傷つけたくない。誰も死なせたくない――でも、〈スポット〉が消えても、このまま消えなくても、どっちにしても誰かが死ぬんだわ。どっちを選べばいいの？　私にはそんなの選べないわ」

「フェブラリー……」

少尉は彼女の隣りに来て、肩を優しく抱いた。

「君は他人の心はよく分かるようだけど、自分のことは分からないみたいだな」

「……そうかもしれない」

「そうなんだよ。君は自分のオムニパシーを絶対だと思ってる。あらゆる物事を偏見抜きでストレートに見ることができると思ってる――だが、俺が見るかぎり、君の考え方には三つの大きな間違いがあるな」

「間違い？」

「そうだ。第一に、君はこの世の悲劇をすべて自分ひとりで背負いこもうとしてる。自分ひとりで悩み、自分ひとりで選択し、自分ひとりで罪をかぶるんだと思ってる。とんでもないことだ！　君は自分をキリストと勘違いしてるよ。人類の悲劇には、人類みんなが責任があるんだ。人類の犯す罪は、みんなでいっしょに背負うべきなんじゃないか？

第二に、君は物事の悪い面ばかり見すぎる。今度のこともそうだ。あの人たちを解放したことを悔《く》やんでるようだけど、もし君が真実を教えなければ、彼らは狂った信仰の奴隷になったまま、みじめに死んでいっただろう。君は彼らを救ったんだぜ」

「でも――」

「黙って聴け！　第三に、君はここに来た目的を忘れてる。ここに来たのは異星人のことを探るためじゃなかったのか？　異星人について何が分かった？　何も分かってやしない！　君は本来の任務を忘れて、関係のないことで悩んでばかりいる――」

「あの人たちのことは、関係ないことじゃないわ！」

「だから言っただろう。他人の責任まで背負いこむな。彼らのことは俺たちが考える。君は自分に与えられた責任だけをきちんと果たせばいい。そうやってみんながそれぞれの責任を背負って、この世の中は成り立ってるんじゃないか」

「でも、何をすればいいの？　わざわざ〈スポット〉の中心まで来たけど、異星人の手がかりなんて何もないわ！　世界を救うことなんてできないわ！」

心にわだかまっていたありったけの絶望を吐き出し、彼女は疲れ果てて少尉の広い胸にぐったりと肩をもたれさせた。

「……このまま滅びた方がいいのかもしれないわ。〈スポット〉がなくても、きっと環境汚染や戦争や飢餓でみんな死んでいくんだもの。〈スポット〉に滅ぼされるなら、少なくとも誰の責任にもならないわ。みんな死んだら、悩むこともないものね」

「悲しいね、フェブラリー。君がそんなことを言うとは」

「もういやよ。何もかもいやなの……」

その時である、屋上の縁からドーンがひょっこりと顔を出した。

「何だ、ここにいたのかよ」少年のすねたような口調には、フェブラリーと抱き合っている少尉に対する嫉妬《しっと》がこもっていた。

「君は人を驚かせるのがうまいな。何の用だ?」

「大事な用件さ。さっきウェストンが死んだぜ」

「何だって⁉」

「自殺さ。罪を償うとか言ってな――でも、死ぬ前に言い残したんだ。あんたらを〈聖堂〉に案内してやれってな」

「〈聖堂〉?」

「あれ? 説明してなかったっけな? 神の〈使者〉……あんたらの言うUFOの出てくる場所さ。もっのすごく深い穴が開いてるんだ。見たいかい?」

少尉とフェブラリーは顔を見合わせた。闇の中に小さな希望の灯が生まれた。初めて異星人に関する重大な手がかりが得られたのだ。

「見たい!」二人は同時に叫んだ。


UFOがどこから現われてどこに帰るのかは、外部の人間には長いこと謎だった。偵察機からの写真では、青方偏移と陽炎にまぎれて、小さなUFOを識別するのは不可能だった。調査隊が何度か追いかけようとしたものの、スピードが速すぎてすぐに見失った。

〈聖堂〉というのは、駅のすぐ北側にあるスポーツ・センターの建物だった。ドーンの話によれば、UFOは一日に何十回もそこに出入りしているのだという。ウェストンはそこを神聖な場所と定め、信者たちに立入ることを禁じた。建物の中に入って、地の底まで続く穴を見たことがある者は数少なかった。

センターの前の駐車場には、大きなコンクリートのかたまりが二列に並べられていた。ウェストンは時おりここに信者を集め、神を崇《あが》める珍妙な儀式を行なっていたのだ。

「見ろ、あのフェンスを！」

少尉が指さした。テニスコートを囲っているフェンスの一部が、真っ赤な光を発していた。青方偏移の光ではなかった。近寄ってみても光は消えないのだ。光を発している部分はわずかに熔けて垂れ下がっていた。顔を近づけると、強い熱気を感じる。フェンスのここだけが他の部分より高温であるらしい。

「妙だな。ここだけが高温なんて……電磁誘導の効果にばらつきがあるのかな？」

フェブラリーは首を振った。「違うわ、電磁誘導だけでこんなに熱くはならない――放射線を調べてみて」

少尉は腰に吊るしていた霧箱を手に取り、光っている部分に向けてハンドルを引いた。レンズの中に細い軌跡が何本も見えた。

「やっぱりね。モノポールよ」

「何だって？」

「単一磁極粒子。普通の磁石には必ずNとSがあるけど、モノポールにはどちらか一方しかないの。きっとUFOを浮かばせていたのはこれだわ。たぶんUFOからこぼれて、この鉄のフェンスの中に吸いこまれたのね」

「何でそれで熱くなるんだ?」

「モノポールはものすごく重いのよ。バクテリアぐらいの重さがある素粒子なの。それが原子核にぶつかると、どんな原子核でも壊れてしまう。それで熱と放射線が出るの」

「中性子がプルトニウムを壊すようなものか?」

「もっとすごいわ。核分裂だと単に原子核が割れるだけだけど、モノポールは陽子や中性子まで壊してしまうのよ。陽子が壊れた後には陽電子が残るけど、これも電子とぶつかって消滅するわ。だから何も残らない。全部エネルギーに変わるの。だからものすごく効率がいいし、核分裂に比べて放射能もあまり出ないのよ」

「確かにそいつはすごいな」

「おまけにモノポール自体はぶつかっても壊れない。行く手にある原子核を果てしなく壊し続けるの。これを物体の中に入れて、高周波磁場で揺さぶったらどうなる?」

「激しく振動して、原子核を壊しまくるってわけか……」

「空気がイオン化していたのも、空気中にモノポールが散らばってるせいだとすると、つじつまが合うわ。モノポールのイオン化作用は普通の荷電粒子の一〇〇〇倍だって聞いたことがある。雷が落ちた時に起きたあの放電は、空気中のモノポールが雷の電流で揺さぶられたせいじゃないかしら? このあたりが異常に暑いのも、モノポールが空気分子とぶつかる時に放出する熱エネルギーのせいかもしれない……」

「よう、何の話してるんだ?」ドーンが割りこんだが、二人は無視した。

「これまで地球上ではモノポールは見つからなかったわ」フェブラリーは夢見るような表情で言った。「それが長いこと謎だったの。理論によれば、ビッグバンの直後に大量のモノポールが生まれたはずなのよ。それが一個も見つからない――科学者はいろいろ考えて、ビッグバンの理論を修正したの。宇宙の広がる速さは一定じゃなくて、誕生した直後にはものすごく速く膨張した。だからモノポールが生まれる暇がなかったってわけ。

でも、それはこの宇宙の話よ。他の宇宙では膨張のしかたが違うかもしれない。だからたくさんのモノポールがあるかもしれない。複素電磁場理論によれば、虚数次元では電子とモノポールの役割が入れ替わってるの。もしかしたらフレミングの左手の法則のような単純な原理が虚数次元にもあって、電流がモーターを動かすように、モノポールの流れが物体を虚数次元方向に押し出すような力を生みだすのかもしれない……」

「異星人は他の宇宙から来たと思うか?」

「分からない――でも考えられるわ。私たちの体が酵素《こうそ》を使って食べ物を分解してるように、モノポールを使って物質を食べる生命がいるかもしれない。と言うより、モノポールそのもので構成された生命なのかも……そんな生命は、きっとものすごいエネルギーを自由にあやつることができるに違いないわ。時間や空間をねじ曲げたり、物質を破壊するだけじゃなくて、創造することもできるかもしれない」

フェブラリーはだんだん高揚《こうよう》してきた。この推論が正しいなら、異星人を理解するうえで大きな前進となるのは間違いない。絶望が少しずつ希望に変わってゆく気がした。

「おーい、中に入るのかよ、入らねえのかよ⁉」

ドーンが苛立って大声を出した。

「もちろん入るわ――ねえ、ドーン、少し態度が大きいわよ。言っとくけど、私の方がお姉さんなんですからね。あなたは生後二か月の赤ちゃんじゃないの」

「よく言うぜ。まだ毛も生えてねえくせに！」

少尉はびっくりしてフェブラリーを見た。彼女は恥かしそうに縮こまり、上目使いに気まずい笑みを浮かべた。

「ごめんなさい、アラン。今の話、パパには内緒にして」

少尉はため息をついた。「どうやら君は思ったより不良少女のようだな」

フェブラリーは小さく舌を出した。


三人は壊れた天窓から体育館の中に入りこみ、黒焦げになって瓦礫《がれき》が散乱している板張りの床にふわりと着地した。サウナのように蒸し熱かった。周囲の鉄骨がすべて赤熱する寸前の温度まで過熱しているのだから当然である。フェブラリーは素足《すあし》で鉄に触れないように注意した。シャツは汗でぐっしょりとなり、小さな胸が透けて見えている。しかし、今はそんな些細なことを気にしているゆとりはなかった。

体育館の床に大きな穴が開いていた。

穴は幅二〇フィート以上あり、床をぶち抜き、地下のボイラー室をも破壊して、地球の中心に向かってまっすぐ続いていた。奇妙なのはその断面だった。完全な三角形をしており、壁面は黒くつやつやした物質で覆われている。ケミカルライトの光は数十フィート先までしか届かず、どれほどの深さがあるのか見当もつかない。

「あの模様は何だ？」

少尉はかすれた声で言った。穴のずっと奥、ブラックホールにも似た漆黒の闇の中心に、ギリシャ文字のデルタのような、小さな白い三角形の光が見えた。

「青方偏移の光よ。壁の熱が肉眼で見えてるんだわ。あそこはここより何十倍も時間が速いのよ」

少尉は試しに予備のケミカルライトを穴に放りこんでみた。緑色に輝く小さなチューブは、穴の壁面で跳ね返りながら、どこまでも下へ落ちてゆく——と、その光が急に青から紫に変わり、すうっと暗くなって見えなくなった。ブラックホールに吸いこまれたようだった。

「ここよりまだ時間が速いのか……どれぐらいの深さがあるのかな？」

「たぶん二四〇〇フィートね」

「何でそんなことが分かる？」

「簡単なことよ。海にある〈スポット〉を飛行機から観測した写真から、〈スポット〉の中心は少なくとも海面下一〇〇〇フィートにあることが分かってるわ。このクーガーズロックは海抜一四〇〇フィートでしょ？」

「なるほど、簡単だ……ドーン、底まで降りたことはあるか？」

「とんでもねえ！」ドーンはぶるぶると首を振った。「そりゃ興味はあるけど、いくら俺でもそんな度胸はねえよ。ただ……」

「ただ？」

「入っていった奴がいたって話は聞いたことがある。ずっと前の話さ。二度と出てこなかったそうだがな」

フェブラリーは穴の中に少しだけ降りてみた。黒い壁はほんのりと温かかったが、熱くはなかった。表面に凹凸《おうとつ》はまったくなく、よく見ると彼女の姿が幽霊のように映っている。

「ガラスみたいだわ。きっと土がすごい温度で熔けたのね」

「しかし、それ以外のところは熔けた様子がないな」

「ええ、このガラスもかなり薄いわ。ものすごく狭い範囲に熱が集中したのね。核爆発みたいなものじゃなくて、レーザーで焼いたって感じ……モノポールを使ったらこんなこともできるんじゃないかしら」

「だが、掘り出した土はどこへ行ったんだ？　みんなモノポールに食われたか？」

「まさか。これだけの量の土がみんなエネルギーに変わったんなら、地球なんか吹きとんでるわ。たぶん――」

「おい、来るぞ！」

ドーンが叫んだ。フェブラリーは下を見た。穴の底から紫色の光点がいくつも昇ってくる。それは急速に青い色に変わり、大きくなった。多面体ＵＦＯの編隊だ。

「逃げろ、フェブラリー！」少尉は叫びながらライフルをかまえた。

しかし、彼女は逃げなかった。ＵＦＯと接触するチャンスを逃がすわけにはいかない。両脚をコンパスのように広げてふたつの壁面に突っ張らせ、体を固定すると、両腕を大きく広げて通せんぼをした。

ＵＦＯはぴたりと上昇を止めた。八面体が一個と四面体が六個だ。フェブラリーから一〇フィートも離れていない。八面体はその場所でゆっくりと回転をはじめ、他の六個はそれから離れて、フェブラリーを取り囲むような動きを見せた。

彼女はさっと腕を振った。その動きに反応して、近づきかけていた四面体が驚いたように後退する。ゆっくりと腕を回すと、今度はおずおずと戻ってきた。もう一方の腕でおもむろにはばたくような動作をする。ＵＦＯ群は彼女の周囲で旋回をはじめた。

一機が彼女の手にまとわりつき、くちづけでもするかのように、その先端で手の甲にそっと触れた。指をひらひらさせると、そいつは嬉しそうにぶるぶる震えた。別の一機が栗色の髪の中にこっそりと分け入ってきたが、彼女が頭を振ると、さっと飛び離れた。

少尉とドーンは茫然とその光景に見とれていた。最初はＵＦＯがフェブラリーに危害を加えるのではないかと思ったが、その心配はなさそうだ。今や彼女はすっかりＵＦＯを手なずけていた。彼女の頭や腕の微妙な動きに合わせて、多面体の群れはユーモラスに踊っている。下手に手出しをするのはかえって危険そうだった。

静止していた八面体が上昇してきた。彼女はひょいとそれに飛び乗った。四面体がその周囲に群がり、輪を描いて回りだす。八面体はそのまま上昇を続け、彼女を穴の上まで持ち上げた。ぽかんとなって見上げている少尉とドーンに、彼女は微笑みかけた。両腕を大きく広げると、六機の四面体は三機ずつに分かれ、彼女の左右に整列した。

それがフィナーレだった。彼女は床に飛び降りると、腕を強く振り下ろした。鼠《ねずみ》が穴に逃げこむように、UFOの群れはさっと穴の中に飛びこみ、姿を消した。

「すっげえ……」ドーンがつぶやいた。

「いかが、アラン、ご感想は？」

「あれは……」少尉は言葉に詰まった。「……あれは誰でもできるのか？」

「動きのパターンさえ読めればね」

それはつまり、フェブラリーにしかできないということだ。

「動きのパターン……そうか、あれが言語なのか⁉ 動きで喋ってるんだな？」

「そうよ。でも、私たちの言語とは違う。ひとつの記号がひとつの意味を表わしてるってわけじゃないの。ひとかたまりの動き全体で、ひとかたまりの大きな意味を表わしてるのよ。だから翻訳はできないわ」

「でも、いくらかはコミュニケートできたんだろう？　彼らの意図や何かは分からなかったのか？」

「だめよ。ものすごく大きなものの表面をひっかいたような感じだったわ。すごくぼやけていた。ホログラムのかけらみたい」

「ホログラム?」

「ええ。ホログラムは写真全体でひとつの映像を記録してるでしょ? ホログラムをふたつに割っても、映像は元のままだわ。だけど、どんどん細かく割ってゆくと、映像はだんだんぼやけてゆく……それと同じよ。あれは全体でひとつの言葉なのよ。

前に、蟻とどうやって話をするかって言ったでしょ? 蟻は群体生物よ。一匹一匹の蟻は馬鹿だけど、群れになるとすごく賢くなる。狩りをしたり、奴隷を使ったり、キノコを栽培する蟻もいるわ。蟻の巣全体がひとつの生物なのよ。カイメンやサンゴもそう——人間だってある意味では群体生物だわ。いろいろな働きをする細胞が何兆も集まって、ひとつの体を構成してるでしょ?」

「あのUFOは——あれは巨大な生物のかけらか!?」

「たぶんそうよ。きっと触手のようなものなんだわ。それでお互いに会話できなかったわけが説明できる。〈彼〉は地球上に広がってる人類というものを、ひとつの生物だと思ったんじゃないかしら? 人間のような小さなものが知的生命だなんて、思いもよらなかったんだわ。それで〝細胞〟の栄養になる〈タイガー・バター〉をばらまいて好意を示したり、触手を伸ばしてコンタクトしようとした……」

「それを俺たちは理解できなかった……しかし、〈彼〉はどうやって〈タイガー・バター〉の作り方を知ったんだ? 人間の体の構造を詳しく知らなけりゃ、あんなものは作れないはずじゃないか?」

フェブラリーは口ごもった。「たぶん……調べたのよ」

「何を？」

「この穴の中に入ったまま、出て来なかった人がいたでしょ？」

少尉は絶句した。「それじゃ、まさか……？」

「調べたのよ」

フェブラリーは暗い声で言った。そうなのだ。科学者が動物の体を調べる時に、細胞のサンプルを取って切り刻んだり、薬品で検査するように、〈彼〉は人類という生物からひとかけらの〝細胞〟を採取して、徹底的に調べたのだ——〈彼〉は個々の人間に知性があるとは知らなかったのだ。

少尉はかぶりを振った。「悲劇だな。何もかも誤解ってわけか……」

「痛ッ！」

フェブラリーが急に足首を押さえてうずくまった。

「どうした？」

「足が……どうかなったみたい」

「ねんざか？」

少尉は彼女のそばに近寄り、足を見るためにしゃがみこんだ。肩に吊るしていたライフルを床に下ろす。それこそフェブラリーの狙っていた瞬間だった。

彼女はさっとライフルを拾い上げ、跳びのいた。安全装置をはずし、少尉の胸を狙う。

「動かないで！　ドーン、彼を縛り上げて！」

「フェブラリー……!?」

「ごめんなさい、アラン」彼女は悲しげに言った。「こうするしか方法がないの。ごめんなさい」

13　無限時空へ

　フェブラリーはコンクリートの壁に背中を押しつけ、床に脚を踏んばって体を固定していた。ライフルの肩当てを右の腋《わき》でしっかりはさみこんでいる。ドレイク少尉は彼女の抜け目なさに舌を巻いた。あの体勢なら低重力でもライフルの反動で吹き飛ばされることがない。子供でもライフルが撃てる。すべてが計算された行動だった。

「君は詐欺師《さぎし》になれるな、フェブラリー」

「人殺しにだってなれるわ——ドーン、早く彼を縛って」

「ちょ、ちょっと待てよ。何がどうなってるんだ⁉」

　緊張した表情で対峙《たいじ》している二人の間で、ドーンは事情が分からずにおろおろしていた。

「俺も知りたいな。何でこんなことをする？」

「もし私が、この穴へ飛びこむって言ったら？」

　少尉は少し考えて言った。「力ずくで止めるだろうな」

「でしょう？　だからこうしなくちゃいけないの。あなたに邪魔されたくないから。私はどうしてもこの穴の底へ降りなきゃいけないの。言葉でいくら頼んだって、許してもらえるはずがないもの」

「なぜだ⁉　わざわざ入って行かなくても、ここで待っていて、出てくるＵＦＯとコミュニケートすればいいんじゃないか？」

「だめなのよ。言ったでしょう？　表面をひっかいてるようなものだって。〈彼〉と話をするためには、〈彼〉の本体と接触しなくちゃならないの」

「どうしても行くというんなら、俺もついて行く――」

「だめ！　絶対にだめ！　危険すぎるもの。あなたを死なせたくないのよ」

「君ひとりなら危険じゃないとでも言うのか？」

「もちろん危険よ。でも、私は接触しなきゃいけないの。〈彼〉の本体に触れなくてはならないの。だって〈彼〉の言葉が理解できるのは、世界中で私だけなんだもの――分かる？　私はたった一本しかない人類の触手なのよ」

「それならなおさら、俺には君を守る義務がある――」

「どうやって守るっていうの？　腕力で？　銃で？　それに、あの多面体の動きがあなたに読めるの？――お願い、分かって。あなたがついてきても何の役にも立たないの。こんな言い方ってひどいと思うけど、足手まといになるだけなのよ」

少尉は悔しく、悲しかった。フェブラリーの言うことは何から何まで正しいのだ。子供であろうと兵士であろうと、〈彼〉の巨大な力の前には無力であることに変わりない。巨人の足の下を這い回っている小さな蟻のようなものだ。蟻が一匹だろうと二匹だろうと、何の違いがあるだろうか。彼がいっしょに行っても役にも立たないばかりか、彼女の邪魔をして、危険に陥れる可能性さえあった。

「……どうやら君をもう一度ぶたなきゃならないようだな」

「戻ってきたら、いくらでもぶっていいわ」

「戻ってこなかったら……？」

フェブラリーは悲しそうに微笑んだ。「その時は地球も終りね。みんないっしょに天国で会いましょう」

少尉はしぶしぶ肩をすくめた。どうやっても彼女の論理には勝てない。

「分かったよ――じゃ、こういうことにしよう。俺はここでゆっくりと三〇〇数える。数え終わっても君が出てこないようなら、助けに入る。それでどうだ？」

その提案をフェブラリーは検討した。ここでの三〇〇秒は、穴の底では何十時間にも相当するはずだ。それだけ余裕があれば充分だろう。

「……ええ、いいわ」彼女はほっとして、ゆっくりと銃口を下ろした。

「おい、縛らなくていいのか？」とドーン。

「ええ――その必要はないわ」

少尉にもう自分を止める気がなくなったことを、彼女は知っていた。ライフルの安全装置を戻し、銃口の方を握って彼に差し出す。ライフルのプラスチックの感触を通して、少尉の悲しみが伝わってくるようだった。

「結局、私ってみんなを悲しませることしかできないみたいね……あなたもそうだし、パパもずいぶん悲しませたわ」

「それはお父さんが君を好きだからだろ？　嫌いな人間を悲しみはしないよ」

「ええ、そうね……私もパパが好き。あなたも好き。みんなが好きよ」

フェブラリーは衝動的に少尉に抱きつき、頬にキスをした。ドーンにも同じことをする。心の中にあったわだかまりが消え、熱い決意がふくらんだ。もはや迷いはなかった。自分の進むべき道がはっきりと見えていた。何としてでも成功させなくてはならない。地球を滅ぼさせはしない。みんなをこれ以上悲しませはしない。

「行くわ。数えてて」

「がんばれよ」と少尉。

「戻ってこいよ、このやろ！」とドーン。

フェブラリーはにっこり笑うと、二人の手を振りほどいた。いったん体育館の天井近くまで浮かび上がると、ケミカルライトを片手に持ち、天井を蹴って頭から穴に飛びこんだ。少尉は穴を覗きこみ、声に出して数えはじめた。

「一、二、三、四……」

少女の後ろ姿は闇の奥へ急速に遠ざかっていった。少尉は強い後悔の念に苛《さいな》まれながら、彼女の後を追いたいという衝動をこらえ、大声で数を数え続けた。

「一五、一六、一七、一八……」

「にじゅうなな、にじゅうはち、にじゅうきゅう……」

フェブラリーは少尉の声を背中で聞きながら降下を続けた。電池の切れかけたテープレコーダーのように、その声はだんだん間延《まの》びし、低くなってゆく。彼女は振り向かなかった。振り向けばまたつらくなるのが分かっていたからだ。

「さあんじゅうごおお……さあんじゅううろくうう……さあんじゅううななああ……」

すでに方向感覚は失われていた。落下している実感がない。慣性に流されて進んでいるのだが、壁はのっぺりしているので動いているように見えないし、前方に見える白い三角形の光もいっこうに近づいてこない。どこまでも続く黒いトンネルの中で、宙ぶらりんになっている感じだった。前に進んでいる証拠は、髪をなびかせている風だけだ。

「よおおおんじゅゅううにいいい……よおおおんじゅううううさあああん……」

トンネルに反響する声は、低く、遅くなり、小さくなっていった。フェブラリーは闇の中に取り残された。すでに何百フィートも降下しているはずだった。気温が下がってきて、汗にまみれたシャツに当たる風が冷たかった。少女は自分の体を抱きしめ、無重力の闇の中をひとりぼっちで落下を続けた。寒くて、暗くて、淋しかった。

また父の顔が脳裏に浮かんだ。記憶の中の父は優しく笑っていた。彼女は歯を食いしばり、孤独と不安に耐えた。自分の背負っているものの大きさをあらためて実感した。穴の底はまだ見えてこない。彼女は足で壁を蹴り、さらに降下スピードを速めた。

前方に変化があった。白い三角形がわずかに大きくなってきている。時間加速率の変化そのものが大きくなっている証拠だ。おそらく時間は中心からの距離の三乗に反比例して速くなるのだろう。中心に近づくほど、青方偏移の光も近づくことになる。

三角形の中央にも光が現われた。底が見えてきたのだ。それまでは周辺部が赤くて内部が紫色だった三角形が、一様な白い色に変わったかと思うと、すうっと赤くなった。だんだん大きくなりながら、暗くなってゆく。

しばらくすると、再び三角形が明るくなってきた。今度は赤外線ではなく、可視光線が見えているのだ。たくさんの紫色の点が、分子運動のように激しく動き回っているのが見えた。トンネルの出口に違いない。フェブラリーは壁に指を触れ、摩擦《まさつ》で少しスピードを落とした。三角形の中の光点は紫から青に変わり、どんどん近づいてくる。

いきなりまばゆい光の中に飛び出した。フェブラリーは驚きに目を見張った。そこはドーム球場ほどの大きさがある空洞だった。中央にはクフ王のピラミッドを思わせる巨大な八面体が浮かんでおり、その周囲を何千という多面体が蛍《ほたる》のように飛び回っている。それらが発している青白いチェレンコフ放射光があたりを満たしていた。壁も三角形を基本にした幾何学的な模様で埋めつくされている。

フェブラリーは漂っていた四面体のひとつを蹴り、ブレーキをかけた。たちまち何百個もの多面体が連鎖的に反応した。それぞれの軌道から飛び出し、大きく広がって彼女を包みこもうとする。彼女は不要になったケミカルライトを下着にはさみこむと、彼らが近づいてくるのを待ち受けた。

充分に引き寄せたところで、さっと両腕を広げた。先頭のいくつかの多面体がびっくりしたように飛びすさり、その動きが次々と後ろに伝わった。何百という多面体の列が波のように揺らぐ。波は群れの周辺部まで達すると、ゆっくりと中心に揺れ戻ってきた。その動きに押されて一二個の四面体がはじかれたように飛び出し、その尖った先端部で宙に浮かんだ少女を串刺しにしようとする。フェブラリーはきゅっと手足を縮め、すぐにまた広げた。一二個の四面体は彼女を円形に取り囲む位置でぴたりと静止した。

彼女が腕を伸ばして大きく回すと、四面体はお互いの間隔を正確に保ったまま、彼女の周囲をゆっくりと公転しはじめた。他の多面体もその動きにひきずられて回転しはじめる。何回転かするうち、多面体はごく自然にひとつの平面上に集まっていった。今や何百という多面体は少女を中心として銀河系のように回転していた。

群れの中に変化が起きた。一個の八面体に両側から四面体がひとつずつくっついて、六つの菱形《ひしがた》の面を持つ立体が新たに生まれ、それらがさらに菱形の面同士を合わせて、次々とつながってゆく。蛇のように長く伸びた構造物がいくつも生まれた。余った四面体がその周囲にランダムにくっついたので、まるで棘《とげ》の生えた蔓《つる》のようになった。幾本もの蔓はゆらゆらと波打ちながら、お互いにからみあったりつながったりして、少女をリング状に取り囲んでいった。

蔓があまりに近づいてきたので、彼女は危険を感じて蹴飛ばした。そのショックで蔓の一部が切れた。紐《ひも》がほどけるように、構造物はねじれながら連鎖的に崩れてゆき、元の八面体と四面体の集合に戻った。

多面体の群れはしばらく混乱していたが、その中にまた別の動きが生まれた。八面体一個と四面体二個で菱形の立体ができるところまでは同じだが、今度はそれが縦横につながって広がってゆき、大きな菱形の平面を形作ったのだ。家ほどの大きさがある菱形の板が二枚、少女を押し潰そうと両側から迫ってきた。

フェブラリーは近くを漂っていた八面体を二個つかまえ、両側に軽く押した。二枚の板は八面体の先端に接触して停止した。板は何秒か静止していたが、やがていくつもの断片に割れたかと思うと、さっと飛び散り、元の多面体の群れに戻った。

今や彼女の周囲では、何十という数の幾何学図形が、絶え間なく生成と消滅を繰り返していた。さっきの蛇のような構造物が立体的に組み合わさって、サンゴのようなものになったり、ひしゃげたジャングルジムのような形になった。それらはある程度まで成長すると、崩壊したり、ＤＮＡのように分裂して複製を作ったりした。また、一個の八面体の周囲に四個の四面体がくっついて、ひと回り大きな一個の四面体になったり、さらにそれぞれの面に一個ずつ四面体がくっついて、星のような形になったりした。図形同士はぶつかって壊れたり、互いに相手を吸収し合って、まったく別の図形になったりした。

フェブラリーは図形の間を飛び回って、それを崩したり、生成するのを手助けしたりした。多面体の動きをすべて認識するのは、オムニパシーをもってしても簡単にはいかなかった。絶えず周囲を警戒し、どんな小さな動きも見落とさないようにしなくてはならない。ちょっとでも予測を誤れば死んでしまうのだ。少尉をつれて来なかったのは正解だった。

彼女の動きを見ている者がいたとしたら、モダンバレエかシンクロナイズドスイミングを連想したことだろう。漂っている多面体を蹴って、あちらからこちらへ、こちらからあちらへと魚のように泳ぎ回る。脚を大きく広げたり、手で空気をかきまぜるような動作をする。体をのけぞらせ、栗色の髪を振り乱す。空中を転がったり、脚を軸《じく》にしてフィギュア・スケーターのようにスピンしたり、両手両足を広げて風車のように回転したりする——そうした動きのひとつひとつが、周囲の多面体の動きと対応していた。多面体の動きが彼女を動かし、彼女の動きが多面体を動かすのだ。

最初のうちはぎこちなく、ミスも多かったが、だんだんとペースが合ってきた。互いのパターンを理解しはじめたのだ。意志疎通の第一歩だった。無機質の多面体の大集団と、たったひとりの生身の少女——まったく異質なはずの二つの存在が、今や良きパートナーとなって、ひとつのダンスを踊りはじめた。

彼女は踊った。踊り続けた。異星の心を知るために、地球の心を伝えるために、地球の触手となって異星の触手とからみ合った。その動きのひとつひとつに、彼女の熱い思いがこめられていた。愛、悲しみ、とまどい、悩み、勇気、喜び……それらすべてがひとつとなった、文字や声では表現できないメッセージだった。

同時に、異星人のメッセージも少しずつ心の中にしみこんできた。人間の愛や喜びとは異質だが、確かに心を持った生命だった。それは彼女の存在を受け入れ、自分なりのやり方で愛と喜びを表現していた。多面体の群れが彼女の周囲でリズミカルに波打ち、跳ね回り、回転した。たくさんの幾何学図形が生まれては消えた。踊り続けるうち、彼女はだんだんと陶酔《とうすい》状態に陥っていった。

それでも心の端でもどかしさを感じていた。あの、巨大なものの表面をひっかいているような感覚だった。ここに見える何千という多面体さえ、〈彼〉の体のごく一部にすぎないのだ。全体像を見たかった。〈彼〉の全体を理解しないかぎり、本当に意志を疎通することはできないのだ。

しかし不安もあった。ごく一部を理解するのにさえ、オムニパシーを総動員しなくてはならないというのに、全体を理解することなんてできるんだろうか？　もしかしたら気が狂ってしまうかもしれない……。

どのぐらい踊り続けただろうか。三〇分か、あるいは一時間かもしれない。彼女にとっては長く苦しい時間だったが、穴の上で待っている少尉たちにとっては、ほんの数秒にすぎなかっただろう。街の外で待っている父にとっては、ビデオの一コマにも満たない時間だろう。

無重力だからエネルギーの消耗は少ないとは言え、フェブラリーはさすがに疲れてしまった。腕や脚の筋肉が痛み、思うように動かなくなってきている。それを察したのか、多面体の動きもだんだん鈍くなってきた。

やがてすべての多面体が動きを止めた。動力の切れたメリーゴーランドのようだった。汗まみれのフェブラリーは、できかけのまま空中に浮かんでいる複雑な幾何学図形にもたれかかり、激しく息をはずませた。体力の限界だ。このまま気を失ってしまいそうだった……。

その時、下の方で新たな動きが起こった。あのピラミッド――空洞の中央に浮かんだ巨大な八面体が、音もなくゆっくりと二つに割れはじめている。やがて完全に二つのピラミッドに分離して、その間にダラスの大通りほどもある隙間が生まれた。その奥では何か紫色のものが勢いよく明滅しているが、まぶしすぎてよく見えない。そのきらびやかな光芒《こうぼう》は、まるで彼女を招いているようだ。

〈門〉だ。

少尉には言わなかったが、フェブラリーはその存在を予期していた。穴を掘った後の土がどこへ消えたのか。地上に運び出された形跡がないとしたら、穴の奥から何らかの手段で別の場所へ運ばれたとしか考えられないではないか。

その原理もすでに見当がついていた。虚数次元の物理学の応用だ。ピタゴラスの定理によれば、直角三角形の斜辺の長さは、他の二辺の二乗の和の平方根である。もし一辺の長さが虚数だったらどうなるか? 虚数の二乗はマイナスだから、もう一辺の長さを打ち消すことになる。つまり斜辺の長さが他の辺より短くなるのだ。この原理を利用すれば、実数次元の運動と虚数次元の運動を組み合わせることにより、何百光年という距離もゼロ近くにまで短縮できる。相対性理論を無視して、光よりはるかに速く移動できるのだ。

目的地が地球のような世界であるはずはない。しかし〈彼〉は人間の体について知りつくしているはずだから、フェブラリーを殺さないよう、真空や熱や放射線から彼女を保護する手段を用意しているだろう。きっと安全な旅であるはずだ——問題は彼女にそれをする勇気があるかどうかだ。

彼女は迷いを振り払った。ここまで来て後には引けない。〈彼〉の全体像を理解するためには、〈彼〉の本体が存在する世界へ行かなくてはならないのだ。そうしなければ本当の意味で意志疎通は不可能だ。〈彼〉もそれを望んでいるのだ。

フェブラリーは疲れ果てた体を押し出し、ゆっくりと〈門〉に漂っていった。それを迎えるように、〈門〉の中から一辺一〇フィートほどの透明な三角形の板が二枚、それぞれ三個の四面体に支えられてせり上がってきた。一枚は彼女の横を通り過ぎ、背後に回りこむ。もう一枚は彼女の前に止まった。彼女はその表面に舞い降りてへばりついた。

もう一枚の板が上から覆いかぶさってきた。尻と背中を押さえつけられ、強引に腹這いにさせられる。冷たい感触だった。例の菱形の立体がたくさん集まってきて、二枚の板の間をぴったり埋め、彼女を密封する。プレパラートにはさまれた顕微鏡標本の気分だった。

四面体の群れが背後に回りこみ、下着姿の少女を封じこめた三角形の結晶体を、〈門〉に向かって押し出した。〈門〉がぐんぐん近づいてくる。もう戻れない。彼女は恐怖のあまり思わず眼を閉じた——

次の瞬間、目のくらむような感覚とともに、フェブラリーは別の宇宙に突入していた。

そこは暗い溶岩の平原だった。彼女は三角形の結晶体に封じこめられて、その上空を高速で飛んでいた。星ひとつない漆黒の空の下、地平線まで一面に広がる黒い大地は、網の目のような幾何学模様にひび割れ、その割れ目の下ではまばゆい緑色に輝く溶岩が燃えていた。時おり、ぱっと閃光がひらめき、溶岩の中から緑色の光点が放射状に飛び散る。光点はしばらくはまっすぐ飛んでいるが、やがて軌道を変え、数個ずつが集まって編隊を形成し、空の彼方へ飛び去ってゆく。そうした編隊のひとつと至近距離ですれ違い、フェブラリーは光点のひとつひとつが正二〇面体であり、小さな家ほどの大きさがあることを知った。その光景は後方にフェイドアウトし、やがて別の光景が見えてきた――

そこは何百という太陽が散在する世界だった。太陽はどれもひとつの都市ほどの大きさで、夕陽のように赤かったが、まぶしくはなかった。その表面からは微速度で撮影したプロミネンスのような炎が、ゆっくりとねじれながら吹き上がっている。プロミネンスは宇宙空間に真っ赤なアーチをかけ、他の太陽にぶつかっては消えていった。隣り合った太陽の間は、そうやって消えたり現われたりするアーチによって結ばれており、全体を見渡すと、無数の太陽の間にはりめぐらされた蜘蛛の巣のようだった。脳の神経細胞の働きのシミュレーションを見ているようだ。彼女はその間を通り抜け、さらに先へ運ばれた――

そこは夜の遊園地だった。音楽こそなかったが、色とりどりの光が、整列し、踊り、回転していた。彼女はその間を縫って、ジェットコースターのような螺旋軌道を描いて運ばれていった。夜空からは銀色に輝く隕石《いんせき》が次々に落下し、光の海に衝突しては、紫色の放電をまき散らしている。その爆撃に応戦するかのように、観覧車を連想させる回転する光の集合体の中心部から、空に向かって銀色の隕石が撃ち出されていた。彼女は戦慄《せんりつ》と興奮を覚えながら、さらに先へ進んだ――

そこはルビー色の海だった。夕焼け空の下、ゼリーのような物質がリズミカルにさざめいており、その上にはオレンジ色の結晶の粒がたくさん漂っていた。その海面を割って、何か黒い物体が姿を現わした。鯨《くじら》の背中を連想したが、はるかに巨大で、異様なものだった。それをはっきりと見ることができないうちに、彼女はさらに次の世界へ運ばれていった――

そこは氷の世界だった。空も大地も真っ白で、空中には青白く輝く巨大な氷山がいくつも浮かび、ゆっくりと回転しながら漂っていた。地表には氷の塔が無数に林立しており、伸びたり縮んだりを繰り返していた。時おり、空に浮かぶ氷山と地上の塔の間に、糸のように細い放電が飛んだ。彼女はさらに先へ進んだ――

フェブラリーは知った。これが〈彼〉なのだ。このすべてがひとつの生命なのだ。途方もなく巨大な、おそらくは地球よりも大きい生命体の体内を、彼女は運ばれているのだ。

地球の生命とはあまりにも異質だった。モノポールを反応触媒とし、莫大なエネルギーを自在に操作することができるのだ。物質を分解してエネルギーにするだけではなく、物質を創造することも可能だった。人間が思っただけで声を発することができるのと同じように、この生命は思っただけで物質を創り出せるのだろう。時間流をあやつり、空間をねじ曲げることさえ、人間が立ったり座ったりするのと同じように、日常的なしぐさのひとつにすぎないのだろう。

気が狂いそうだった。あまりにも大きすぎ、あまりにも異質すぎる。オムニパシーをもってしても、そのすべてを把握するのは不可能だった。フェブラリーの脳裏を絶望がよぎった。いくら超人的な知覚力があると言っても、彼女はしょせん人間なのだ。その思考パターンには人間としての限界がある……。

だが、その限界を取り払ったとしたら。

彼女の思考はすべてメタ・チョムスキー文法に支配されているわけではない。チョムスキー文法の欠落は部分的なものにすぎない。人間としての常識や基礎知識、日常の様々な行動、人間の文化、言葉や文字――そういったものはほとんどチョムスキー文法で構成されており、彼女はそれをある程度まで認識し、処理し、記憶の中に蓄えることができる。本当に脳がすべてメタ・チョムスキー文法に支配されていたら、話すことはもちろん、人間的な思考そのものが不可能であったろう。

だが、それが彼女のオムニパシー能力に枷をはめているのだ。人間の心を理解する時はまだいいが、異星人の心を理解しようとする時には、そうした彼女の人間としての部分は不要であるばかりか、足を引っ張ることになる。〈彼〉を理解したければ、チョムスキー文法による思考を停止するしかない。

しかし、チョムスキー文法を完全に捨て去るということは、言葉を失うことを意味する。赤ん坊の頃に退行し、喋ることも、他人の言葉を理解することもできなくなる。ほとんどの記憶も失われるだろう。記憶そのものが破壊されるわけではないが、思考のソフトウェアが変化するので、検索することができなくなるのだ。

選択の余地はなかった。異星人の心を受け入れるためには、自分の心を空白にしなくてはならない。人間としてのよりどころを捨て去らねばならない。

彼女は悲痛な決意で心を解放した。異質なものを拒否するのをやめ、あるがままの形を受け入れた。意識を押し流そうとする狂気に身をゆだねた。一一年かかって積み上げてきた人格のすべてが、音もなく崩れ去ってゆく。現実が揺らぎ、別の現実が口を開く。最後の瞬間に彼女が思い出したのは父の顔だった。

「パパ！　パパ！　パパ……！」

彼女は絶望の中で叫んだ。記憶が崩壊し、ガラクタの山に変わった。自分の名前も分からなくなった。自分が人間であったことを忘れ、人間という単語の意味も忘れた。言葉が失われ、過去が失われた。脳裏にまだ浮かんでいるのが誰の顔なのかも分からなくなった。たとえようのない悲しみが心を貫いたが、なぜ悲しいのかが分からなかった。

「……ぱ……ぱ……」

口を魚のようにぱくぱくさせ、機械的に声を発したが、その音にどんな意味があるのか理解できなかった。今の彼女には名前も過去もなく、生まれたばかりの赤ん坊も同然だった。絶望と悲しみだけがしばらく心を支配していたが、それもしだいに消えていった。何に絶望しているのかも分からなくなったからだ。ひとしずくの涙が無重力の中でこぼれ落ち、髪の中に吸いこまれた。それと同時に、最後の悲しみも消えた。

疲労とともに睡魔が忍び寄ってきた。もはや何の不安も感じなかった。彼女は目蓋を閉じ、滑りこむように眠りに落ちた。

穏やかな寝息をたてている名もない少女を封じこめたまま、三角形の透明な結晶体は六個の四面体にエスコートされて、異様な世界を次々に横切り、飛行し続けた――この巨大な生命体の中心部をめざして。


「一八九、一九〇、一九一、一九二……」

少尉はまだ大声で数え続けていた。

「なあ、兵隊さん。だいじょうぶかな、彼女？」ドーンは苛立たしげに言った。「やっぱり行かせたの、まずかったんじゃねえか？　助けに行った方がいいんじゃない？」

少尉は答えなかった。いらいらし、心配し、後悔しているのは、彼も同じだ。たった五分がこんなに長く感じられたことはなかった。穴の底ではいったい何時間が経過しているのだろうか。今この瞬間にも、彼女がピンチに陥って苦しんでいるかもしれないと思うと、いても立ってもいられない気分だ。

だが、フェブラリーとの約束なのだ。不用意に飛びこんでいって、大切なコンタクトを妨害するような愚は犯せない。もちろん、三〇〇まで数えても彼女が戻らないようなら、命がけで飛びこんでゆく覚悟だった。

「二〇二、二〇三、二〇四……」

「おい、上がって来たぜ！」

穴を覗いていたドーンが歓声をあげた。少尉も数えるのをやめ、穴を覗きこんだ。闇の奥に見える白い三角形が、何かにちらちらとさえぎられている。人影が穴を昇ってくるのだ。それはだんだんと大きくなってきた。

人影はなおも昇ってきた。

ドーンの歓喜の表情が凍りついた。「……違う。ありゃフェブラリーじゃねえ」

人影はなおも昇ってきた。すでに少尉のかかげているケミカルライトの光の範囲に入っている。その姿がしだいに明らかになってくるにつれ、少尉の心にも恐怖が広がった。それは絶対に一一歳の少女の姿ではありえなかった。

「だ……誰だよ、ありゃあ⁉」ドーンは唾《つば》を飲みこんだ。

二人は思わず後ずさりした。その人物はゆっくりと穴の中から浮かび上がってきた。少尉は反射的にライフルをかまえた。

「お、お前は何者だ⁉」少尉の声はかすれていた。

14　帰還

バートは〈ウルヴァリン〉のキャビンでうとうとしていた。昨夜よく眠れなかった反動だった。フェブラリーの帰りをいらいらと待ち受けているうち、午後になって急に目蓋が重くなってきたのだ。

浅い眠りの中で、彼は夢を見ていた。夢の中でフェブラリーは雨に打たれていた。どしゃ降りの雨の中にひとりぼっちで立ち、悲しげな眼で彼を見上げている。彼自身は暖かい二階の部屋にいて、路上に立つ娘を見下ろしているのだ。

フェブラリーが何か言っていた。何か大切なことを伝えようとしている。しかし窓ガラスにはばまれて聞こえない。彼は苛立って窓を開けようとしたが、鍵がかかっていた。フェブラリーは喋り続けている。大切なことを聞き逃してしまう。彼は懸命に窓と格闘した。頼む、開いてくれ、お願いだ――

はっと目が覚めた。いやな夢だと思い、頭を振った。と同時に、夢の中での自分の行動を反省していた。どうして窓を割ろうとしなかったんだろう？　椅子を叩きつけて割ってしまえば良かったんだ。夢の中の窓ガラスなど、何枚割ろうとかまいはしない。フェブラリーの本当の声を聞くためなら――それとも、あのガラスは自分の心の中にある何かのためらいの象徴だったのだろうか……?

その時、彼は周囲の様子が慌ただしいのに気づいた。コクピットの方から緊迫したやりとりが聞こえる。何か起こったらしい。

バートは不安にかられてコクピットに飛びこんだ。兵士たちがのめりこむようにして計器類を見ている。ノーマンも緊張した表情でそこにいた。

「どうかしたのか?」

「何か異変が起こってます」とノーマン。

「異変?」

「よく分かりません。磁場と重力に変動が生じてるようなんです。三〇分ほど前からです」

「危険なのか?」

「分かりません。雲の様子も少し変ですね」

バートはフロントガラスから外を見た。雲の壁がさっきまでに比べて大きく張り出してきているように見える。太陽はすでに西側の雲の壁に隠れていて、地上は少し暗くなっていた。空の色もほんの少し青みがかってきているようだ。

「今、何時頃だ?」

「僕の時計では五時五〇分です」ノーマンは調査隊が出発する時、自分の時計を九時ジャストに合わせていた。「時間加速率が変化していないとすると……えーと、四時頃でしょう」

「そろそろ日没じゃないか! 帰りが遅いな……」

「見ろ、モニターが回復してきた！」オペレーターが大声で言った。「磁気障害が減少してきてるぞ！」

一同はひしめきあってモニター・カメラの画像を覗きこんだ。さっきまで画面は真っ白だったのだ。まだノイズは多いものの、確かに少し見えるようになってきている。

「重力は〇・八四九G――まだ上がり続けてる。もうじき八五〇になるぞ」

「気圧も変化してる。風が強くなってきた！」

「車体の表面温度も下がってきてるな――通信機はどうだ？」

「まだだめだ。アンテナの状態が悪すぎる」

「念のためにパラボラをマイコサット（軍事通信衛星）にロックオンしといた方がいいな。たぶん最初に回復するのはマイクロ波だ」

バートは苛立たしい気分で兵士たちの緊張した会話を聞いていた。情報は次々に飛びこんでくるが、それが何を意味するのかを説明してくれる者は誰もいない。フェブラリーは大丈夫なんだろうか……？

フロントガラスに続けざまに水滴がはじけた。雨が降ってきたのだ。

「見ろ、帰って来たぞ！」

兵士の一人が外を指さして叫んだ。クーガーズロックの方角から、一〇人あまりの人影が、丘を登って近づいてくる。ドレイク少尉を先頭にした調査隊のメンバーだった。

バートは待ちきれずに外へ飛び出した。ぱらつく雨の中を、調査隊のメンバーは足をひきずるようにして歩いてきた。誰もが疲れているように見える。低重力の中で何十時間も過ごした反動で、体が重く感じられるのだ。兵士たちがライフルをかついでいる他は、誰も荷物を背負っていなかった。

少尉がいた。タニアもいた。チャドウィックという科学者もいた……だが、フェブラリーの姿は見えない。バートは血の気がひく思いだった。

「フェブラリーはどうした⁉」彼は興奮してドレイク少尉に詰め寄った。「あの子はどこにいるんだ！　何があったんだ⁉」

「心配はいりません。落ち着いてください」少尉は取り乱している父親の肩に手をかけ、なだめようとした。「彼女は無事です」

「だったらどうしてここにいない？　必ずつれて帰ると言ったじゃないか⁉」

少尉は困った顔をした。「説明すると長くなります。とにかく今は信用してください。フェブラリーは元気です。まだあそこにいるんです」

「あの街の中に！　じゃあ置き去りにしてきたのか⁉」

「そうじゃありません。我々はみんなに伝えなくてはいけない大事なことがあるんで、先に戻ったんです。どうか信じてください。彼女は必ず戻ってきます。まだやらなくてはならない仕事が残ってるんです――彼女でなくてはできない仕事が」

バートには理解できなかった。理解したくもなかった。彼に分かっているのはただ、フェブラリーがここにはいないという事実だけだった。

雨と風が急に激しくなってきた。遠くで雷鳴がとどろいた。微速度撮影のような速さで黒雲が頭上を流れ、空を覆ってゆく。あたりはいつの間にか暗くなっていた。地平線上のクーガーズロックは、吹きすさぶ雨のカーテンにさえぎられて見えなくなっている。

「中に入れ！　急げ！」少尉は全員に怒鳴った。「台風の目が崩れるぞ！」

夢の中の光景がバートの脳裏に浮かんだ。雨の中でフェブラリーが泣いている。助けなくてはならない――彼は衝動的に走り出していた。土砂降りの雨の中を、娘がいるはずの廃虚の街に向かって。

「よせ！」

何歩も走らぬうちに、少尉が背後からタックルし、泥の中に押し倒した。バートは必死に抵抗した。少尉は彼のみぞおちを殴りつけ、失神させた。


また夢を見ていた。さっきの夢の続きだった。フェブラリーはまだ雨の路上にいて、彼のいる部屋を見上げてすすり泣いていた。どうしても窓は開かない。彼は決意した。こうなったらガラスを叩き割るしかない。

彼は部屋の奥まで行き、本棚から大きな百科事典のような本を抜き出した。ずっしりと重く、表紙には『バーソロミュー・ダンの日記』と書かれている。日記などつけていた覚えなどないが、たぶん昔はつけていたのだろう。今はそんなことは関係ない。これを投げつければ、ガラスは割れるはずだ。フェブラリーを救えるはずだ――

振り返って本を投げようとした彼は、驚いて立ちすくんだ。窓の前に悲しげな顔をした女が立っていた。見覚えのある女だった。

(お願い、この窓を壊すのはやめて)

(ジェシカ……)彼は息を飲んだ。(君だったのか、窓を開かなくしたのは?)

(お願いよ、バート。私をまだ愛しているのなら、それを投げないで)

その哀願に、彼は一瞬、心を動かされかけた。しかし、すぐにかぶりを振ってその迷いを振り払った。

(だめだよ、ジェシカ。君はもう死んでいるが、あの子は生きてるんだ)

(私を憎んでいるの?)

(違う! そんなことはない!)

(あの子はどうなの? 憎んでいるの?)

(違う! 違う! 私は誰も憎んじゃいない! 憎んでなんかいない!)

彼は叫びながら本を投げつけた。窓が砕け散り、同時にジェシカの姿も砕け散った――

「気がついたようね?」

タニアの笑顔が頭上にあった。バートは自分が〈ウルヴァリン〉のキャビンに寝かされていることを知った。豪雨が天井を叩くざわざわという音がする。その音が夢の中の雨の音と重なって、しばらくは夢の名残りから抜け出すことができなかった。うめいたり、顔を叩いたりしながら、徐々に記憶をたどり、ようやく失神する前のことを思い出した。

「私は……どれぐらい気を失ってたんだ？」

「一〇時間ぐらいかしら」

「そんなに⁉」

「鎮静剤を注射したのよ。少し多めに。少尉の指示でね。目を覚まして暴れられると困るから――でも、誤解しないで。彼はあなたのためを思ってやったのよ。この嵐の中を出て行ったら遭難していたわ。あなたを死なせたらフェブラリーに弁解できないもの」

「フェブラリーは……あの子は？」

「まだよ……心配しないで。彼女は無事だから。ただ――」

「ただ？」

タニアは苦笑した。「何と説明していいか分からないわ。あまりにも途方もないことだから……でも、彼女が元気だってことは断言できるわ。信じて」

「少尉はどこにいる？」

「コクピットよ。基地司令部と連絡を取ってるわ」

「連絡……」その言葉の意味を彼が理解するのに数秒かかった。「連絡だって⁉」

「そうよ。磁気障害が消えて通信が回復してるの。重力も元に戻ってるわ」

バートは飛び起き、タニアを押しのけて、コクピットに走って行った。

〈ウルヴァリン〉のコクピットはごったがえしていた。ドレイク少尉、ノーマン、チャドウィック博士、それに兵士が四人だ。彼らはみな、通信機から流れてくる声に熱心に耳を傾けている。窓の外には雨が滝のように流れていた。

『この二時間に三度、クーガーズロックを震源地とする微震をキャッチしている』通信機の声は言った。『学者はアイソ何とかだと言ってるが』

「アイソスタシー。地殻の均衡化現象だ」チャドウィックが解説した。「クーガーズロックの質量が軽くなったんで、このあたりの地殻《ちかく》にかかる圧力が減少して、大地が何インチか持ち上がった。それが急激に回復しようとしてるんだ。〈スポット〉が出現した時にも同じような微震が観測されている」

『気象衛星からの観測では、低気圧の中心は時速二五マイルで北東へ移動している。勢力も弱まりつつあるようだ。あと三時間ほどでそのへんは暴風雨圏から出るだろう』

「そいつはありがたい」と少尉。「頼んでおいたヘリはどうなりました?」

『フォート・フッドで待機中だ。嵐がやみしだいそちらに向かう――兵員輸送ヘリ四機だけでいいのか?　空軍に援護を要請しようか?』

「その必要はありません。こちらの危機は去りました――インドの様子はどうです?」

「インドだって?」

バートは怪訝そうにつぶやいた。ノーマンが耳打ちした。

「さっき、インドのマドラスの沖合に新たな〈スポット〉が出現したという情報が入ったんです。それに南極のスコット基地からも――」

『……あの後、さらに情報が増えた』通信機の声は言った。『確認されたかぎりでは、オーストラリアのカーペンタリア湾、アンゴラとザンビアの国境付近、ロシアのセミパラチンスクの近く、ボルネオのカリマンタン地方、ギルバート諸島の西の海上……まだありそうだ。まあ、いずれも海の上や人口過疎地帯だし、小規模な磁気障害が一時間ほど起こっただけで、実害は出ていないがね』

「それが全部消滅したんですか？」

『そうだ。全部だ。例の三角形の物体を残してな――他に訊きたいことはあるか？』

「今はありません。回線はこのまま開けておきます。何かあったら報告します」

『了解した』

少尉はマイクを置き、一同に向き直った。「さて、これでフェブラリーさえ戻って来れば、いちおうハッピーエンドってわけだが――」

「いったい何があったんだ？」とバート。「フェブラリーはどうなったんだ。それに〈スポット〉は――」

「消滅しました。世界中の〈スポット〉が全部です。フェブラリーが異星人とのコンタクトに成功したんです。彼らを説得して、地球から撤退させたってわけです」

「あの子が……なら、どうして戻ってこない？」

「それがいろいろと複雑な事情がありましてね。どこから説明していいか――」

その時、オペレーターが叫んだ。「少尉！　ドップラー・レーダーに反応です！　後方から何かでかいものが接近してきます！」

一同は驚いて後方モニターの画面に目をやった。最初は真っ暗で何も見えなかったが、サーチライトが回転してそちらを照らし出すと、〈ウルヴァリン〉の後方に広がる丘の斜面が見えた。降りしきる雨がライトの光を浴びて銀色に輝いている。斜面のずっと上の方、丘が黒い空と溶け合うあたりに、何かがちらちらと動いていた。

「ズーム！」少尉は命じた。

画面が拡大され、同時にサーチライトが少し上を向いて、その現象をまともに照らした。一同は息を飲んだ。震える画面の中で、泥水が大小無数の岩を巻きこみ、激しく沸きかえりながら、斜面を滑り降りてきている。

「土石流だ！」とチャドウィック。「雨で土がゆるんだんだ！」

「スタートさせろ！」少尉はドライバーに怒鳴った。「全速力で丘を下れ！　二号車、三号車にも連絡！」

〈ウルヴァリン〉は鋼鉄の巨体を震わせ、泥を激しくはね散らして動きだした。他の二台も慌てて後に続く。土石流はほぼ道に沿って流れ落ちてきていた。だが、このあたりは小さな谷になっており、道の左右は急傾斜の昇り斜面なので、車が道からそれるのは不可能だった。まっすぐ前へ逃げ続けるしかない。

モニター画面の中の土石流は刻一刻と大きくなっていった。外では地鳴りがしているはずだが、装甲車両の中ではエンジン音にかき消され、まったくのサイレント映像であるため、妙に緊迫感に欠けていた。スローモーションのように見えたが、それは巨大なために起きる錯覚で、実際は時速一〇〇マイル以上のスピードなのだ。おそらく画面に映っている石ころのように見える岩のひとつひとつが、人間より大きいだろう。先頭を転がっている大きなアーモンド型の岩は、小さな家ほどもあるはずだ。

「追いつかれるぞ」バートはつぶやいた。とても現実のこととは思えず、不思議に恐怖は感じなかった。

「分かってます――ケイン！　砲座へ行け！　ペパード！　対空ミサイルだ！　他の車両にも伝えろ！」

「アイアイ・サー！」

少尉の意図を部下たちは即座に理解し、所定の位置に散った。転がってくる大岩を破壊しようというのだ。土石流そのものを止めることはできないが、少なくとも岩の下敷になって潰されることは防げる。対空ミサイルで地上の目標を撃つなど、無茶もいいところだが、誰も不平など言わなかった。

画面の中の土石流はさらに大きくなっていた。全景を収めようとしてカメラがズームバックを繰り返す。画面の端には後ろについてきている二号車と三号車が映っていた。巨大なはずの〈ウルヴァリン〉も、荒れ狂い沸きかえる泥と岩の津波を背景にしていると、まるでミニチュアのようだった。あと十数秒で追いつかれるだろう。

「ミサイルがロックオンできません！」

オペレーターが叫んだ。ターゲット・ディスプレイの中で赤い四角形が跳ね回っていた。自動追尾システムは飛行機のようなはっきりした反射波を持つ物体を想定して設計されているので、コンピュータが目標を特定できずに混乱しているのだ。

「手動は⁉」

「やれるかどうか……いや、やります！」

「よし、味方に当てるなよ――撃て！」

オペレーターは発射ボタンを押した。〈ウルヴァリン〉の背部のランチャーから、MIM-92A〈スティンガー〉が炎の尾を引いて飛び出した。ジョイスティックで巧みに誘導され、土石流の先頭の大岩にぶつかって爆発する。しかし岩は元の形を保ったままだ。

二発目が、続いて三発目が発射される。三〇ミリ機関砲も火を吹いた。二号車と三号車も攻撃を開始した。雨と風と闇の中を、ミサイルの噴射炎とパルス状の曳光弾《えいこうだん》が乱れ飛び、閃光が炸裂《さくれつ》した。

岩が割れた。半分の大きさになり、さらにその半分になって、流れの中に埋もれた。しかし油断はできない。先頭のものほど大きくはないが、充分に破壊的な力を秘めた岩が、その背後にいくつも連なっているのだ。三台の戦闘車両は全速力で走り続けながら、自然の猛威に対して絶望的とも思える戦いを繰り広げた。

三号車が流れに巻きこまれた。続いて二号車が。

「全員、ショックに備えろ――！」

少尉が言い終わる前に、土石流の先端部が〈ウルヴァリン〉にぶつかった。バートたちは座席から投げ出された。タニアが悲鳴を上げる。電気系統がやられたらしく、照明がまたたいて消えた。

車両の後部が土砂に押されて持ち上がった。巨体がなすすべもなく激流に押し流されながら、ゆっくりと横倒しになってゆく。人間ほどの大きさがある岩がシャーシーにがんがんとぶつかり、キャタピラや転輪をもぎ取っていった。車体の後ろ半分が土砂の圧力にひしゃげた。窓が割れて車内に泥水が流れこむ。轟音がすべてを包みこんだ――

多数の負傷者が出たが、死者が一人も出なかったのは奇跡と言っていいだろう。〈ウルヴァリン〉の頑丈なボディは、土石流の圧力から人間を守りぬいたのだ。ボディを破壊するほどの大きな岩が、三台のどれにも当たらなかったのも幸いだった。あの死にもの狂いの攻撃は無駄ではなかったのだ。

雨は止んでいた。調査隊のメンバーは近くの固い岩場に登り、救助を待っていた。使命を終えた三台の〈ウルヴァリン〉は、すでに流動性を失って固くなった土砂の中に巨体を半分埋もれさせ、墓石を連想させる多くの岩に囲まれて、安らかに死んでいる。まるで発掘途中の古代遺跡のようにも見えた。

陽はまだ昇らないが、あたりはすでに明るかった。嵐は去り、空にはちぎれた雲がいくつか漂っているだけだ。あの白っぽい空ではなく、正真正銘の青空だった。地平線上に見えるクーガーズロックは、もうゆらめいてもいないし、青方偏移の光を発してもいない。

「君に感謝しなくてはならんようだな」

バートは岩に腰をかけ、焚火《たきび》に当たりながら、その平和な風景を眺めていた。額には包帯を巻いている。頭を軽くぶつけただけで済んだのだ。

「君の適切な指揮がなかったら、我々は全滅していただろう。君は立派な男だよ」

少尉はかぶりを振った。「いいえ、あなたの方が立派ですよ」

バートはとまどった。「私が？　立派だって？」

「だってそうでしょう？　あなたがフェブラリーを育てたんだから。彼女のやりとげたことは、あなたの功績でもあるんですよ」

「それなら、私を誉めるのはお門《かど》違いというものだよ。あの子は私なんかにはもったいない娘だ。私は父親失格だ――」

「いいえ、そんなことはありません。彼女の持っている優しさ、勇気、情熱……そういったものはみんな、あなたから受け継いだものなんだ。あなたを尊敬します」

「違う。違うよ……君は何も分かっちゃいない。私は――」

そう言いかけて、バートははっとなった。クーガーズロックの方角の平原上に、黒い点の群れが見えたのだ。彼は慌てて立ち上がった。

人間だった――数十人の人間が列を作り、こちらに歩いてくる。他の者も彼らに気がつき、

「おお」とか「ああ」とか言って立ち上がった。バートは少尉から双眼鏡をひったくり、かじりつくようにレンズを覗きこんだ。

何とも奇妙な集団だった。老人もいれば子供もいた。ボロをまとい、足をひきずって、歩きにくそうにしていたが、それでも一Gの重力にちゃんと耐えていた。風に身をすくませていたが、全身に満ちあふれる希望の前には、少しばかりの寒さも苦にならないようだ。彼らはみな、嬉しそうに空を見上げていた――数十年ぶりに見る青い空を。

東の山から太陽が昇ってきた。明るくまばゆい太陽だった。平原から魔法のように影がしりぞいてゆき、光が満ちあふれた。人々の列は櫛《くし》の歯のような長い影を地面に落としている。彼らは立ち止まり、しばし太陽を眺めた。感動して泣いている者もいた。これこそ彼らの望んでいた楽園への帰還だった。苦難はついに終わったのだ。

バートは双眼鏡を投げ捨て、よろよろとそちらへ歩いていった。空からヘリコプターの爆音が聞こえてきたが、気にも止めなかった。頭の中はたったひとつのことで占められていた。立ち止まらず、振り返りもせず、一心不乱に歩き続けた。

すでに一人一人の顔が識別できるほどの距離まで来ていた。彼の視線は列の先頭にいる若い女に吸い寄せられた。彼女もバートを見つめていた。

彼は一〇メートルほどのところまで来て立ち止まり、信じられない思いでしげしげとその娘を見つめた――一七、八歳だろうか。背はバートと変わらない。すらりとした長い脚は泥で汚れているものの、肌は健康的な色をしていた。身にまとっているのは服と呼ぶこともできないボロ布の集まりである。しかし、そうしたみすぼらしい身なりは、彼女に本来備わっている気高さと美しさを、かえって引き立てているようだった。その顔には幼い頃の面影《おもかげ》がわずかに残っていた……。

轟音とともに大きな影が彼女の上をよぎった。救助にやってきた大型ヘリコプターだ。ローターの巻き起こす風に、太腿《もも》のあたりまである長い栗色の髪が大きくひるがえり、朝陽を浴びて金色にきらめいた。枯葉色の震える瞳が、一心に彼を見つめていた。

「フェブラリー……?」

バートは茫然とつぶやいた。彼女は喜びと悲しみの入り混じった複雑な表情で、おずおずとうなずいた。その眼から涙がこぼれ落ちた。

二人はどちらからともなく駆け寄り、ぶつかるようにして抱き合った。ヘリコプターが高度を下げ、あたりは風と轟音に満たされた。二人はそれに負けないように力強く抱き合い、呼び合った。

「パパ!」

「お帰り、フェブラリー!」

父の腕に抱きしめられ、一七歳のフェブラリーは激しく泣きだした。

「帰って来たわ! 私、帰って来たわ!」

地球上の六か所で荒れ狂っていた〈停滞台風〉は、〈スポット〉の消滅とともに動きはじめ、急速に勢力が衰えて、数日のうちに無害な低気圧に変わった。同時に、世界を覆っていた不安と緊張も消え去った。何もかも〈スポット〉が出現する前の状態に戻ったかのようだった。

しかし、違っている点もあった。異星人は世界各地に思いがけない貴重な置土産《おきみやげ》を残していったのだ。

海上の〈スポット〉が消滅した後に、例の多面体のＵＦＯが何万個も波間を漂っているのが発見された。もはや光を発しておらず、ぴくりとも動かない。科学者の予想通り、低重力と強い高周波磁場がないと活動できないらしい。回収して調べたところ、どれも強い磁気を帯びているのが判明した。世界中の研究所で分析した結果、エアロゲルで形成された外殻の内側から、大量のモノポールが検出された。

クーガーズロックをはじめとする地上の〈スポット〉の痕跡についても調査が行なわれ、やはり地中深くに強い磁気反応が確認された。さらに音波探査によって、海抜マイナス一〇〇〇フィートのあたりの深さに異常な反響が発見された。周囲の岩とは密度のまったく異なる物質――例の多面体が大量に埋まっているに違いない。

それが人類の未来にとってどんな大きな意味を持っているのか、気がついている者はまだ少数だった。

15　新たなるステップ

「悪いところなんて全然ないのに」

フェブラリーは病院のベッドに腰かけて、子供のようにすねていた。白いパジャマを着て、伸びすぎた髪は肩の下あたりで切っている。〈スポット〉から戻って二日間、質問と精密検査の連続だった。再会した父と落ち着いて話す時間さえなかったのだ。

「医者の話じゃ、どこにも異状はないから、すぐにでも出られるそうだ」バートは言った。「軍の許可が降りれば、だがね」

フェブラリーはため息をついた。「まだ何日もかかりそうね」

「心配することはないさ。こっちは軍や政府に所属してるわけじゃない。連中にはお前を束縛しておく権利はないんだ。幸い、パーキンス大佐も理解を示してくれている――もっとも、軍の機密を口外しないとかいう誓約書にサインする必要があるみたいだし、重要人物ってことで、しばらく生活を見張られることになりそうだがな」

当分の間、彼らの生活はひどく窮屈なものになるだろう。有形無形のいろいろな圧力もあることだろう。だが、バートはそのすべてに喜んで耐えるつもりだった。また娘といっしょに暮せるなら、少しぐらいの不便は厭《いと》いはしない。

「みんな慎重になってるんだよ。何しろお前はどんな宇宙飛行士も行ったことないほど遠くへ行ってきたんだからな。何か異状があるんじゃないかと心配するのは当然だろう?」

「それはどうかしら? 本気で心配してくれてるのはパパたちだけだわ。血液検査をした若い医者なんて、私を異星人の変身じゃないかって考えてたのよ」

バートは苦笑した。「まあ、疑いたくなるのも無理はないだろうな。私だって信じられない気分だよ。ほんの三日前まで小さな子供だった娘が、こんなに大きくなって目の前にいるんだからな」

フェブラリーははにかんだ。彼女自身も信じられない気分だった。紆余曲折《うよきよくせつ》があったにせよ、こうして遠い宇宙の彼方から地球に戻ることができ、父と再会できたのは、ほとんど奇跡のようなものだった。

彼女があの超生命体の体内にいたのは、主観時間でおよそ五年間だった。最初のうちは言葉も記憶もまったくなく、赤ん坊のように、あるいは動物のように、生命体が用意した巨大な車輪型の水晶の檻《おり》の中を、当てもなくうろつき回るだけの生活だった。生命体は水と空気と〈タイガー・バター〉を合成して彼女に与え、生かし続けた。

また、生命体は時おり彼女を檻から出し、自分の体内を旅させた。自分のすべてを見聞させ、多くの情報を与えた。やがて彼女は、生まれたての赤ん坊が世界のことを学ぶように、人間の言語や固定観念という枠を取り払われた純粋のオムニパシー能力で、生命体のことを理解しはじめた。人間の身ぶりや表情から多くの感情が読み取れるように、生命体の活動を見ることによって、その異質な心を少しずつ解読できるようになってきたのだ。

回想がこの部分に差しかかると、彼女は口ごもるしかなかった。自分が体験したり理解したことを表現する語彙や概念が、人間の言語には存在しないのだ。超生命体は五感以外の多くの感覚を持ち、時間や距離や速さや大きさに関する概念は、人間のそれとまったく異質だった。体内の各部分で時間が違う速さで進んでいるのだ。性別がなく、家族や社会といった概念がない代わり、人間にはありえない種類の愛や欲望を抱いていた。もちろん言語体系は根本的に異なっている。人間との共通点は「生きている」というただ一点にすぎなかった。そんな生物が考えることを、チョムスキー文法でどう表現すればいいのだろう？　彼女自身にさえ、完全に理解できたとは思えず、推測の部分がはるかに多かった。

それでも彼女は、間接的にではあれ、超生命体と意志を通じ合わせることができるようになった。超生命体も彼女を通じて人間のことを学んだ。人類を構成している人間という個体のそれぞれが独立した知性体であるというのは、〈彼〉にとって信じられない概念だったろう。それでも〈彼〉はその概念をどうにか受け入れた。

同時に、フェブラリーという生きたサンプルを研究することによって、人間の体の生化学的な機構についても理解を深めた。〈タイガー・バター〉を改良して、欠けていたビタミンや微量元素を補い、D型アミノ酸をなくし、より栄養のバランスのとれたものにした。檻の内部も人間に住みやすいように少しずつ造り変えた。

やがてフェブラリーの内部に微妙な変化が起こってきた。失われていた記憶がわずかずつ戻ってきたのだ。夢の中に父の顔が現われ、わけの分からない悲しみに襲われて飛び起きた。遠く離れたもうひとつの人生の一場面が不意によみがえり、懐かしさやせつなさが胸を焼いたが、その理由を説明する言葉を知らなかった。分かっていたのは、それを思い出さねばならない、取り戻さなくてはならないということだけだった。

彼女はばらばらになった記憶をジグソーパズルのように組み合わせ、再構成しはじめた。それは何か月も何年もかかる苦しい作業だった。記憶がよみがえるほどにせつなさが増し、何度も途中で投げ出しそうになった。しかし、ついに彼女はやりとげた。すべての記憶と言語を自力で取り戻し、人類の一員に復帰したのだ。

彼女は生命体に意志を伝えた。〈スポット〉の出現によって人類が危険にさらされていることを教えた。生命体は人間社会の仕組みを知らなかったし、人間の痛みや苦しみなど理解できなかったが、それでも他の生命を不必要に傷つけることが罪であることは知っていた。〈彼〉は自分の間違いを認め、〈スポット〉を消滅させるとともに、自分の犯した過ちをつぐなうことを承知した。

まずクーガーズロックの人々を救わねばならなかった。フェブラリーはいったん地球に戻ると、少尉やドーンを納得させた。そして人々を導いて生命体の体内に戻った。

生命体は彼らのために、全長数マイルに及ぶ円筒形の居住スペースを新たに用意していた。フェブラリーを閉じこめた水晶の檻を拡大したものだ。この程度のものを創造するのは、〈彼〉にとっては人間が声を発するのと同じぐらい簡単なことだったろう。オニール型スペース・コロニーを思わせるその小世界は、閉鎖生態系ではなかったが、食料も水も豊富にあり、人間が半永久的に暮すことができた。

円筒の自転は最初のうちはゆるやかで、内部の重力は一〇分の一G程度しかなかった。生命体はフェブラリーの指示によって少しずつ円筒の回転を速めていった。そうして徐々に彼らを大きな重力に適応させていったのだ。リハビリテーションには主観時間で一年以上の時間がかかり、非常に苦しいものだったが、彼らはどうにかそれに耐え抜いた。幸いにも落伍者《らくご》は一人も出なかったのだ。

「あの人たちの様子はどう?」

「ああ、お前といっしょに街から出て来た人たちか? 元気だよ。歩き回るのはまだ少し苦しそうだが、具合が悪くなった者はいないようだ」

「良かった……でも、これからが大変ね。社会に復帰するためには、いろんな障害を乗り越えなくちゃいけない……」

「彼らのことをそれ以上考えるのはよしなさい」バートはぴしゃりと言った。「お前は彼らを助けた。責任は充分に果たしたはずだろう? 彼らの問題はもうお前の責任を離れてるんだ。何もかも自分で背負いこもうとするから苦しくなるんだぞ」

「かもしれない」彼女は肩をすくめた。「アランも同じことを言ってたわ。確かにそうね。他にやらなくちゃいけないこともいろいろあるし、忙しくなりそうだわ……」

その口調の中に、彼は漠然とした何かを感じ取り、不安になった。「またどこかへ行くつもりじゃないだろうな?」

「まさか!」フェブラリーは笑った。「当分は地球にいるわ。〈彼〉もしばらくは戻って来ないしね」

「しばらくは——というと、また戻ってくるのか?」

「ええ——〈彼〉が地球に〈スポット〉を作った目的のことは聞いた?」

「いや」

「〈彼〉はね、地球を動かそうとしてたの」

「動かす!?」

「ええ。もうじき〈彼〉の仲間が——『仲間』って言い方が正しいかどうかよく分からないんだけど——集団で太陽系を通過するの。『通過』って表現もほんとは正確じゃないけど、とにかく太陽系の存在している時空を横切るのよ。それは変えられない事実なの。その時、地球は彼らと衝突して破壊されてしまう……」

「ちょ、ちょっと待った!」バートは顔色を変えた。「もうじき地球が壊されるって? それはいつなんだ?」

フェブラリーは苦笑した。「ごめんなさい。まだ少し時間の感覚が混乱してるわ。私が言う『もうじき』っていうのは、だいたい七〇〇万年後のことよ」

「七〇〇万年!?」

「ええ。でも〈彼〉にとっては、七秒も七〇〇万年もたいして違わないのよ。時間の感覚が私たちとは違うの。それで邪魔にならないように地球をあらかじめ移動させようとしたのよ。〈スポット〉を使って地球の質量をほんの少し減らせば、地球と太陽の間の引力がわずかに弱くなって、公転周期が何分の一秒か変わるでしょ？　そうすれば、地球が太陽の回りを七〇〇万回まわるうちに、位置が少しずつずれてきて、衝突が避けられるってわけなの。

でも、私が〈彼〉に話してやめさせたわ。七〇〇万年もすれば、人類は滅びているか、それとも自分で地球を動かせるほど進歩してるかどちらかだもの。今すぐに地球を動かすんじゃなくて、もうちょっと待ってほしいってね——〈彼〉は納得したわ」

フェブラリーは気軽に話していたが、バートにとっては気が遠くなるようなビジョンだった。道端の石ころをのけるような感覚で、通り道にある惑星を動かす生命体！　そんな途方もないものと接触したばかりか、意志の疎通に成功した娘の能力に、驚きを覚えると同時に、かつてない誇りを感じた。

「じゃあ、あいつは当分戻って来ないのか？」

「ええ。あと一〇〇万年ぐらいはね。異質なもの同士がむやみに接触すると、今度みたいに悲劇が起こるってことがよく分かったと思うわ。たくさんの人間を殺したり傷つけたりしたのは、〈彼〉の本意じゃなかったのよ。その証拠に、お詫びに素晴らしいものを残して行ってくれたわ」

「あの多面体か？」

「そうよ——あれは宝の箱だわ。あの中には地球のエネルギー需要をまかなうのに充分な量のモノポールが詰まってるの。モノポールはそれ自体は壊れることなしに陽子や中性子を壊して、エネルギーに変えることができる。一〇年もすれば、世界中でモノポールを使った原子炉が造られるはずだわ。技術的にはたいして難しくないはずだもの。

考えてもみて。石油もウランもプルトニウムも必要ないのよ。どんな物質でも燃料になるわ。粒子が全部エネルギーに変わるんだから、効率がすごく高いし、廃棄物もほとんど出ない。火力発電みたいに大気も汚染しない。磁場で振動させないかぎり無害なんだから、爆発やメルトダウンが起こる危険もない。爆弾にも使えない——もう危険な核分裂に頼る必要はないのよ。それに——あ、ごめんなさい。そこの水差し取って。咽喉が渇いたわ」

「ああ」

バートはサイドテーブルの上の白い水差しを取り、フェブラリーに手渡そうとした。そのとたん、彼女は水差しを叩き落とした。がしゃんという派手な音がする。驚いている父を尻目に、彼女は陶器の破片の中から小さな銀色のボタンのようなものを拾い上げ、歯で噛んで潰した

——小型の盗聴マイクだった。

「ここにあることは最初から分かってたけど、知らないふりしてたの。あっさり見破ったら、苦労して取り付けた人が気を悪くするでしょ?」彼女はいたずらっぽく微笑んだ。「でも、ここから先の話は他人に聞かれたくないから」

「スパイ映画の中だけかと思ったら、本当にあるんだな」バートは小さな眼をぱちくりさせた。

「……で、その話というのは?」

「パパの手助けが必要なのよ。タニアと連絡を取ってほしいの。彼女とはまだ何日か会えないかもしれないし、会ってもマイクのある場所じゃおおっぴらに話せないもの。よく聴いて。私の頭の中には空間を短縮する理論が入ってるの。私を別の宇宙まで運んだ方法よ。〈彼〉が教えてくれたの。漠然とした基本概念だけだけど、タニアならそれをきちんとした方程式にできるはずだわ。その原理を応用すれば、相対性理論なんか無視して、宇宙船を光より速く飛ばすことができるのよ」

「何でそれを秘密にする必要があるんだ？」

「軍や政府には秘密にしなくちゃいけないの。当分はね。だからまだパパにしか話してないわ。もし軍の人に洩らしたりしたら、あの人たちは機密にしようとするに決まってるもの。一番いい方法は、タニアがこっそり方程式を完成させて、ネットでいきなり全世界に広めてしまうことだわ。このノウハウはアメリカが独占するべきじゃない。宇宙はアメリカ人だけのものじゃないもの。

　モノポールの件もそうよ。私が〈彼〉に頼んで世界中にばらまいてもらったの。特定の国だけが独占できないようにね。いくら光より速い宇宙船が造れても、相変わらず化学燃料を燃やしてるんじゃ話にならない。宇宙船に使えるエネルギーはモノポールしかないわ。それにモノポールは空間短縮システムにどうしても欠かせないものなのよ」

「人類が……宇宙に出て行けるのか？」

　フェブラリーは力強くうなずいた。「そうよ。『人類に残された最後の開拓地《ファイナル・フロンティア》』にね」

それが意味するものの大きさを、バートは心の中で嚙みしめた。人類に新しい時代が訪れる。もう小さな地球の上でわずかばかりの土地をめぐって争う必要はない。無限の土地と無限の資源が、空の彼方に待っているのだ……。

「分かった。できるかぎり協力しよう」

「ごめんなさいね。迷惑かけて」

「何を言うんだ。お前のためなら何だってするさ——おっとそうだった」

彼は胸ポケットからパスケースを取り出し、苦笑した。

「うっかり忘れるところだった。大事な用件なのにな」

本当は忘れてなどいなかった。ただ、切り出すのをためらっていただけなのだ。しかし定められた面会時間はあと二〇分ほどしかない。今日中に決着をつけてしまいたかった。これ以上もやもやした気持ちを引きずるのはいやだった。フェブラリーも同じ気持ちだろう。

「約束だったな。戻ってきたら教えてやると——」

彼はパスケースから一枚の写真を取り出し、娘に手渡した。フェブラリーは震える枯葉色の眼でそれを見つめた。

三人の人物が写っていた。バックはどこかの公園らしい。三人は仲よく肩を組み、未来に横たわる不幸も知らずに笑っていた。一人は若い頃の父だった。真ん中にいるのは別の写真で見たことのある母だ。そして、もう一人の若い男は——

フェブラリーは顔を上げた。「この人が……?」

「そうだ」

彼女は写真に視線を戻した。ハンサムでスタイルのいい男で、バートが彼に劣等感を抱いていたことは容易に想像できた。髪は短く、彼女と同じ栗色をしており、フライト・ジャケットを着ていた。

「あいつは空軍のパイロットだった。ナイジェル・エドランド……私の子供の頃からの親友だった。ハイスクールを出てからはまったく違う道に進んだが、それでもよく会っていたんだ。私たちはたまたま同じ女性を愛した。しかし、私は負けた。彼女はナイジェルを選んだんだ。二人は結婚するはずだった……。

ところが、幸せの絶頂という時に、あいつは訓練中の事故で突然死んでしまった。その時、ジェシカはお前を身ごもっていた。どうしても産みたいと言った。しかし彼女は体が弱いうえに、一人で育てるのは経済的に無理だった。生まれてくる子供のために、父親が必要だった……」

「軍人だったのね……」とフェブラリー。「……それで軍人が嫌いになったの?」

「そんなことは――」

否定しようとして、バートは口ごもった。そうなのだ。今まで気がつかないふりをしていたが、彼の軍人に対する嫌悪はあの時にはじまったのだ。彼からジェシカを奪ったナイジェル、子供を彼に押しつけて勝手に死んでしまったナイジェル……表面上はずっと親友であったが、意識の底にはナイジェルに対する憎しみがずっとくすぶっていたのだ。それが歪んだ形で表面に浮かび上がり、軍服を着ている者すべてを嫌悪させていたのだ。

ジェシカと結婚しても、彼は幸福になれなかった。彼女の心はいつまでもナイジェルのものだった。彼がいくら献身的につくしても、その愛は空回りするだけだったのだ。やがて彼女は病死した——まるで生きる意志を失い、死の重力に引かれたかのように。

ジェシカは知っていたのだろうか？　彼の心の奥にひそむ、彼自身も気づかなかった憎しみを。フェブラリーの能力が遺伝によるものなら、母親にも少しはオムニパシーがあったのかもしれない。彼の心を読み取り、彼に重荷を背負わせている自分の身勝手さを知りながら、それでもなお、ナイジェルに対する愛の大きさゆえに他の男を愛することができず、一人で苦しんでいたのかもしれない。そしてついに、それらすべてに耐えられなくなったのだ……。

後には幼いフェブラリーだけが残された。彼は血のつながらない娘を深く愛したが、同時に心のどこかでは憎んでいた。今はもういないナイジェルとジェシカに対する愛と憎しみが、複雑に形を変え、一人の感受性の強い少女に注がれたのだ。

もちろん、彼は決して憎しみを表面に出さなかった。自分自身でさえそのことに気がついておらず、心の底から娘を愛しているのだと信じていた。そして憎しみを認めたくがないために、ことさらに強く愛を表現した。理想的な父親を演じ続けたのだ——フェブラリーが理想的な娘を演じていたのと同じように。

合わせ鏡だ、と彼は思った。フェブラリーは彼の心を映していたのだ。自分の分だけではなく、彼の分の重荷まで背負って苦しんでいたのだ。

「……不思議ね」彼女は写真を見ながらぽつりと言った。「もっといろいろ感じるんじゃないかと思ってた。懐かしさとか、親しさとか……でも、何も感じないわ。血がつながってるというだけ。私が生まれる前に死んだ、会ったこともない人だもの」

彼女は小さく肩をすくめ、父に写真を返した。

「パパが持っていて。私には必要ないわ」

「しかし、私はお前を……」

「いいえ、パパはやっぱりパパよ。この人が生きていたとしても、パパより深く愛してくれたかどうか分からないもの」

「………」

「憎むことを恐れすぎてたのね、私たち。実の親子でも時には憎み合うことがあるわ。それに比べたら、私たち、できすぎよ。ありのままでも充分に幸せなのに、百点満点を求めようとして、悪いところに無理に目をつぶって……それでぎくしゃくしてたんだわ。

完全無欠な人間なんていやしないのよ。完全無欠な親子もね――ノーマンは私を救世主にしたがっているようだけど、とんでもないことだわ。私はただの人間よ。悩んだり憎んだり間違ったりする。不可能なことがいっぱいある……それでもやっぱり、私、人間に生まれて良かったと思うわ。パパにめぐり会えて良かったと思う」

「……お前は体だけじゃなく中身も大人になったね、フェブラリー」

「かもしれない。きっと一度死んで生まれ変わったのね――〈彼〉の中で」

フェブラリーはあの空白の五年間を思い出していた。チョムスキー文法を捨て去って、赤ん坊のように言葉も記憶も失ったのに、父の名も、ともに暮した日々のことも忘れたのに、父への愛だけは忘れなかった。なぜなら、愛はチョムスキー文法よりずっと深いところにあるものだからだ。それを表現する言葉は失われても、愛そのものは失われないのだ。

彼女はそれを核にして記憶を再構成することができた。愛する人のことを想い出さなくてはならない、愛する人のところへ戻らなくてはならないという強い想いが、彼女にそれをなしとげさせたのだ。父への愛がなかったら、彼女は記憶を取り戻すことができず、生命体の体内で朽《く》ち果てていただろう。

「……ねえ、パパ」

「ん？」

「私の顔、ママに似てる？」

バートは首を振った。「眼のあたりは少しは似てるが……それほどじゃないな。お前はお前だ」

「でも、あの時、私のことがひと目で見分けられたでしょ？　アランなんか、私だってことが分からずに、怖がって銃を向けたのよ」

彼は笑った。「そりゃあ分かるさ。親だからな」

今や彼は、その言葉を心の底から、誇りを持って言うことができた。そうなのだ。私はこの子の父親なのだ。

これまでずっと、彼はそのことに確信を持てないでいた。なぜなら、いつもフェブラリーの顔にはジェシカがオーバーラップしていたからだ。本当に彼女を父として愛しているのか。いつかフェブラリーがジェシカそっくりの女性に成長することに、心のどこかで期待しているのではないか……？　だとしたら、それは親の愛などではありえない。そうした自分自身に対する疑惑が、彼に父としての誇りを持たせることをためらわせていたのだ。

だが、今はもう迷いはない。成長したフェブラリーはジェシカとは違っていた。表面的に少し似ているというだけで、ジェシカを連想させるところはほとんどなかった。彼女の血を引いてはいるが、まったく別の人間だった。

彼の娘なのだ。

フェブラリーもまた、同じことを実感していた——自分の父は他にはいない、この人だけなのだと。

「……もうじきクリスマスなのね」彼女は壁のカレンダーを見てつぶやいた。「何だか損した気分だわ」

「どうして？」

「だって、どう考えても六つは歳を取ったっていうのに、カレンダーはぜんぜん進んでないんだもの。クリスマスと誕生日を六回飛ばされちゃったのよ」

フェブラリーの子供っぽいすねた口調に、バートは顔をほころばせた。成長したとはいえ、やはりまだ子供の部分が残っているのだ。

「だったら今年のクリスマス・パーティは六回分やることにしよう。いつもは二人きりで寂しかったが、今年はみんなを家に招待して、盛大にやるっていうのはどうだ？　ノーマンや、タニアや――」

彼女は眼を輝かせた。「アランも呼んでいい⁉」

「そうだな、彼も招待しよう」

「わお！」

彼女はベッドから飛び降り、無邪気な笑顔で父に抱きついた。

「おいおい、重いよ、フェブラリー」

「ねえ、パパ、約束は忘れてないでしょうね？」

「約束？」

「大人になったらドレスを買ってくれるって言ったじゃない！」

バートは爆笑した。「そうか。そうだったな。よーし、買ってやろう。とびきり上等のやつをな」

「素敵！　最高のクリスマスになりそうね！」

父と娘はしっかりと抱き合いながら、ワルツでも踊るかのように、狭い病室の中でくるくる回った。未来はまだ苦難に満ちていたが、今は最高に幸福だった。二人の絆を壊せるものは、もはやこの世に存在しなかった……。

エピローグ

日付：二〇三三年四月八日金曜日。一六時一〇分四七秒（GMT）。
送信：フェブラリー・ドレイク
経由：恒星船〈エヴァリスト・ガロア〉↓中継ステーション〈ハーシェル〉↓パサディナS
CC
受信：バーソロミュー・ダン
文書形式IPCC。擬似量子コード変換済み。
画像ファイルはありません。

ハロー。

船は今、モノポール・エンジンを噴かしながら、一・二G加速で黄道面から上昇しつつあります。あと五時間後、つまりあなたがこのメールを読んでおられる頃には、星間物質抵抗の小さい太陽系外空間に入り、エグバート駆動に突入する予定です。そうなったら通信はもう送れなくなるので、今のうちにこれを書いておこうと不意に思い立ちました。

お別れパーティで「さよなら」を言いそびれてしまいました。あまりに賑やかだったもので、雰囲気に押されてしまったんです。できれば二人だけでゆっくりよもやま話もしたかったんですが、あんな風に夜明けまで盛り上がってしまうと、ちょっとね。でも、クリスマスみたいでとても楽しかったです。いい思い出になりました。

タニアが素敵だったんでびっくりしました。もう六〇でしたっけ？　歳を取るほど優雅になってゆく人なんですね。私もそろそろ若いとは言えない歳なんで、彼女みたいに美しく歳を取ることを心掛けようと思いました——もっとも、暦年齢に六つのハンデがついてるのは、どうしようもありませんけど。

久しぶりに会ったノーマンは昔と変わっていませんでした。外見が、じゃなく中身がです。私が地球から出て行ってしまうことを、大変な損失だって嘆いてましたね。冗談めかして言っていたけど、あれは半ば本心でした。年甲斐《としがい》もなくひどく酔っ払って騒いだりしたのも、そのせいでしょう。私に心理サイバネティクスを教えてくれたくせに、私が平凡な心理サイバネティスト（および平凡な主婦）になったのが不満なんです。世界政府の大統領にでもなれば満足してくれたのかしら。

彼に言い聞かせたかったけど、パーティの雰囲気がああだったし、彼も酔っていたのであきらめました。彼のあんな姿を見るのは悲しい気分です。もしいつか彼に会うことがあったら、あなたの口から言ってあげてください。いつまでも幻にすがりついていちゃいけない、現実をよく見て欲しいと。

私は女神じゃありません。人間です。人間だから感情に流されたり、間違いを犯すこともあります。どんなにオムニパシーがすぐれていようと、一人の人間が全人類を〝正しい方向〟に指導するなんて、恐ろしく危険だし、傲慢《ごうまん》な考えです。一市民が間違いを犯しても修正できますが、〝神〟が間違いを犯したら……取り返しがつきません。ウェストンの悲劇がそれを教えてくれました。

それにノーマンは人類の賢さを過小評価しています。確かに人間は目の前の真実になかなか気がつかない生き物だけど、それでも少しずつ学び、賢くなっています。二〇〇〇年前に比べれば、信じられないほど賢くなりました。二〇〇年前と比べてもそうです。当時は誰もが当然のことだと思っていた奴隷制は、今ではすっかりなくなりました。貧困や差別はまだ残っているけれど、それも少しずつ消える方向に向かっています。あまりにもゆっくりとした変化だけど、確かに変化は起こっているのです。

そして二〇年前に比べても。

たった二〇年でここまで人類が進歩できると、誰が予想したでしょう? 世界各国の協力による宇宙開発。飢餓と貧困の減少。環境保護への強い関心。核兵器の廃絶……少し前までは夢物語だった世界政府だって、今や実現に向けて動きだしています。

ノーマンはそれを私の功績だと言います。モノポール・エネルギーとエグバート駆動が世界を変えたのだと――でも、それは間違いです。私はただ、可能性を示しただけ。本当にそれをなしとげたのは、人類すべての力なんです。

思い出してみると、子供の頃の私は愚かでした。世界中の不幸をすべて自分の責任だと思い、それをどうにもできない自分を呪っていました。ノーマンの影響があったのかもしれません。まったく、何て思い上がっていたんでしょう！　世界中の不幸は、世界中の人が協力して解決するしかないっていうのに。

結局、人間は自分のできる範囲のことをやるしかないんです。すべての人がそれぞれの責任を果たすことによって、世界は良い方向に進んで行くんだと思います。

私のやるべき仕事は海蛇座《うみへび》タウ２にあります。エフレーモフのトカゲ人たちは、〈彼〉ほど異質ではないにせよ、やはり人間とは異なる言語体系を持つ知的生命です。彼らとコンタクトし、人類との橋渡しをするために、私の能力が必要とされているのです。そう信じたからこの遠征チームに参加しました。アランも理解を示してくれました。

いつ地球に帰れるか分かりません。エフレーモフでの仕事が最後とは思えないのです。宇宙のあちこちに散った探査船は、ほとんど二週間に一個のペースで新しい居住可能惑星を発見しています。異星人とのコンタクトも頻繁に起こるようになるでしょう。ますますオムニパシストの仕事は増えるでしょう。

ウェンズデイはまだ九歳ですが、私の素質を受け継いで、すぐれた能力を発揮しています。きっと私の仕事を手伝ってくれるでしょう。たぶん私たちは、人類の居住空域の拡大に歩調を合わせて、先へ先へと進み続けることになるでしょう。

だから、ここで「さよなら」を言わなくてはなりません。

あなたはいつか言ってましたね。「女の子はいつか父親から離れてゆくものだ」と。それが今なのです。

でも、悲しまないでください。どんなに遠く離れても、私はあなたを忘れません。地球から何億光年離れた別の宇宙でさえ、あなたのことは忘れなかったのです。それに比べれば、海蛇座タウ2はたった四六光年の距離です。


これを書いている横で、アランが私のモバイルを覗きこんでぶつくさ言っています。「俺にはこんな熱烈な言葉を言ってくれたことがない」とか「どうせ俺は永遠にナンバー2なんだ」とか……もちろん本気じゃありませんけど。それに、あなただって私が結婚する時、彼をさんざんやっかんだんだから、おあいこですよね？

あなたやアランに愛されて、私は幸せです。そして、この愛をウェンズデイにも伝えたいと思います。こうやって小さな愛が次々に伝わっていって、波紋のように宇宙に広がっていくんです……ロマンチックだと思いませんか？

あなたもどうかタニアと幸せになってください。

さようなら、パパ。

私は永遠にあなたの娘です。

徳間デュアル文庫版あとがき

SFの魅力って何でしょう？

ある人はサイエンスの面白さ、いわゆるハードSFだと言います。しっかりした科学考証を元に描き出された未来のテクノロジー。超光速航法やタイムトラベルを可能とする架空理論。入念に構築された異星人の生態や文化。物理法則の異なる宇宙……理科好きをわくわくさせてくれる「科学ホラ話」の数々。そう、それは確かにSFの大きな魅力です。

しかし、科学一辺倒ではだめ。どんなに現実離れした物語であっても、そこには心が――愛や情念やヒューマニズムがこめられていなければ、読者を感動させることはできません。ハードだけではなく、ハートも大事。

またある人は、「SFってのは絵だねえ」と言います。これもまた納得できる意見です。SFは現実の世界には存在しない「絵」を見せてくれます。『2001年宇宙の旅』のきらびやかなスターゲート、『ジュラシック・パーク』の現代によみがえった恐竜たちはもちろんですが、活字SFにもたくさんの忘れ難い「絵」があります。

たとえばアラン・E・ナースの中編「中間宇宙」の一場面、異次元人の攻撃によって地上四フィートから上をすっぱり切り取られてしまったボストンの街。あるいはマレイ・ラインスターの「彼岸世界」で、異次元を透視する装置を持った男が、現実のニューヨークの街を歩き回りながら、原始林に覆われた異次元のニューヨークを観察するくだり。あるいはジャック・ウィリアムスンの「火星ノンストップ」の山場、異星人の引力ビームが生み出した竜巻に乗って火星へ飛ぶプロペラ飛行機。あるいはテッド・ホワイトの『宝石世界へ』の冒頭、地下鉄が異世界に迷いこみ、主人公以外の乗客がいつの間にかマネキンや書き割りにすり替わっているという恐怖……。

僕は若い頃、そうした驚きに満ちた物語をたくさん読んで育ちました。

だからこそ、自信を持って言えるのです――「SFは面白い！」と。

この『時の果てのフェブラリー』は、一九九〇年、角川スニーカー文庫から出版された作品です。今回、徳間書店さんの熱意とご好意により、新たに改訂版として出版することになりました。

旧版では時代設定は一九九八年だったのですが、あっという間に現実に追いつかれてしまったため、今回は二〇一三年に設定し直させていただきました。他にも、文章には大幅に手を入れてあり、特にプロローグは全面的に書き直しています。また、オムニパシーの原理の解説、〈スポット〉内の物理現象についての説明なども、かなり書き足しています。旧版をお読みの方でも、また楽しんでいただけることと思います。

何しろ一〇年以上前に書いた小説、時代の流れに追い越されて古くなった部分もありますし

〈旧版では一九九八年だというのにソ連がまだ存在していましたし、携帯電話もインターネットも出てきませんでした〉、僕の中でも変わってしまった部分がかなりあります。久しぶりに読み直しながら、「えー？　この頃はこんな書き方してたのか」と驚いたり、「おいおい、ここはもっと掘り下げなくちゃいかんだろ」などとツッコミを入れたり、作家としての自分を見直す意味で、いろいろと有意義な体験でありました。

中には「うわー、青臭い〜っ！」と赤面するくだりもありますが、その反面、たとえば第四章のフェブラリーと父の会話など、思わずジーンときてしまい（笑）、「いい話書いてるじゃん、自分！」と、過去の自分に時間を超えてエールを送ったりもしました。まあ、この一一年の間に、僕自身、女の子の父親になり、二人の心境にいっそう感情移入できるようになったこともあるのでしょうが……。

こんなに面白い小説（と断言してしまいますが）がなぜ書けたのか。その理由は、僕がそれまで読んできたたくさんのSF作品を抜きにしては語れません。メタ・チョムスキー文法や〈虚数仮説〉といった架空理論、そこから導かれる非現実的な「絵」の数々、その大ボラを支えるディテール……それらの手法は、過去の多くのSF作品から学んだものです。

僕が読んできたSFの楽しさを、若い読者のみなさんにも感じてもらいたい。新しい世代にSFの魅力を伝えたい——そう願って、この小説を書きました。過去の名作を懐かしんでいるだけではだめ。新しい時代にふさわしい、新たなセンス・オブ・ワンダーにあふれたSFを、じゃんじゃん生み出さなくてはと思っています。

さて、まだ書いてはいませんが、この小説には続編があります。タイトルは『宇宙の中心のウェンズデイ~衝突時空世界~』。二〇三八年の宇宙を舞台に、フェブラリーの娘のウェンズデイ(一四歳)が活躍する話で、人類創生の秘密、知られざる宇宙の時空構造、姿なき知性体の侵略、タイム・パラドックスの解答、さらにはメタ・チョムスキー文法に秘められていたオムニパシー以上の超能力(今回、書き直した第一章で少し伏線を張っていますが)と、前作以上に大ボラをかましまくる予定です。そしてもちろん、ハートも忘れずに。

いずれ近いうちにお目にかかれるでしょう。

二〇〇〇年一二月　山本弘

宇宙の中心のウェンズデイ

―衝突時空世界―

プロローグ

殺戮《さつりく》と暴虐の波は山の向こうへ去ってゆき、後にはたくさんの死者と、まもなく死んでゆく者が残された。

ブリジットは血を流して力なく庭に横たわり、自分が親しみ、愛してきたすべてのものの最期《さいご》を、うつろな眼で眺めていた。海辺に近い高台に立つ屋敷、彼女が夫と何不自由ない新婚生活を満喫していた楽園は、ごうごうと嵐のような音を立てて炎上していた。火をかけられる前に略奪を受けており、衣服や装飾品や食器の類《たぐい》は根こそぎ持ち去られ、運べない大きな家具は庭に放り出されて打ち壊されていた。青空を暗くしている膨大な黒煙は、屋敷だけではなく、林の向こうの広大な農園も炎上していることを示している。一世紀前の入植以来、拡大を続け、一族に恵みをもたらしてくれていた豊かなサトウキビ畑は、たった一日で灰燼《かいじん》に帰そうとしていた。

かつては夫の胴体だった真っ赤な肉の塊《かたまり》は、彼女のすぐ近くに横たわっていた。少し離れたところには左脚が、その向こうには右腕が転がっている。首はどこに行ったか分からない。

ブリジットはすすり泣いた。暴徒は妊娠していた彼女を輪姦したうえ、下腹部をナイフで刺して立ち去ったのだ。口々に侮蔑の言葉を投げ、唾《つば》を吐きかけて去ってゆく奴隷たちの中に、使用人のクローディアの黒い顔もあったことが、ブリジットをいっそう深い絶望に突き落とした。彼女はできるかぎり使用人に良い待遇を与え、愛《め》でているつもりだった。だが、アフリカから連れて来られて強制労働をさせられていた奴隷たちの側《がわ》は、主人に愛されているなどとはこれっぽっちも思っていなかったのだ。

一七九一年八月。エスパニョラ島（現在のハイチ）西部、サンドマング。

一世紀前のライスウィック条約によってフランスに割譲されたこの地方は、砂糖のプランテーションの発展によって世界最大の砂糖生産地にのし上がり、「アンティルの真珠」と呼ばれるほどに繁栄した。その経済的発展を支えていたのが、西アフリカから連行された大量の黒人奴隷である。一八世紀末、サンドマングは西インド諸島最大の奴隷人口を有する植民地だった。白人の人口は約四万人、ムラートと呼ばれる混血や解放奴隷が約三万人。それに対し、黒人奴隷は約五二万人。彼らは、自由を奪われ、本来の名前や宗教も奪われ、畑や工場で、日の出から夜遅くまで、劣悪な環境で酷使されていた。

西インド諸島の各地で、マルーンと呼ばれる逃亡奴隷が中心となって、しばしば白人の支配層に立ち向かった。特にここ数年、本国フランスでの革命勃発のニュースが植民地にも不安をもたらしており、その機に乗じて、反乱を企《たくら》む奴隷が急増した。ここサンドマングでも、奴隷たちは白人の監視の目を逃れてひそかに連絡を取り合い、ブードゥー教の祭司を中心に、大規模な反乱組織を作り上げていった。彼らは何か月も前から秘密の集会を開き、武器を用意し、戦術を練り、蜂起の機会をうかがっていた。

ブリジットは無力だった。敬虔《けいけん》なクリスチャンである彼女は、何年も前から、奴隷たちが虐待されている現実に心を痛めていた。監視人が奴隷たちの背中に振り下ろすムチのひと振りごとに、憎悪が臨界へと蓄積してゆくのを感じ、いつか爆発するのではないかと危惧していた。だが、いくら彼らを哀れに思おうと、奴隷制に支えられた社会体制を根本的に変革するなど、一人の若い女性にできるはずもない。反乱が近づいているという噂を耳にしても、夫にすがっておびえているだけだった。事態が避けられない破滅へと突き進んでゆくのを、不安の目で見守っていた。

彼女にできるのはただ、「争いをお鎮めください」と神に祈ることだけだった。

そして神は、その祈りに応えはしなかった。

八月一四日、のちのハイチの歴史に「ボウ・カイマンの祭儀」として知られるようになる反乱勢力の大集会をきっかけに、各地で奴隷の蜂起がはじまった。白人の居留地が襲われ、コーヒー工場や砂糖工場が焼き打ちされた。最初の一日で約一〇〇〇人の白人が殺された。その動きに呼応して、さらに多くの奴隷が立ち上がった。白人は老若男女を問わず虐殺されてゆき、農場には火が放たれた。広大で肥沃《ひよく》なサンドマングの平原は火の海と化し、雲が炎に赤く染まる様は、遠くバハマ諸島からも見えたという。

ブリジットたちの屋敷にも暴徒は殺到してきた。夫と数人の白人は銃を取り、死に物狂いの反撃を試みたものの、四方八方から波のように押し寄せてくる暴徒に対して、はかない抵抗でしかなかった。

希望は潰《つい》えた。彼女は愛する夫を、腹の中のまだ見ぬ我が子を、家とすべての財産を失った。心臓はまだ弱々しく脈打っているが、血はひと鼓動ごとに着実に流れ出し、大地に吸いこまれてゆく。まもなく彼女自身の命の灯《ひ》も消える。

（神よ、何がいけなかったのですか？）

苦痛と絶望に苛《さいな》まれながら、彼女は天に向かって問いかけた。私が悪かったのですか？　大きな罪を犯したから、奴隷たちが虐待されているのを見過ごしていたから、罰せられているのですか？　でも、私に何ができたでしょう。何をすれば良かったのでしょう。どうすればこうなるのを避けられたというのでしょう。私には分かりません。

ああ、どうか黒人たちを罰さないでください。彼らがやったことは大きな罪ですが、罪を犯したことを責める権利は、私たちにはありません。私たち白人だって、虐げられればきっと同じことをします。虐げた者たちを憎み、殺します。

一世紀も前、私たちの先祖がこの島に植民してきた頃から、こうなることは避けられなかったのかもしれません。

でも、それなら――こうなることが私の生まれる前から決まっていたというなら、どうして私はこの世に生を受けたのですか。苦しみ、悩み、絶望の中で死ぬためですか。まして、まだ生まれてもいない子供に、どんな罪があったというのですか。私の中に宿ったこと自体が罪なのですか。ああ、神よ、お教えください。あなたはなぜ……なぜ……。

ぼやけたブリジットの視野に、奇妙なものが見えた。開け放たれた門の向こう、屋敷と畑を結ぶ、林の中を抜けるまっすぐな一本道を、何かが滑るように近づいてくる。人が何かの上にまたがっているようだ。足踏みするように両脚を交互に上下させているが、足は地面についていない。

それは庭に入ってくると、ブリジットのすぐそば、彼女と失の遺体の間に止まった。彼女が見たこともない機械だった。荷車のようだが、車輪は片側一列しかなく、輪の縁は黒いもので覆われ、内側には銀色の針金が放射状に張りめぐらされている。二個の車輪は金属のパイプでできた枠組みでつながっていた。乗り手は枠組みの上にまたがり、前輪につながっているパイプの湾曲した先端部を握っている。

黒煙の渦巻く空を背景に、ブリジットを無表情で見下ろしているのは、栗色の髪の少女だった。一五歳ぐらいだろうか。手足はすらりとしている。着ているものはとても奇妙だ。膝《ひざ》の上までしかないズボンと半袖のシャツで、どんな繊維でできているのか、細い身体《からだ》にぴったり密着しているのだ。どちらも紫と黒のツートンカラーで、どうすればこんな鮮やかな色が出せるのか、ブリジットには分からなかった。

少女は片脚を上げてひょいと機械から降り、倒れないようにスタンドを立ててから、ブリジットのそばにしゃがみこんだ。ブリジットは見た。少女の長い髪が火災の起こす風で揺れるのを。少女の背後に火の粉が蛍のように舞うのを。

そして、少女の憂いに満ちたエメラルド色の瞳を。

「……苦しい?」

少女はどことなくよそよそしげな口調で言った。そう訊《たず》ねるのが義務でしかたなくやっているかのように。そんな質問には意味がないと分かっていて、それでも口にせざるを得ないかのように。

「みず……」

ブリジットはどうにか言葉を発した。少女はどこからともなく、水の入った透明な瓶を取り出した。ガラスにしてはやけに薄いように思えたが、もうブリジットには不思議に思う余裕もなくなっていた。少女が左手で頭を支え、瓶を口に近づけてくれたが、飲む力もなく、わずかに口を湿らせることができただけだった。

(ああ、きっと天使様だわ)

と、ブリジットは思った。この美しく奇妙な少女の出現は、そう解釈するしかなかった。私を迎えに来てくださったのだ。私はこれから天国に昇るのだ……。

「あかちゃん……」

「え……?」

「わたしの……おなかの……」

お腹《なか》の中の子供も天国に行けるのですか、と天使に訊ねたかった。だが、もう彼女には言葉を最後まで続ける力もなかった。それに、訊ねる意味はない。じきに答えは分かるのだから。

もう痛みもなかった。安らぎに包まれたブリジットの意識は、深い闇の中へ静かに沈んでいった。

見知らぬ女性が腕の中で息絶えたのを確認すると、少女はミネラルウォーターの入ったペットボトルを手に、のろのろと立ち上がった。ゾンビのように腕をだらりと下げ、うつむいている。

「……もういい」少女はうつろな声で言った。「ここは、もういい……」

その言葉とともに、足元から死んだ女性が消えた。大地が消えた。炎上する屋敷が、サトウキビ畑が、黒煙に覆われた空が消えた。

消えた？　いや違う、そんなものは最初から存在していなかった。女も、屋敷も、サトウキビ畑も。

時間を魔法のように飛び越えるなど、物理的に不可能だ。実際には何も起きてはいなかったのだから、一七九一年のハイチに軽金属製の自転車が存在しても、二〇二四年生まれの少女が遠い昔に死んだ女性と話しても、タイム・パラドックスなど起こりようがない。

少女は愛用の自転車とともに、虚空の中に立ちつくしていた。

厳密に言えば、自転車も少女自身も存在は確定していない。光も熱も酸素もないまったくの闇の世界――いや、「世界」ですらない場所、「場所」ですらない場所に、かろうじて意識を宿した仮想上の肉体が浮かんでいるにすぎない。現実と虚構のはざまで、意識と物質が夢のようにゆらめいている。実在すべきか虚構のままで終わるべきか決めかねている。

様々な時代を見た。紀元七〇年、エルサレム。一九六八年、ベトナムのクアンガイ省。一七五六年、カルカッタ。一九九四年、ルワンダのムゴネロ。一七七六年、大西洋上の奴隷船。一九四四年、アウシュビッツ。一五四六年、フランスのプロヴァンス地方。一四六九年、京都。一九一八年、モスクワ。一八六〇年、南京。一五二一年、メキシコのテノチティトラン。二〇〇一年、ニューヨーク……。

ある時はキリスト教徒が異教徒に殺され、ある時は異教徒がキリスト教徒に殺され、ある時はキリスト教徒同士が殺し合った。黒人が白人を殺し、白人が黒人を殺し、黒人同士、白人同士、黄色人種同士が殺し合った。事件の経緯も、首謀者も、動機も、手段も様々だったが、共通していることがひとつあった。大勢の罪もない者たちが残酷な仕打ちを受け、苦しみ、泣き、大量の血が流されたということ。

どうして、こんな世界を肯定できよう。

「もういいかげん、決めたらどう?」

背後から別の少女の声がした。哀れむような、慈しむような声。振り返るまでもなく、少女は知っている。背後には自分と同じ髪の色の一一歳ぐらいの少女が——やはり実在しない少女が立っていることを。

「こんなのは間違ってる。あなたにも分かってるはずよ」

「……黙れ」

少女は振り返りもせずに言った。だが、背後の少女は沈黙しない。優しく包みこむような口調で懇願する。

「迷うことなんかないのよ。人類はMW《ムウ》に統合される以外、救われる道はないの。ねえ、そうして。選択して」

「黙れ!」

少女は怒りにかられて振り返った。広い額《ひたい》が愛らしい歳下《としした》の少女をにらみつける。

「生意気な口きくな! あんたはたかが幽霊じゃないの!」

「でも……」

「失《う》せろ!」

少女が強く命じると、歳下の少女は寂しげな表情を浮かべて消えた。

「そんなに強く当たっちゃだめだよ」

すぐ横で、今度は少年の声がした。おどおどして自信なさそうな、それでいて誠意のこもった声。

「ねえ、賛成するわけじゃないけど、お母さんの考えもひとつの妥当な選択肢だよ。無下に退けちゃかわいそうだ」

「だいたい、悩みすぎなんだよ。お前らしくない」

別の少年の声がした。軽くせせら笑うような、だが、その下に真剣な想いを秘めた声。少女の苦しみを理解し、慰める声。

「どうせこの問題に結論なんか出ねえぜ。長引かせるなよ。ぱっと適当に決めちまえ」

「そうだよ。難しい問題なのは分かるけど」

「結論なんか出そうとするから苦しむんだ。そうだろ？」

「うるさい！」

少女は幻の両腕で幻の頭をかかえ、幻の耳をふさぎ、幽霊たちの声をさえぎった。

「うるさいうるさいうるさい、うるさーい！」

ヒステリックに叫ぶと、ぱっと腕を振りほどいた。足を開き、胸を張ってすっくと立ち、闇の奥をにらみつける。

「誰に指図してんのよ！　自分を何様だと思ってんの！　あたしを誰だと思ってんの⁉」

まだ存在していない少女は、存在しない者たちを怒鳴りつけた。

「あたしは宇宙最高の美少女よ！　史上最高のオムニパシストにして大天才よ！　トロレンバーグ特異点よ！　最も偉大な存在であり、宇宙の中心であり、すべてのはじまりであり、唯一無二の……」

叫んでいるうち、急に虚《むな》しくなってきた。幽霊たちは何も言い返さない。力が抜け、少女は思わずうずくまった。

意志に反して、幻の涙があふれてくる。幻の歯を食いしばり、嗚咽《おえつ》が漏れそうになるのをこらえる。絶望に負けてしまいそうだ。意志の力がゆらぐとその存在もゆらぐ。少女の姿は、肉体は、意識は、虚空に溶けていきそうになる。それもいいかもしれない、と思う。このまま溶けてしまうのもいいかも。

決断をしないまま意志が尽きれば、すべては虚構となる。

だが、少女は踏みとどまった。ゆらぎかけていたその存在が安定を取り戻す――依然として、実在しないままではあったが。

「……まだよ」

少女は苦しげに、しかし、不敵につぶやいた。

「まだ……考えていられる」

もたもたしていれば、いずれ闇に呑みこまれるだろう。だが、まだ時間はある。あの決定的な言葉を口にする前に、たっぷり悩み、苦しんでいられる。

それは彼女が自分に課した枷《かせ》だった。大任を負ったからには、決して安易な選択はしたくない。ぎりぎりまで迷い、苦しみたい。

「そうよ……あたしを……誰だと思ってんの……あたしは……強い……」

強がりを口にしたとたん、幻の涙がしたたり、幻の手を濡らした。それがきっかけで、こらえきれずに感情があふれ出た。少女は闇の中で一人、すすり泣きはじめた。

世界はまだ、誕生してもいない。

1　自転車の少女

ちりん、ちりん。

異星の緑の草原を吹き渡る風に、自転車のベルの音が響く。

ちりん、ちりりん。

電子的に合成された音ではない。指で弾《はじ》いて鳴らす、昔ながらの単純なベルだ。金属は薄く、音は濁りがなくて風鈴のように涼やかで、ウェンズデイはそれが気に入っていた。シンプル・イズ・ベスト。余計なものに金をかけないのが彼女の主義だ。

他の女の子のように華美な服装も好まない。今も男物の白いワイシャツに白いバミューダパンツ、ピンクのリボンの付いた大きな麦藁帽《むぎわらぼう》、安物のサンダルという、飾り気のない格好だ。ワイシャツはボタンで留めず、裾をへその少し上で縛っているだけなので、白いビキニのブラが見えている。このエフレーモフは気候が温暖で、今日も初夏のフロリダのような暖かさ。海に出かけるような薄着でちょうどいい。止まっていると少し蒸すが、自転車を漕《こ》いでいると、風が当たって心地いい。

ちりん、ちりりんちりりん。

誰に聴かせるでもなく、意味もなくベルを鳴らす。気持ちよさげに眼を細め、「ふふうん」

とメロディにならない鼻歌を洩《も》らす。麦藁帽からこぼれ出た、母譲りの栗色の長い髪が、異星の風にひるがえる。

顔は母親にはあまり似ていない。わずかに吊り上がった猫のような眼。意志の強そうな口許《くちもと》。尖《とが》った顎《あご》。やや内気でうつむき加減だった母と違い、いつも胸を張り、自信たっぷりに顎を高く上げている。

銀色のオフロード型自転車は、舗装されていない道をのんびりと走る。ここは宇宙港から二マイル離れた丘陵地帯。なだらかな起伏の続く大地に、青々とした牧草が広がり、牛たちがのんびりと日向《ひなた》ぼっこをしている。水色の空にはF型恒星・海蛇座タウ1が輝き、大地にまばゆい光を降り注いでいる。東の地平線の近くには発達しつつある入道雲が見えた。夕方にはひと雨来るかもしれない。

ここは元は荒地だった場所で、地球から持ちこんだ有機物を撒《ま》き、遺伝子改造された細菌とミミズを放って土壌を徹底的に改良したものだ。この惑星の生物相は地球で言えば中生代初期に近く、人間が食べられるような被子植物は存在しない。トカゲのような動物を食べるのは心理的抵抗がある。地球から食糧を輸送するのはコストが高くつきすぎるため、作物の種や家畜を持ちこんで自給自足態勢を確立するのが急務だった。無論、この星の生態系を破壊しないよう、区域は限定されている。細菌もミミズもこの惑星本来の環境では生きられない。この星の土着生物のアミノ酸は地球のそれとは異質であるため、両者の共生は困難なのだ。

厄介だが、いい面もある。この星の細菌やウイルスもまた、人類の体内では繁殖できないことが証明されている。つまりこの星の病気にかかることはないわけだ。将来、細菌が変異を起こして人間の体内に適応するようになる可能性もあるが、今すぐにそうしたことは起こらないだろう。

九年前、エグバート駆動の実用化によって太陽系外に進出した人類は、すでに半径一五〇光年にまで探査の手を広げ、三〇〇個以上の居住可能惑星――生存可能領域《ハビタブル・ゾーン》内に軌道を持つ酸素型大気の地球型惑星を発見している。このエフレーモフは初期に発見された惑星のひとつで、しかも大当たりだった。公転周期は地球の一・五倍もあるが、自転周期、表面重力、気圧、酸素比、日射量など、多くのパラメータが地球のそれと一〇パーセント以下しか違わず、おまけに大きな月まであった。

とりわけ注目を集めたのが、知性を持ったトカゲ人《サウリアン》の発見だった。原始的な農耕生活を営み、人類で言えば新石器時代のレベルだったが、それでも初歩的な言語を使用していた。二〇一三年の大異変を惹き起こしたモノポール生命体〈バハムート〉以来、二度目の地球外知的生命との接触だった。

トカゲ人の文化を研究するため、同時に太陽系外惑星への植民の可能性を試すため、五年前、この惑星に大規模な科学者チームが送りこまれた。九歳だったウェンズデイは、国連宇宙軍の軍人である父、科学者の母とともに移住してきた。荒野に建設された小規模な実験プラントが、何百ヘクタールもの牧草地になってゆく過程を目《ま》の当たりにしてきた。

前方に白い家が見えてきた。この試験牧場の管理者の一人であるタキザワ・ゴウシの住居だ。

ウェンズデイの家庭と同じく、親子三人暮らしなので、さほど大きくはない。庭の門の前でいったん自転車を止め、またベルを鳴らす。

ちりん、ちりりん。

「やあ、ウェン」

ベランダから顔を出した黒髪のアジア系の少年が、笑顔で手を振った。タキザワ・ジュウジ。ウェンズデイと同い年だが、童顔で背が低く、いつも歳より二歳ほど幼く見られる。当然、学校での仇名《あだな》は〝坊や〟だ。

「上がってよ。もうリッジは来てるよ」

「うーい」

少女は大儀そうな声をあげると、勝手知ったる庭に自転車を乗り入れた。タキザワ夫人の自慢の花壇。その間をうねうねと伸びるしゃれたレンガ道を抜け、白いしゃれたベランダの下に自転車を止める。

ベランダのすぐ脇には太い樹が立っている。幹のねじれ方や枝ぶりは地球の松の木に少し似ているが、うろこ状の柔らかい樹皮に覆われ、クローバー形の大きな葉が生い茂っている。この星原産のカープツリーという樹で、家を建てる際に切り倒されそうになったのを、盆栽を巨大化したようなその形に惚れこんだタキザワ夫人の嘆願で、そのまま残されたのだ。当然、樹の周囲、半径五メートルは土壌改良されていない。

ウェンズデイはその幹にしがみつくと、猿のようにするするとよじ登った。ベランダの高さまで登ると、ひょいとベランダに飛び移る。

「何で階段で上がってこないのさ」

とまどうジュウジだったが、答えはなかば予期していた。

「だって、こっちの方が早いじゃん」

部屋に入ると、彼女は麦藁帽をベッドめがけてフリスビーみたいに放り投げた。

「はい、リッジ」

「おう」

部屋の奥でテレビゲームをしていたもう一人の少年が、振り返りもせずに言った。リッジ・ファイファー。ジュウジと対照的に、体格がいいので一六歳ぐらいに見られる。金髪を短く刈り上げ、肩幅も広く、一見サッカー選手あたりに向いていそうな外見に反して、インドア派で機械いじりが大好きだ。

「もうちょっと待ってくれ」リッジは画面から目を離さずに言った。「この面、じきクリヤーしちまうから」

「気に入らない」

「は?」

「気に入らない」

ウェンズデイは腰に手を当て、胸を張り、顎をぐいと上げた得意のポーズで、リッジをにらみつけた。

「宇宙最高の美少女が貴重な時間を割《さ》いて、この薄汚い部屋に降臨してあげたってのに、ゲームの方が大事なんだ、あんたって」

「薄汚い……」

その言葉は部屋の主であるジュウジの方に突き刺さった。確かに、床に計算用紙やゲームソフトのパッケージやミネラルウォーターのボトルが散乱している部屋は、きれいとは言いがたい。

「こんな散らかった部屋でリハーサルやるつもりだったわけ?」

「いや……」

「つべこべぬかすな」ウェンズデイはばんばんと手を叩いた。「ほらほら、ちゃっちゃっと片付ける」

やむなくリッジはゲームをセーブし、重い腰を上げた。ジュウジといっしょに、床に散らばっているものを拾い集めはじめる。ウェンズデイはというと、部屋の隅のベッドに腰を下ろしてあぐらをかいた。尻ポケットからスマートパッドを取り出し、地球から少し前に届いた科学雑誌のファイルを開く。

「お前は手伝わないのかよ?」

とリッジ。ウェンズデイはぎろっと視線を上げて、

「理由を聞きたい?」

「いや、いい」リッジはあきらめたように言った。「宇宙最高の美少女だから、だろ?」

「分かってるじゃない」

「ねえ」ジュウジが恐る恐る口をはさんだ。「いつも言ってるそれなんだけどさ……」

「何で宇宙最高って分かるかって？」

「うん……」

「じゃあ」ウェンズデイは不敵に微笑《ほほえ》んだ。「あたしより美しい女の子が既知宇宙のどこにいるって言うのかな？」

ジュウジはどぎまぎとなった。「いや、それは……」

「どうなの。ん？」

「んと……」

ジュウジの視線がちらっと横に動いた。ベッドの横の壁には、地球の日本で人気のあるアイドル歌手のポスターが貼ってある。

ウェンズデイは笑顔のまま、ポスターに手をかけ、一気に破り取った。ジュウジが「ああーっ⁉」と泣きそうな声を上げる。

「ミユキが⁉　ひどいよ、ウェン！」

「なーに、騒いでんの」ウェンズデイはポスターをくしゃくしゃに丸め、少年の顔にぽんとぶつけた。「どうせじきに貼り替えるつもりだったくせに——ほら、作業再開」

ジュウジはぶつぶつ言いながらも作業に戻った。

「そうれ、働け働け、女王様の下僕《げぼく》ども〜♪」

雑誌に目を通しながら、ウェンズデイは歌うように言った。ジュウジは「せめてナイトって言ってくれないかなあ……」と小声でぼやく。

三人はこの星にひとつしかない学校に通っている。三人とも一四歳だが、秀才なので飛び級してハイスクール・コースに編入されていた。ジュウジは理論物理学の分野で鋭いひらめきを発揮し、リッジは応用物理と機械工学の成績がずば抜けていた。そしてウェンズデイはオールラウンドの天才だ。彼女はちょくちょく自慢する。「ママは一〇歳で相対性理論を理解したけど、あたしは九歳だった」と。

学校では一年に一度、サイエンス・フェアが開かれる。生徒全員が自主的にテーマを決めて何らかの研究を行ない、その成果を発表するのだ。今年もその日が近づいていた。リッジは仲間とともに新型のマシンを製作し、校庭で実演を披露する予定だった。ずぼらなウェンズデイは、ジュウジの研究に便乗させてもらうことにした。彼女は実験の被験者になるだけで、実験機材を用意するのも、データをまとめるのも、原稿を用意して発表するのもジュウジだ。

ところがフェアの日が近づくにつれ、ジュウジが「発表が不安だ」と言い出した。彼はその生真面目な性格と、子供っぽい外見から、よくいたずらの標的にされるのだ。一昨年の発表では、用意していた実験の動画ファイルが、『モンティ・パイソン・アンド・ザ・ホーリー・グレイル』の映像にすりかえられていた。去年の発表の際には、最前列の席に座っていた三人の女子生徒が、他の聴衆に気づかれないよう、スカートをまくり上げた。哀れにもジュウジは顔を真っ赤にして動転してしまい、発表はめちゃくちゃになってしまった。内気でコンプレックスのある少年にとって、それは大きなトラウマだった。

というわけで、今年も妨害があることを予想し、本番で失敗しないよう、家でリハーサルをすることになったのである。

「あー」ジュウジは少し恥ずかしそうに言った。「今日は父さんと母さん、会合に出かけてるんだよね。夕方まで帰ってこないんだ」

「知ってる」とウェンズデイ。「あたしをバカにしてる?」

「いや、そんなつもりじゃ……」

「だったらよろしい」彼女はパッドの画面から視線を上げずに言った。「よけいなことは言う必要なし」

「うん……」

ジュウジはしゅんとなった。もちろん彼も、ウェンズデイがすでにその事実に気がついていることを予想していなかったわけではない。念のために口に出しただけだ。

彼女には何も隠し事はできない。最初の数秒、ジュウジの挙動を見ただけで、両親が夕方まで留守だということを知っていた。ポスターを見る彼の視線から、そろそろ貼り替えようかと思っていることも見抜いた。そうでなければ、いくら彼女でも他人のポスターを破いたりはしない。リッジが製作していたマシンがほぼ完成していて、最終的な微調整を他のメンバーにまかせて抜け出してきたことも、彼の態度を見るだけで分かった。

なぜなら、ウェンズデイはオムニパシストだからだ。

二〇世紀初頭のドイツで、「りこうなハンス」と呼ばれる馬が評判になったことがあった。ハンスは計算問題を出されると、その正解の回数だけ前足で地面を叩くのだ。単純な足し算や引き算だけでなく、分数の足し算や小数点に関する問題も答えられた。アルファベットを数字に置き換えることで、短い単語をつづることもできた。

「ある月の八日が火曜日なら、同じ週の金曜日は何日になるか」とか、「一五分を七分すぎたところにある長針が、同じ時間の四五分に行くには何分かかるか」といった問題にも正解した。飼い主のフォン・オステンをはじめ、この実演を目にした多くの人が、ハンスには人間の言葉を理解する能力と計算能力があるのだと信じこんだ。

その一方で、馬がそんなに頭がいいはずがないと考え、いつ叩くのをやめるべきか、フォン・オステンがこっそりハンスにサインを送って教えているのだろうと考える者が大勢いた。ある者はフォン・オステンのかぶっているベレー帽を怪しみ、ある者はハンスが鋭敏な聴力で小声の合図を聞き取っていると説明し、ある者は地面に埋められた電線を通じてハンスに電気刺激が送られていると主張した。だが、フォン・オステンがいない時でもハンスが正解を出せるという事実は説明がつかなかった。

オカルト的な説明もあった。ある自然哲学者は、「ハンスは飼い主の脳から放射される思考波を受信している」と結論した。人間の出す磁気の作用だとか、未知の放射線だとか、催眠だとか、暗示だとかいう説もあった。

その謎を解き明かしたのは、動物心理学者のオスカル・プフングストだった。彼は実験を重ね、ハンスが偶然以上の確率で正解を出せるのは、正解を知っている者が視野の中にいる場合だけであることを証明した。ハンスは超常的な経路ではなく、視覚からの情報で、いつ叩くのをやめるべきかを知っていたのだ。

さらに観察を続けたプフングストは、人間の頭のわずかな動きがポイントであることを発見した。ハンスが地面を叩いている間、人はハンスの足元に注目するため、わずかに頭部が前傾する。ハンスが正解の数を叩き終えた瞬間、頭部が元の位置に戻ろうとして無意識に持ち上がる。それをハンスは「やめろ」という合図だと学習していたのだ。

プフングストはこの実験結果を人間に対しても応用してみた。自分がハンスの役になり、被験者に「右」「左」のどちらかを思い浮かべてもらう。そして、「私はこれから、あなたがどちらの観念を抱いているのかを推測してみるつもりなのだが、その結果を言葉では表現しない、その代わりに、『右』だと思えば、腕を下へ向け、『左』なら腕を上に動かして示す」と説明した。

最初の数回はまぐれでしか当たらない。だが、まもなく被験者は、「右」を考えた時に視線が下を、「左」を考えた時に上を向くようになる。対面しているプフングストの腕に注目してしまうためだが、この動きは本人も自覚していない。その結果、プフングストはある実験では、四〇回中三二回も、被験者が思い浮かべたのが右か左かを正確に推測することができたのである。

この「クレバー・ハンス効果」と呼ばれる現象の発見は、非言語的コミュニケーションの重要性を心理学者に気づかせた。人間の無意識の挙動は、時として言語よりも明瞭にメッセージを伝達する。現代でも、計算のできる「学者犬」「学者馬」と呼ばれる動物がしばしば話題になるが、その多くは、周囲の人間の発する無意識のサインを読み取っているのだ。

人間の場合も、「何となく気にかかる」「何となくこの人の態度は怪しい」などと、非言語的情報によってもたらされる言語化できない印象を覚える場合がある。だが、それを充分に活用しているとは言いがたい。ハンスが発見したわずかな頭部の動きを、ほとんどの人間は気づきもしなかったことからも分かるように、人は動物ほど上手には「クレバー・ハンス効果」を利用できない。言語によるコミュニケーションに重きを置くため、膨大な量の非言語的情報の存在に気づいていないのだ。

心理サイバネティクス学者たちは、その原因をチョムスキー文法に求めた。どんな言語圏の人間でも、頭の中には生まれつき文法が存在する。リンゴが落ちたのを見れば、「リンゴが・落ちた」と認識する。周囲の世界を文法化し、単純化することによって理解しているのだ。これがチョムスキー文法であり、人間だけが持っているものと考えられている。チョムスキー文法の獲得によって、人間は論理的に思考することが可能になり、言語を発達させ、文明を生み出すことができたと言える。

だが、文法化の過程で、非言語的情報のほとんどは切り捨てられる。「リンゴが・落ちた」と認識することによって、リンゴの持つ色合いや質感、落下の加速度など、多くの情報が認識されなくなる。プフングストの実験が示したように、相手が「右」と考えているか「左」と考えているかは、頭や視線の動きを観察すれば容易に分かるのだが、そうしたかすかな動きは、眼には入ってきても、脳内でチョムスキー文法化される際に省略されてしまうので、ほとんどの人間は認識することができない。

錯覚、思いこみ、偏見、早とちりといった現象の多くは、こうしたチョムスキー文法化が原因で生じる。ビデオで何度も見直せばはっきりと分かるマジシャンのトリックが、一度見ただけでは見破れないのも、眼に入った情報の九九パーセント以上が切り捨てられてしまうからだ。人が頻繁に間違った思いこみを抱いてしまうのは、脳が限定された情報を基に演算を行なうためだ。

しかし、中には生まれつき、チョムスキー文法の一部を欠いている者がいる。サヴァンと呼ばれる人たちだ。彼らは言語や論理を司る左脳に障害を持っているため、入力された大量の情報を文法化することなく、生のままで認識しようとする。多くの人が「リンゴが・落ちた」という単純な文章で表現する現象でさえ、複雑すぎてどう表現していいか分からない。そのため言語の発達も遅れ、早期自閉症児、情緒障害児、あるいは薄弱児として扱われる。

反面、彼らサヴァンは左脳の欠陥を補償するため、しばしば右脳の能力が極端に発達する。通常の人間を上回る直感像記憶や認識力を発揮するのだ。ある者は絵画の才能に目覚め、映像を数秒見ただけで写真のように正確に記憶し、絵に描くことができる。ある者はピアノの才能を発揮し、一度耳にしただけでどんな曲でも演奏できる。ある者はIQ六五しかなく、自分の名前以外の文字はまったく書けないのに、故障した一〇段変速の自転車を直してしまう。簡単な算数の問題はできないのに、「紀元二〇三六年の九月一八日は何曜日か」といった問題に瞬時に答えられる者もいる。

サヴァンの多くは未熟児で生まれた男性であり、テストステロンの過剰分泌や、新生児期に受けた高濃度酸素吸入によって脳に損傷を受けたと考えられている。だがウェンズデイの母、フェブラリーの場合は、脳に目立った障害はなかった。遺伝子レベルで生じた突然変異による一種の先祖返り――脳がそのサイズを保ったまま、チョムスキー文法を獲得する前の動物の脳に戻ったと考えられる。

無論、完全にチョムスキー文法が壊れてしまっては喋《しゃべ》ることもできなかったはずだ。フェブラリーは欠損したチョムスキー文法を補うために、大量の情報を扱うことのできるより優れたソフトウェア――メタ・チョムスキー文法を発達させたのだ。

それこそがオムニパシー能力の原理である。その能力はウェンズデイにも遺伝している。早期から適切な訓練を受けた分、能力の発達は母親よりも早かった。

ハンスがそうであったように、ウェンズデイは他人の挙動や声の調子に含まれる無意識のサインを明瞭に読み取る。彼女の前ではプライバシーなど意味がない。誰が尿意を催しているか、誰が嘘をついているか、誰と誰が不倫しているか――表面的にいくら平静を装っても無駄だ。無意識が発するサインを意識的にブロックするのは困難だ。

どんな人間も、彼女の前では、開かれた本も同然なのである。

「いつも思うんだけどよ」

そうリッジが口にしたとたん、ウェンズデイは彼が何を質問するつもりか分かっていた。

「あたしが何であんたらを選んだか？」

「そうそう」

「そりゃあね」ウェンズデイはふくみ笑いを浮かべた。「あんたらだけは欲望を隠してなかったからよ」

「はあ？」

「あたしはこういう美貌でしょ？」彼女は芝居がかったしぐさで、栗色の髪をかき上げた。

「当然、思春期の男の子はみんなあたしを見て欲情するわけ」

「まあ、そんな挑発的な格好してりゃな……」

「どんな服着てても同じよ。服の上から裸を想像する。あたしとヤリたいと思う。男の子だけじゃない。おっさんや女の人の中にも、欲情する奴がよくいるね。パパだって一度、風呂上がりのあたしを見て、むらっときたことあるよ」

「はーあ……」

リッジは感心すると同時に同情した。欲望の視線を向けられていることを常に自覚しているということは、四六時中セクハラを受けているようなものだろう。ストレスが溜《た》まらないのだろうか。

「でも、みんなそれを隠そうとするのよね」ウェンズデイは露骨に嫌そうな顔をした。「何でだろうね。性的欲望なんて誰でもあるものなのに。カールなんて、家ではこっそりナターシャをズリネタにしてるくせに、学校で彼女に会ってもぜんぜん無関心なふりしてるし」

「へえ、あの真面目な委員長さんが」

「そう。私は聖人君子です、いやらしいことなんか考えたこともありません、って顔するの。パパだってそう。あたしに見抜かれてることに気づいてるくせに、知らないふりしてる。みんな表の顔と本音が違いすぎ。そういうのって、すごくうざったい。裏の顔が透けて見えてるのに、表の顔に合わせて演技してあげるのって、それこそストレス溜まる。

その点、あんたたちは違った。欲情してることをぜんぜん隠そうとしなくて、ごく自然につき合ってくれる。表の顔と裏の顔が一致してるの。だからストレス溜まらない」

「まあ、俺は分かるけどさ……ジュウジもそうなのか？」

リッジは不思議そうな顔で振り返った。ジュウジは恥ずかしそうに肩をすくめる。

「小さい頃からのつき合いだしね。隠し事なんかしても無駄だって分かってるから……」

「そうそう。初めて夢精した日とか、初めてオナニーした日とか、朝会ったら全部分かっちゃったもんね」

楽しそうに言うウェンズデイ。ジュウジは頰《ほお》を染めた。

「だからさ、そういう話は人前では……」

「分かってる。さすがに公《おおやけ》の場で他人様《ひとさま》のプライバシーはバラしませんってば」笑って大きく伸びをして、「あーあ、もったいないなあ。クラスメートとか先生とか恐喝するネタ、山ほどあるんだけどなあ」

リッジは苦笑した。「お前、ほんっと、母親と違いすぎだね」

そのとたん、ウェンズデイの笑顔が曇った。

「ママと比べないでって、前に言ったよね？」

「ああ、すまん——でも、おかしくってさ。落差がすげーじゃん。あの聖母みたいなおばさんの娘が、こんなあばずれって」

「ママはママ、あたしはあたしよ」

「……『あばずれ』って部分には反応しないんだ？」

「事実だもん」

ウェンズデイはけろっとしていた。

やがて片付けは終わった。最後にデスクとイスを部屋の中央に移動させ、演壇に見立てる。デスクの上のノートパソコンは、プロジェクターに接続されていた。他には、二〇センチ四方ほどのアルミ製の立方体の箱。

「じゃ、はじめようか」

カーテンを引いて部屋を少し暗くする。ジュウジは少し緊張した様子でデスクの背後に座り、わざとらしく咳払《せきばら》いをした。ウェンズデイとリッジはベッドに並んで座り、ぱちぱちと拍手する。

「ありがとうございます――今年の僕の研究テーマはこれです」
ノートパソコンのキーを叩くと、背後の白い壁に表題が映し出された。
〈ミクロＰＫとオムニパシーの関連
～量子力学の観測問題についての考察～〉
「ＰＫというのはサイコキネシスのことです。超心理学では、ＰＫをマクロＰＫとミクロＰＫに分類します。マクロＰＫというのは、力を加えずにスプーンを曲げるとか、手を触れずに物体を動かすといった、主として目に見えるスケールで起きるＰＫのことです。しかし、現在ではこれらは信頼できる証拠がないとして否定されています。過去に報告があったＰＫ現象は、いずれも初歩的なトリックであったと考えられています。
もうひとつのミクロＰＫは、サイコロや乱数発生装置などを用いて数多くの試行を行ない、それを集計して、偶然からの有意な偏りを検出しようというものです。量子力学的な装置を用いた最初の実験は、一九七〇年代、理論物理学者で元ボーイング社の主任研究員ヘルムート・シュミットによって行なわれました。
シュミットが用いたのは、ストロンチウム90を利用した二進乱数発生器です。ストロンチウム90が出すベータ線をガイガー・カウンターが検知することにより、プラス１かマイナス１かの乱数を発生させます。この乱数に応じて、スクリーン上の光点が左右にランダムに移動します」

背後の壁には、シュミットの実験を再現した模式図が現われる。スクリーンに向かって被験者が座り、円の上を左右にふらふら動く光点を見つめている。

「被験者は、光点を右回りまたは左回りに回転させるよう求められます。シュミットは数多くの試行を重ね、理論的期待値が五〇パーセントであるところを、五一パーセントの率で光点の回転が一方に偏ったと報告しています」

リッジがぷっと噴き出した。ジュウジは少し動揺したものの、「これはいちおう、統計的には有意です」とフォローする。

リッジの横では、ウェンズデイが結んだシャツの裾をほどきはじめていた。

「一九七九年には、プリンストン大学工学系大学院のロバート・ジャンが、ミクロPKの実験を行ない、やはり有意な結果を得たと報告しています。しかし、量子力学的な乱数発生器を用いたミクロPK実験は、報告例自体が少なく、まだ完全に証明されたとも否定されたとも言えない現状です。

昨年、北京大学のグループが、ミクロPK実験で有意な結果を出したと報告しました。被験者の氏名は公表されていませんが、オムニパシストだったそうです。そこで、オムニパシーがミクロPKと何らかの関係があるのではないかと考え、実験で確認してみることにしました」

彼はデスクの上に乗った装置を持ち上げた。側面にスイッチが一個、上部にランプが二個ついているだけのシンプルなものだ。ランプの下にはマーカーで「R」「L」という文字が書かれている。箱の前面からは細いケーブルがうねうねと伸びており、その先端にはシンプルな押しボタンが付いていた。背面からは長い電源ケーブルが垂れ下がり、部屋の隅のコンセントにつながっている。

「これは僕の作った乱数発生器です。中にはごく微量のラジウム226と、放射線検知器が入っています。検知器のプローブ部分は二組あり、ラジウムをはさみこんでいます」

スクリーンに箱の内部図解が表示される。

「ラジウムから放射されたアルファ粒子がどちらかのプローブに当たると、上のランプが点灯します」

ジュウジはボタンを押した。〇・五秒ほど遅れて、右側のランプが点灯する。もう一度ボタンを押すと、やはり右。もう一度押すと、今度は左。

「このように、右のプローブが反応すると右、左のプローブが反応すると左と、ランダムに点灯します。次にボタンを押すまで、ランプは点灯を続けます。ボタンを押すたびに状態はリセットされ……うわっ⁉」

ジュウジは驚きの声を上げた。ウェンズデイがフロントホックのブラの前をはずし、胸を露出したからだ。リッジが横を向いて、「わお」と声を上げる。

「ほらほら、何やってんの、ジュウジ?」少女は楽しそうに身をよじって挑発した。

「発表を続けなさい」

ジュウジはごくりと唾《つば》を飲みこみ、説明を続行した。

「え、えと、ボタンを押すたびにリセットされ……その……左右どちらかのランプがランダムに点灯……点灯します」

しかし、視線はウェンズデイの健康的な胸のふくらみに吸い寄せられている。

「まず、ええと……ラジウムをセットしない状態で測定を行ない、バックグラウンド放射線の影響を算出しました。次に……ええと……ラジウムを入れて……」

「もっとはきはきと」

「……対照実験として、一万回の自動試行を行ないました。結果は……あー……Rの点灯回数が四八三三……じゃなくて四八八三回なのに対し、Lは五一一七回です。これはラジウムの位置が中心からずれているためと考えられ……」

「しかし、そこまでやる奴、いるかあ？」

リッジはにたにた笑って至近距離から胸を覗《のぞ》きこみながら、素朴な疑問を呈した。

「だから免疫をつけるの。これぐらいの強烈な刺激でも動じなくなったら、スカートまくりぐらい平気でしょ？」

「強烈な刺激？　どうだかなあ。ハイスクールのお姉さん方は、もっと胸がでか……あぐっ！」

前歯に肘鉄《ひじてつ》の直撃を受け、リッジは沈黙した。

「……さらに対照群として、僕を含め四人のオムニパシストではない被験者に実験を行なってもらいました。箱から二メートル離れた状態で座り、指定した方のランプに意志を集中しつつ、ボタンを押してもらいます。各人につき、ターゲットがRの場合とLの場合、各一〇〇回ずつ、二〇〇回行ないました」

スクリーンにはジュウジの説明に合わせ、実験風景を撮影したビデオが映し出されている。少年は依然としてウェンズデイの胸を見つめながら喋っているが、だんだん落ち着きを取り戻してきていた。

「結果はこの表の通りです。予想通り、いずれも期待値からの大きな偏りは見られません。次に被験者——仮にW嬢としますが……」

「わざとらしい」ウェンズデイが文句をつける。「みんなあたしのこと知ってんだから。実名でいいよ」

「ウェンズデイ・ドレイクに実験を行なってもらいました」ジュウジは言い直した。「対照群と同じく、二〇〇回の試行です。結果は驚くべきものでした」

スクリーンに実験記録が現われる。

「Rをターゲットにした場合、Rの点灯回数が六一回、Lが三九回。Lをターゲットにした場合、Lが六七回、Rが三三回……これは異常な偏りです。しかも試行を重ねるにつれ、被験者がコツを覚えたことで、成績はさらに向上しました。

これは五回目の実験です。Rをターゲットにした場合、Rが八九回、Lが一一回。Lをターゲットにした場合、Lが九四回、Rが六回。これは偶然では説明できない現象であり、ミクロPKの存在を疑問の余地なく立証できたと思います。

問題はオムニパシー能力とPKの関係です。実験の途中、ウェンズデイが興味深いことを言い出しました。ランプが二つ同時に点灯しているのが見えるというんです。そんなことは装置の構造上、ありえません。また、実験に立ち会った僕の目には、ランプは片方だけしか点灯しないように見えましたし、実験を記録していたカメラにも、ランプが二つ点灯している瞬間は写っていませんでした。

彼女が言うには、二個のランプが点灯するのを確認してから、どちらかを選択するんだそうです。すると選択しなかったランプが消える。つまりPKはボタンを押す前や押した瞬間に作用するんじゃなく、押した後に行なわれる選択により、その選択結果が過去に波及していることになります。二個のランプのうち、RならRを選択することによって、Lが点灯していた可能性が消え、最初からRだけが点灯していたことになるんです」

彼はもうウェンズデイの胸に気を取られていない。ウェンズデイはつまらなそうに、ブラのホックをはめ直した。

何かを思いついたらしく、彼女は急に四つん這《ば》いになった。獲物に忍び寄る肉食獣のように、邪悪な笑みを浮かべながらデスクに這い寄ってゆく。ジュウジは不安に思いながらも説明を続ける。

「ここで思い出されるのは〝ジュレディンガーの猫〟という思考実験です。ご存知の方も多いでしょう。これはドイツの理論物理学者エルウィン・シュレディンガーが、一九三五年、科学誌に載せた論文の中で言及している概念です。鉄の箱の中に一匹の猫を閉じこめ……って、何やってんの、ウェン⁉」

ジュウジの声はうわずっていた。ウェンズデイはデスクの下にもぐりこみ、少年のズボンのベルトをゆるめはじめたのだ。

「気を取られないで、続ける」

「だ、だって……うわっ⁉」

ズボンのファスナーを下ろされ、ジュウジはさすがに激しく狼狽《ろうばい》した。

「こんな妨害なんて、あるわけないよ!」

「だから言ったでしょ、免疫をつけるんだって。あいつらはたぶん、去年と同じ手では来ない。予想できないアクシデントにも動じないようにならないと」

「続けろよ、ジュウジ」リッジはすっかり面白がっていた。「聴いててやるから」

ジュウジは顔を真っ赤にしながら、しぶしぶ解説を続けた。

「えと……鉄の箱の中に一匹の猫を閉じこめます。箱には他に……あの……ごく少量の放射性物質と、放射線計測器、ハンマー、それに青酸入りのフラスコが入っています。一時間以内に放射性物質が崩壊する確率は……確率は……ああっ⁉」

ジュウジはデスクの端をつかみ、のけぞった。デスクの下からは、ぺちゃぺちゃという湿った音が聞こえてくる。

「ウェン、ちょ、ちょっと……やめてよ……それはいくらなんでも……」

恥ずかしげに身をよじるジュウジ。ウェンズデイは返事をしない。口が忙しいのだ。

「続けろよ、ジュウジ」とリッジ。

「だって、こんなの……いじめだろ⁉」ジュウジは憤慨した。「二人してからかってるだろ、僕を！」

「ウェンは真剣だぜ」

「真剣じゃないよ、こんなの！　どう見たって！　僕をからかってるんだ！　僕が〝坊や〟だからって……！」

「……ジュウジ」

デスクの下の暗がりで、ウェンズデイがささやいた。ジュウジははっとなった。びっくりするほど優しい声だったからだ。

「好きでもない男の子に、こんなことしないよ」

「だって……！」

「もっと自信を持ちなさい。あなたは立派よ。立派な……」くすっと笑って、「男の子」

「でも……」

「宇宙最高の美少女であるこのあたしに愛されてるのよ？　それだけの価値が、あなたにはあるの。他人に何を言われても、気にしちゃだめ。口に出す必要はないけど、心の中で胸を張りなさい。『僕は宇宙最高の美少女にアレを舐《な》めてもらえるほどの男なんだ』って」

リッジは笑い出したが、ジュウジの表情は真剣だった。

「……分かった。続けて」

またデスクの下から、ぺちゃぺちゃという音が聞こえてきた。

「どこまで喋ったっけ？」

「放射性物質が崩壊する確率」とリッジ。ジュウジは気を取り直し、さっきまでとは比べものにならないきりりとした表情で、説明を再開した。

「一時間以内に放射性物質が崩壊する確率は五〇パーセントになるよう、調整されています。放射性物質が崩壊してアルファ粒子を放出すると、放射線計測器がそれを検知し、ハンマーが落下してフラスコを割ります。青酸ガスが箱の中に充満し、猫は確実に死にます。装置が作動したかどうかは、箱を開けてみるまで分かりません……」

古典力学においては、問題は単純である。放射性物質は崩壊したか崩壊しなかったかのどちらかである。崩壊していれば放射線計測器が反応し、毒ガスが放出されて猫は死んでいる。崩壊していなければ猫は生きている。猫が生きているか死んでいるかは、箱を開ける前から決定している。

ところが量子力学では、放射性物質の状態は波動関数で表わされる。すなわち、崩壊した状態の波動関数と崩壊していない状態の波動関数の重ね合わせである。ということは、一時間後に箱を開けた時、観測者が目にするのは、生きている状態の猫と死んでいる状態の猫の重ね合わせということになる。

もちろん、そんなことはありえない。人間が目にするのは常に、生きている猫か死んでいる猫かのどちらかだ。ということは、人間が箱を開けて中を覗きこんだとたん、猫を構成する波動関数は「死」と「生」のどちらかの状態に収束したことになる。

これは観測問題と呼ばれる量子力学の難問のひとつだ。げんに量子力学を利用したダイオードなどの電子部品が動作しているし、量子コンピュータや量子暗号も実用化しているのだから、ミクロの世界の粒子が波動関数の状態であることは疑いがない。しかし、それを人間が観測することはできない。観測しようとしたとたん、波動関数は収束してしまうのだ。

だが、〝シュレディンガーの猫〟の問題をどう解釈すべきなのか。いったい何が波動関数を収束させるのか。物理学者たちは一世紀も議論を続けてきたが、いまだ明確な結論は出ていない。

「僕は〝シュレディンガーの猫〟の実験を実際にやってみることにしました」

昂奮してジュウジの息は荒くなっていたが、口調はしっかりしていた。

「もちろん、猫は使いません——残酷ですから。その代わり、僕が猫の役をやりました。一人で部屋に入り、ドアを閉めてから、装置のボタンを押します。Rのランプが点灯したら部屋の右側に移動し、Lのランプが点灯したら左側に移動します。つまり室内の僕は、右に移動した僕と左に移動した僕の重ね合わせということになります。ウェンズデイには部屋の外で待機してもらい、僕がドアを閉めてから一〇秒後に中に入ってもらいました」

ちょっと言葉を切ってから、ジュウジは聴衆にセンセーションを起こすであろう言葉を口にした。

「予想通り、彼女は二人の僕を目にしました」

2 ウェンズデイの友人

リッジは「ほう」と口を開けた。平静を装っているが、困惑しているのは明らかだ。

「その状態は最初、短時間しか続きませんでした。すぐにどちらかに収束してしまうんです。でも、練習を繰り返すことでだんだん持続時間が長くなっていきました。現在は分単位まで延ばせます。彼女のコンディションしだいですが、まだいくらでも長くなると思います。また、これが彼女の狂言ではないことも実証しました。僕は部屋に入ってから、色の違う一〇面体サイコロ二個を二回振って、二ケタの数字二組を得ました。サイコロは巨視的物体なので、その出目は古典物理学的です。次に装置のボタンを押し、Rが点灯したら最初の数字をホワイトボードの右側に、Lが点灯したら二番目の数字を左側に書きます。オムニパシーで僕の心から正解を読み取られるのを防ぐため、僕は字を書いた後、ホワイトボードの背後に身を隠しました。

部屋に入ってきたウェンズデイは、ホワイトボードに書かれた二組の数字を両方とも読み取り、僕に告げました。一〇回繰り返しましたが、すべて正解でした。彼女には、僕が書かなかった方の数字まで見えたんです。明らかに彼女は、普通の人間とは異なり、波動関数の状態を観測できます」

ジュウジの顔はますます赤くなり、呼吸も激しさを増してきた。耐えきれなくなって「あふ……」と声を洩らし、身をよじる。それでも気力を振り絞り、結論を述べはじめた。

「彼女のオムニパシストとしての能力の高さと、ミクロPK能力が無関係とは思えません。ふたつの能力はともに、彼女の脳に存在する同じファクターに起因すると考えるのが妥当でしょう。それは彼女にオムニパシーをもたらすと同時に、波動関数の収束を遅らせる能力を与えている。

ここから次のような結論を導いてよいかと思います——波動関数を収束させるのはチョムスキー文法である」

「そこでデスク、叩いてみたら?」

ウェンズデイがデスクの下からアドバイスする。ジュウジは「チョムスキー文法である!」と言いながら、デスクをどんと叩いた。

「あー、何かわざとらしいね。やめやめ」

ジュウジは少しくじけたものの、気を取り直した。

「チョムスキー文法は古典物理学的、二値論理的な構造を有しています。すべては0か1か、物体は存在するかしないかであり、『生きていると同時に死んでいる』という概念を記述できません。すなわち、人間はそのような概念を認識できません。そのため、〝シュレディンガーの猫〟を目にすると、それを生か死かどちらかに収束させるしかないんです。宇宙論で言うところの人間原理と同じです。人は古典物理学的宇宙しか認識できないので、観測可能な宇宙は古典物理学的なんです。

ウェンズデイは違います。メタ・チョムスキー文法を有する彼女は、『生きていると同時に死んでいる』という概念を認識できます。〝ジュレディンガーの猫〟を見ることができるんです。そればかりか、重なり合った波動関数の中から自分の好きな状態を選択し、収束させることができます。これもおそらく人間原理を利用していると推測されます。二個のランプを見ている間、彼女自身も『Rのランプを見ている自分』『Lのランプを見ている自分』という二人の自分の重ね合わせの状態にあるわけですが、この状態から『Rのランプを見ている自分』が本当の自分であると認識することにより、Rのランプを見ている世界を確定させているのではないかと思われます。ただ、この点についてはまだ確証はありません。さらなる研究が必要かと思われます。

これが彼女だけが持つ特殊能力なのか、あるいはすべてのオムニパシストに共通する能力なのかは分かりません。量子力学の観測問題を解決するためにも、この実験が他のオムニパシストによって追試されることを望みます――ご静聴、感謝いたします」

苦行を乗り切ったジュウジは、ほっとして頭を下げた。リッジはおざなりに拍手する。

「やったじゃない」

ウェンズデイはデスクの下から這い出してきて、ジュウジに後ろから抱きつき、耳にキスをした。

「それだけ冷静に喋《しゃべ》れたら、本番でもだいじょうぶよ」

「まあね」ジュウジは恥ずかしそうに笑った。「かなり苦しかったけど――君のおかげだよ。自信がついた」

二人は唇を重ねた。

「おーい」リッジが手を頭上でひらひらさせた。「忘れてるぞ。質疑応答タイム」

「あっ、そうか」ジュウジは慌てて居ずまいを正す。「何かご質問は?」

「トリックの可能性は排除しましたか?」リッジは棒読み口調で言った。「たとえばアルファ粒子は磁気で曲がるはずだけど、磁気を使って確率を変えたということは?」

予想していた質問だった。ジュウジは冷静に答えた。

「実験の間、乱数発生器と被験者の間は二メートル離れています。被験者が磁石を隠し持っていたとしても、アルファ粒子の軌跡に影響を与えるほどの強い磁力を及ぼすのは無理です。もちろん、乱数発生器自体にもそれを置いた台にも何の仕掛けもないことは、実験の前後に確認しています。あと、実験の模様を記録したノーカットのビデオがあります。必要ならば提出します」

「オムニパシーが一種の先祖返りだという説がありますが、だとしたら犬やチンパンジーなんかも量子力学的な重ね合わせを観測できるんでしょうか?」

「その可能性はあります。自然界では量子力学的乱数に遭遇することはあまりないので、そうした現象がこれまで発見されなかったと考えられます。ただ、使える動物がいなかったので、今回は動物実験を行なえませんでした。ぜひ本職の科学者の方に確認していただきたいと思います」

リッジは少し考えて、また手を挙げた。

「波動関数を収束させるのがチョムスキー文法なら、どんな人間でもミクロPKを使えるということになりませんか？　意志しだいで、好きな状態に収束させられるんでしょう？」

それはジュウジもずいぶん悩んだ問題だ。

「はっきりしたことは言えませんが、タイミングがひとつの要因かもしれません。普通の人間はつい、ボタンを押す前に念じてしまいます。でも、これは間違ってます。ボタンを押すまでは波動関数の重ね合わせ状態は生じておらず、いくら念じても無意味なんです。収束も観測した瞬間に起こるので、意識を集中している時間がありません。それに対しウェンズデイは、二個の点灯しているランプを見て、どちらかに意識を集中させる時間がある。それが大きな要因じゃないかと思います――もっとも」

リッジがまた手を挙げかけたのを、ジュウジは制した。

「これはあくまで僕の仮説にすぎません。この点も、本職の科学者の方々のご意見をうかがいたいと思っています――他に何か？」

「さっきの実験ですが、あなたが一方のランプが点灯するのを目にした時点で、波動関数は収束してるんじゃないですか？　部屋の扉を開けたウェンズデイが、重ね合わせの状態を目にするのって、おかしいんじゃありませんか？」

ジュウジは内心、舌を巻いていた。彼自身が実験を続けながら熟考し、気がついた問題点を、リッジは話を一回聴いただけで的確に指摘してくるのだ。彼は創造性やひらめきの点では劣るものの、注意力や洞察力はきわめて優れているのだ。

「それはいわゆる〝ウィグナーの友人〟のパラドックスと呼ばれるものです。ユージン・ウィグナーは〝シュレディンガーの猫〟の実験において、猫の代わりに自分の友人を箱に入れてみたらどうなるかと考えました。ただし、毒ガスで殺すのはかわいそうなので、放射線検知器が反応したらランプが点《つ》くだけにします。ウィグナーは箱の中にいる友人に電話をかけ、ランプが点灯したかどうかを訊《たず》ねます。すると当然、『点いた』か『点かなかった』かという二通りの答えのどちらかが返ってくるはずです。

この場合、波動関数が収束したのはいつか、ということです。ランプが点灯したかどうかを箱の中のウィグナーの友人が確認した瞬間でしょうか。それとも、箱の外のウィグナーが電話で確認するまで、ウィグナーの友人も含めた箱の中の状態は、不確定のままなんでしょうか。

今回の実験はこのパラドックスに回答を与えました。ウェンズデイがウィグナーで、僕がウィグナーの友人の役だったわけですが、部屋の中を覗《のぞ》いたウェンズデイによって僕が観測され、どちらかが選択されるまで、状態は確定しないということが実証されたんです」

「この場合は〝ウェンズデイの友人〟のパラドックス？」

「そう呼んでもいいでしょう」

「でも、あなたもウェンズデイも含めた建物全体も大きな箱とみなせるし、この惑星だって言ってみれば宇宙空間に孤立した大きな箱でしょう？　さらには宇宙全体も閉鎖系とみなせるし

「……」

「その通りです」

「だったらウェンズデイも〝ウィグナーの友人〟にすぎないんじゃありませんか？　俺たちはみんな宇宙という箱の中にいる――俺たちの存在を確定してくれるはずのウィグナーは、どこにもいない」

「それはたいした問題じゃないと思います。どのみち、オムニパシストではない僕らは、波動の重ね合わせの状態を認識できない。どちらのランプが点灯しようと、僕らにとって世界は古典物理学的、決定論的であり、矛盾はないんですから。

　今回の実験が証明したのは、波動関数がどの状態に収束するか、決定権は後から観測する者にあるということです。僕がランプが点いたのを見た後で、彼女が僕を見た。その観測結果が過去に波及して、どっちのランプが点いたかを決定した。古典物理学においては、因果律は過去から未来への一方通行です。でも、量子力学では逆になる。未来における観測が過去に影響を与えるんです――ええと、ついでだから、ＥＰＲのパラドックスについてもお話ししましょうか？」

「いや、けっこう。知ってるから」

　やはり物理学者の間で論議を呼んだアインシュタイン－ポドルスキー－ローゼンのパラドックスは、現在一般的に使われている量子暗号通信の原理と密接に関係しており、理工系の学生なら誰でも学んでいる。

リッジは質問がタネ切れになった。しばらく黙って考えこむ。ジュウジほどではないが物理学に精通している彼には、この発見の持つ重要性が認識できていた。観測問題に新しい知見が加わるとなると、ノーベル賞級の大発見だ。

やがて彼は口を開いた。

「俺にも試させてもらえるかな、それ?」ジュウジは少しためらってから、「どうぞ」と答えた。リッジは立ち上がってデスクに歩み寄る。ウェンズデイとジュウジは場所を譲り、入れ替わりにベッドに腰を下ろした。

「いいかな?」

ボタンを手にして、リッジが問いかける。ウェンズデイはうなずいた。リッジはひと呼吸して、ボタンを押した。

次の瞬間、少女の視野の中で、二個のランプが同時に点灯したかと思うと、リッジの姿が分裂した。一人はドアに歩み寄る。もう一人はベッドに戻ってきて、ウェンズデイの右隣にそっと腰を下ろす。

「どうだ?」「どうだ?」

二人のリッジが言った。ドアの前に立っている方が、一秒ほど早い。位置につくのがわずかに早かったからだ。

ウェンズデイは両手で二人のリッジを指さした。

「一人はドアの前。もう一人はあたしの横」

「へえ……」「ほう……」

二人のリッジはとまどい、少し気味悪そうな表情で見つめ合った。無論、お互いに相手の姿は見えていない。ベッドに座っているリッジには、ドアの前には誰も立っていないように見える。ドアの前のリッジに見えるのは、ベッドにウェンズデイとジュウジが並んで腰を下ろしている光景だ。

「ジュウジ」「ジュウジ」

「何?」「何?」

ジュウジの返事も、ウェンズデイの耳にはダブって響いた。

「ちょっと、彼女の右側に移動してくれないかな」「ドアの前に立ってくれないか」

「右側に?　分かった」「うん、いいよ」ジュウジの姿も分裂した。一人は立ち上がって少女の前を横切り、右隣に腰を下ろす。もう一人はドアの前まで歩いていって振り返る。

「これでいい?」ベッドの上のジュウジが言う。「ここでいいのかな?」二秒ほど遅れて、ドアの前のジュウジが言う。

「ああ、それでいい」「そこでいい」

二人のリッジがウェンズデイを見つめる。

「俺たち、どう見える?」「俺たち、どう見える?」

「二人が同じ場所にいるように見える」

ウェンズデイの眼には、ドアの前の同じ位置に立つリッジとジュウジ、自分の右隣に座っているリッジとジュウジが、同時に見えているのだ。

「それって二重露光みたいな感じなのか?」「二重露光みたいな感じか?」

「違う。映像が重なってるわけじゃないの。同じ場所に二人の人間が存在するなんて不可能だから。ただ、あなたがドアの前に立ってる世界と、ジュウジがドアの前に立ってる世界、両方が認識できるの」

「ザッピング?」「ザッピング?」

「それも違う。交互に見えてるんでもなければ、別のウインドウで見てるんでもない。説明は無理ね。チョムスキー文法じゃ、この状態を表現できない」

「はあ……」「ふうん……」

リッジは量子力学の神秘に打たれていた。この部屋の中に自分がもう一人存在しているとか、自分とジュウジが同じ位置を共有していると考えると、何やらむずがゆくなってくる。

確かに、こんな状態を表現できる言葉など、人間は発明しなかった。

「この状態がいくらでも維持できるって?」「この状態って、何分ぐらい続けられるんだ?」

「集中しだいね」ウェンズデイは自分の頭を人差し指で叩いた。「最初はとまどったけど、今ではコツが分かったから」

「それじゃあ……」

右隣にいたリッジが、いきなり彼女の腕をつかんだ。ウェンズデイは予期していたものの、抵抗しなかった。少年の強い力に引っ張られ、彼の腕の中に倒れこむ。同時に、右隣にいたジウウジ、ドアの前にいたリッジが消滅する。

今や一人に戻ったリッジが、少女の唇にキスをした。

「……こうするとどうなる?」

「さすがに位置がずれると維持できない。収束しちゃうわね」

「世界はひとつになった?」

「ええ」

「むむむ」

リッジは少女を元の場所に押し戻し、考えこんだ。

「ということは、お前の脳はパラレルワールドのお前自身と交信してたってことか? 俺がドアの前に立った世界のお前と」

「それも違うな。あたしの意識はずっとひとつだった。意識が分裂してたって感覚はないわね」

「ヒュー・エヴァレットの多世界解釈は、あくまでひとつの仮説だよ」ジュウジが口をはさんだ。「パラレルワールドが実在するって、まだ証明されたわけじゃない」

「でも、量子コンピュータが……」

「量子コンピュータがパラレルワールドの存在を証明してるってのは、ドイチュの一派が言ってるだけだよ。多世界解釈抜きでも説明できる」

ジュウジはドアのところから戻ってきて、ウェンズデイの左隣に腰を下ろした。

「おい、ちょっと待て。もし世界が分岐したんじゃないとしたら……」リッジは不安げにドアを指差した。「あそこに立ってたはずの俺はどうなったんだ？」

ウェンズデイとジュウジは気まずそうにして答えない。

「おい、どうなんだ？　消えたってことか？」

ジュウジはしぶしぶうなずいた。「その可能性は……あると思う」

「おい……」

「それに気がついたから、あまりこの実験、やりたくないんだ。パラレルワールド説が間違いだとすると、ウェンがどちらかの世界を選択するたびに、世界の半分が消滅することになる」

「これまで一〇〇〇回以上、世界を滅ぼしたことになるわね」

ウェンズデイの声は軽口を装っていたが、かすかに緊張しているのがリッジにも分かった。

「でも……そんなこと言ったら、俺たちだって無数の世界を滅ぼしながら生きてることになるだろ？　常に観測によって波動関数を収束させてるわけだから」

「それはそうだけど、この嫌な感覚は理屈じゃ割り切れないよ。それにランダムに収束するならまだしも、彼女は好きな方に収束させられるんだから」

「気に入らない可能性は消し去れるわけか……」リッジはうなった。「収束したのをまた重ね合わせの状態に戻すことは？」

ウェンズデイはかぶりを振った。「さすがにそれは無理。試してみたけど、できなかった」

「もしできたら恐ろしいことになるね」とジュウジ。「現在の状態が気に入らなかったら、もうひとつの状態を選び直せることになる。過去をいくらでも変えられるんだ。全能だよ」

「女王様が神様に昇格か？　たまらんな」リッジはベッドに座ったまま、ドアの方を見つめ、しばし沈黙した。そこには誰も立っていない。だが、ほんの少し前まで、そこにはもう一人の自分がいたはずなのだ。単なる仮想上の存在ではない。意志を有し、喋る、生きた人間が。ウエンズデイがそちらを選択していれば、その自分はまだ何十年も生き続けられたはずだ。

だが、その可能性は永遠に失われた。おかげで自分は生きている。

冗談でごまかしてはいるが、三人とも漠然とした不安を拭《ぬぐ》いきれない。オムニパシーも充分すぎるほど大きな力だと思っていたが、新たに明らかになったこの能力は、人間が持つにはあまりにも大きすぎ、不気味だ……。

気まずい沈黙を破ったのは、リッジの大きな声だった。

「あー、こういう哲学的な話は苦手だな」彼はわざとらしく明るい口調で言った。

「細かいことでうじうじするのは若者らしくないっつーか」

「そうね」

「同感」

「俺たちは常に、実現したかもしれない無数の可能性を切り捨てて、たったひとつの人生を生きてるんだ。そうやってきたんだし、そうするしかないじゃん。だろ？」

「まったく」

「その通りだね」

だが、やはりみんなの声はまだ少し沈んでいる。リッジは苛立《いらだ》った。

「気晴らしに何かするか?」

その「何か」が何を指しているのか、オムニパシストではないジュウジにも分かった。そう、この暗い気分も吹き飛ばしてくれる楽しいことが必要だ……。

「あのさ」

ウェンズデイは二人の少年の背中に腕を回した。二人の頭に手をやり、傾けさせて、耳を自分の口許《くちもと》に近づけると、いたずらっぽくささやいた。

「……昨日、生理が終わったばかりなんだけど」

ジュウジは顔を赤らめ、リッジは顔をにやけさせた。

「つまり安全日? 今日は生でOKってことか?」

「そういうこと」

「よっしゃあ!」

たちまちリッジは元気になった。少女の脚を抱きかかえ、後ろに倒す。さらに屈強な力で脚を高く持ち上げて、ベッドの上に逆立ちさせた。ウェンズデイはけらけらと笑う。

「ジュウジ、手伝え! このくそ生意気な自称宇宙最高の美少女とやらにお仕置きだ!」

「う、うん」

少年たちは二人がかりで、ウェンズデイのすらりとした脚から、バミューダパンツとショーツ、サンダルをまとめて引き抜いた。少女はベッドに転がった。そこへ二人がじゃれつくように飛びかかる。ウェンズデイは笑いながら、形だけ抵抗しているふりをした。じきにブラとシヤツもむしり取られた。少年たちも交互に少女を押さえつけながら、服を脱いでゆく。ほどなく、三人とも生まれたままの姿になり、からみ合った。

「あははは！　ちょっとあんたら、がっつきすぎ！」

「るせえ！　これでもくらえ！」

リッジは少女の背後に回りこみ、腕を回して脇腹や胸をくすぐり回しはじめた。ウェンズデイは「やめてえ！」と笑って脚をばたつかせる。

「さっきのお返し！」

ジュウジは子供っぽい歓声をあげながら、少女の股間にむしゃぶりつく。

少年たちと少女の楽しげな声が室内に響き渡った。

予想通り、夕方には雨になった。

スコールが激しくベランダを叩いている。まだ日没の時刻ではないのに、外は薄暗い。時おり、閃光がひらめく。少し遅れて、ごろごろという雷鳴。

「ふう……」

ウェンズデイは疲れ果てて、火照《ほて》った身体をベッドに仰向《あおむ》けに横たえ、眼を閉じていた。体力には自信のある方だが、元気があり余っている思春期の少年二人の相手を同時にこなすのは、さすがにハードだ。

「雷雨って好き……」

彼女は眼を伏せたまま、歌うようにつぶやいた。

「稲妻もきれいだけど、雷鳴も好き。雨も好き。激しい雨って世界を新しくしてくれるような気がする……スタージョンの『雷鳴と薔薇』って知ってる？　雷でこの世の悪を打ち砕き、薔薇で正義をかちとり、海で洗い、粘土で作り、世界は光り輝く場所だった……（小笠原豊樹訳）」

「なあ……」

右側に横たわっているリッジが、少女の桜色の乳首を太い指で優しくはじきながら、不安そうにささやいた。

「〈ソーニャ・コワレフスカヤ〉の件、本決まりなのか？」

「うん……」ウェンズデイは蚊《か》の鳴くような声でつぶやく。「遠征メンバーの選考はいちおう終了してる。フェアが終わったら、正式な発表があると思う」

「お前も行くのか、ジュウジ？」

「うん」

ジュウジは少女の左側に横たわり、繊細な手で胸のふくらみを撫《な》でさすりながら、気まずそうに答えた。

「隠してたわけじゃないんだけど、正式な発表があるまではって……」

「俺だけ置いてけぼりかよ」

「ごめん……」

「まあ、しゃあないけどな」リッジは肩をすくめた。「〈播種者〉の星の探索となったら、最強のオムニパシストと、物理学の天才少年は、どうしても要るわなあ」

「あたしが推薦したの。相手は——もしまだあるとしたら——少なくとも二五万年以上前から存在してる超文明だもの。どんなものを目にすることになるか、予想もつかない。年取って頭の硬くなった科学者だけじゃなく、柔軟な考えのできる若者が絶対に必要だって。だとしたら、ジュウジが適任でしょ？」

「父さんと母さんも許可してくれたよ。息子がそんな大任に選ばれるなんて光栄だって」

「まあ、ファースト・コンタクトに子供が役立つってことは、歴史が証明してるからなあ……」

二五年前の〈スポット〉事件の際、〈オクラホマ・スポット〉の中心部に入りこみ、超知性体〈バハムート〉とコンタクトして地球の危機を救ったのは、当時まだ一一歳だったフェブラリーだ。気難しくて迷信深いトカゲ人とのコンタクトにしても、ウェンズデイの柔軟な発想がなかったら、相手の信頼を得るのにもっと時間がかかっていただろう。

「あなたも推薦したかったけど、人員の枠があったし、理由もなかったから……」

「お前のママは？　参加しないのか？」

「出発は三週間後よ。それまでにママたちは地球から帰ってきそうにないわね。お祖父ちゃんとお祖母ちゃんの件もあるし、〈ムーン・タブレット〉の最終解読にも関わってるし。パパはパパで、宇宙軍の仕事が忙しいし。それで地球に行く前に、遠征隊の責任者に推薦の言葉だけ残していったの」

「でも、これだけ大きなイベントだろ？　経験者であるお前のママが行くのが筋ってもんじゃないのか？」

ウェンズデイは眼を伏せたまま、くすっと笑った。「ママはもう表舞台には立たないよ。あの事件から三年ぐらいして、真相が世間に公表された時に、パパラッチに追い回されたり、頭のおかしい奴から脅迫されたり、大変だったんだって。これ以上有名になりたくないって」

「ああ、〈エヴァリスト・ガロア〉が出発する時だって、すごい数の報道陣だったものね」

ウェンズデイと同じ船でこの星にやって来たジュウジは、まだ九歳だったが、その騒ぎをよく覚えている。

「それで次は娘に手柄を立てさせようってわけか？」

「まあね。表向きはあたしのコンプレックスを解消するためとも説明してるけど……」

「コンプレックス？」

「あたしがこんなになったのは、偉大な有名人を母に持ったがためのコンプレックスなんだって」ウェンズデイは鼻で笑った。

「嘘つき――そんな理由じゃないってことぐらい、分かってるくせに」

「ねえ」とジュウジ。「君のお母さん、僕たちのこと、気づいてるんだよね？」

「何を今さら。オムニパシストに隠し事なんかできるわけないでしょ？」

「地球に行く前から？」

「もちろん」

「それで、行く前に何も言わなかったの？　僕たちが……こんなことやってるのに」

「言い出せなかったのよ。どう叱っていいか分からなくて困ってた。他の親なら頬《ほお》のひとつもひっぱたくんだろうけど、なまじ人格者を気取ってるうえに、叩いたりしたってあたしが反省するわけなくて、いっそう反抗的になるだけだって分かってるから、手が出せないの」唇を歪《ゆが》めて、「いい気味だった」

「ほんっとに仲が悪いな、お前とママ」リッジはあきれた。「いや、お前の方がママを一方的に嫌ってるだけだけどさ」

「昔はこんなんじゃなかったのに」ジュウジがしみじみと言う。「小さい頃はお母さんにまとわりついてたよ」

「反抗期なの」とウェンズデイ。

「でもさ、親子で心が通じなくてけんかになるってんなら分かるけど。オムニパシストって互いに相手の心が読めるわけだろ？　それで何で仲が悪くなるんだ？」

「自分のすべてを知ってる人間と始終顔をつき合わせてると想像してごらんなさいな。鬱陶《うっとう》しいわよ」

「あー、何となく分かるかも……」

「名人同士のチェスみたいなものね。自分がどう動けば相手がどう動くか、お互いに分かってるの。だからうかつに手が出せない。今は手詰まりってとこね。て言うか、あたしの方が少し勝ってるかな」

「もっと仲良くすればいいのに……」とジュウジ。

「いいの。ママもパパも必要ない。あたしにはあなたたちがいるから」

そう言って、リッジの頭を優しく胸元に抱き寄せた。

「ごめんね、リッジ。しばらくお別れね」

「どのぐらいかかるんだ？」

「ここから直線距離で一一〇光年だから、往復だけで最低二か月以上。向こうで何かあったら、もっと……」

〈播種者〉の星の探索——それがどれほど重大な意義を持つ計画か、リッジは理解している。はるかな昔から銀河系内を放浪している暗黒星。いくつもの惑星の進化に干渉し、およそ一三万年前、人類に言語をもたらした謎の種族。その存在が明らかになったのは、つい最近のことだ。

少女の胸に頬ずりをして、リッジは大きなため息をついた。

「長《なげ》えなあ……」

「あ、でも安心して」

ジュウジが顔を上げ、少女の胸越しに、リッジに微笑みかけた。

「船の中は狭いから、プライバシーはあまりないらしいんだよね。僕のキャビンも他の人と共同で……」

「それがどうして安心なんだ？」

「それはつまり……」ジュウジの声は急に小さくなった。「君のいないところで、僕とウェンがこっそり、その……エッチしてたら悪いかなって……」

「はあ、何だそれ⁉」

「だって嫌じゃない？　ウェンは僕と君のものでしょ？　いつも平等に、同じ回数だけしてるでしょ？　僕の方が君より多くしたら、悪いかなって……」

「あたしは誰のものでもないわよ」とウェンズデイ。

「そんなの気にすんな」リッジは苦笑した。「お前に禁欲させる方がよっぽど心苦しい。貸しを作っちまう」

「うん……」

「気ぃ遣わなくても、お前がウェンを独占するなんて思ってねえよ。て言うか、そんなちっこいことでいちいち妬《や》くようなら、最初からこんな関係になるか。俺たちゃ恋敵《こいがたき》なんかじゃない。兄弟みたいなもんじゃねえか。だろ？」

「うん……」

「俺が願うのはたったひとつ、お前とウェンが無事に帰ってくることだ」

「ありがとう」ジュウジははにかんだ。

「ウェンのことも好きだけど、僕はリッジみたいないい友達が持てたこと、すごく光栄に思ってる」

　リッジは噴き出した。「よせよ！　恥ずかしい」

「でも、ほんとだよ！　ほんとにそう思ってるんだから」

「おーお、素っ裸の美少女をはさんで、男同士の臭い青春ドラマが展開してるわ」

ウェンズデイは投げやりな口調で言った。だが、彼らの友情の言葉が掛け値なしに心の底から出た本音であることは、オムニパシストである彼女がいちばん理解しているはずだ。本音だからこそ、聞いていて恥ずかしく、茶化したくなるのだ。

「帰る」

彼女は急に起き上がった。横たわっているリッジをまたぎ越え、床に散乱しているショーツとブラを拾い上げ、身に着けはじめる。ジュウジたちは特に驚かない。ウェンズデイの行動が唐突なのは、いつものことだ。

「おい、まだ雨降ってるぞ」

「いい。これ、水着みたいなもんだから。汗かいたから、シャワー代わりになるし」

「雷が落ちるぞ」

「もうだいぶ遠ざかってるよ」

確かに、稲光の間隔はさっきよりかなり長くなり、雷鳴も小さくなっていた。雨脚も弱まっている。

「にしたって、雨の中帰るこたあ……」

「そうだよ、ゲームでもして時間潰せば？」とジュウジ。

「いいの。実を言うと、雨の中で自転車漕《こ》ぐの好きなの」

「変なの……」

「それにジュウジのお父さんたちが帰ってきた時に、裸の女の子がいたらまずいでしょ?」

「それはそうだけど……」

「じゃあね」

二人に素早くキスすると、ウェンズデイはぽんと麦藁帽をかぶった。身をひるがえし、ベランダから飛び出す。濡れた樹を滑り降り、雨の降る庭に降り立つ。麦藁帽はあまり効果はなく、自転車にまたがった時には、その身体はもうびしょ濡れになっていた。雨は温かく、風邪をひく心配はない。

ウェンズデイは麦藁帽の縁をひょいと指でつまみ上げ、ベランダを見上げた。

「じゃあね。また学校で」

そう言うと、ウェンズデイはまた、ちりりんとベルを鳴らし、走り出した。ジュウジとリッジはベランダで肩を並べ、少女の後ろ姿が雨の中に遠ざかってゆくのを見守った。

「ねえ、キスに順番があるって気がついてる?」とジュウジ。

「順番?」

「ウェンのお別れのキス。今日は僕が最初で君が二番目。この前は君が最初で僕が二番目。その前は僕が最初……きちんと代わりばんこになってるんだよ」

リッジは苦笑した。「律儀な奴だなあ!」

「うん、そう思う」ジュウジは愛《いと》しそうに眼を細める。「他人に裏表があるとか言ってるけど、どうして自分は本当の自分を表に出さないのかなあ? ほんとはいつも他人のこと考えてるくせして、いつも憎まれ口ばかり叩いて、敵ばっかり作ってる」

「でも、それがあいつだからしかたがない」

「うん……」

自転車を漕ぐ少女の姿はしだいに小さくなり、雨のカーテンに溶けこんでゆく。まるで波動関数の状態に還《かえ》るみたいだ、とジュウジは思った。

どうしてだろう。こんなに仲良くしているのに、彼女の後ろ姿を見ると、いつも「孤独」という言葉が浮かんでしまうのは。「あれはきっと嘘だな」

「あれって？」

「俺たちが欲望を隠してなかったから好きになったたって話。あれは嘘だよ。あいつが俺たちと離れないのは、弱みを握られてるからさ」

「弱み？」

「俺たちだけが、あいつの仮面の下の素顔に気づいてるってこと」

「ああ」ジュウジはうなずいた。「だよね。自分では『あばずれ』って言ってるけど、ほんとにただのあばずれだったら、好きにはならないよ」

「素直じゃねえよな」

「でも、そこもかわいい」

「日本語じゃ何とか言うんだよな――ツンデレ？」

「いや、うーん、それは違うなあ……」

「じゃあ、どう表現するんだ？」

「表現のしようなんかないよ。ウェンはユニークだもん。記号になんか当てはまらない。宇宙でたった一人の女の子だよ」

もうウェンズデイの姿はほとんど見えなくなっている。ジュウジは愛しげに、確信をこめてつぶやいた。

「客観的にどうかはともかく、僕にとってはまぎれもなく宇宙最高の美少女だよ」

リッジが訂正する。「俺たちにとっては」「うん、僕たちにとっては」


雨の中で漕ぐ自転車。ペダルは重かった。ぬかるみにタイヤが取られるせいだけではない。心が重いのだ。

世界がのしかかってくる。

ジュウジたちと会うのは楽しい。セックスは楽しい。快楽に溺《おぼ》れている間、すべてを忘れていられる。オムニパシストではなく普通の女の子として、愛の歓びに没頭できる。でも、二人と別れてしばらくすると、また心が重くなる。楽しいことの後だけに、ひときわ反動が大きい。自分がこの不条理な世界の一員であることを思い出して。

昨日は歴史の時間に、西インド諸島の歴史を学んだ。何十万もの黒人が奴隷船に詰めこまれて連行され、非人道的な虐待を強《し》いられた。ついには反乱を起こし、多くの白人を虐殺した。その反乱が鎮圧される際に、さらに多くの黒人が殺された。

他の生徒にとって、その犠牲者数は単なる記録上の数字にすぎない。だが、ウェンズデイにとっては違う。他人の心を自分のもののように理解できる彼女は、歴史上の名もない一人一人の運命にさえ感情移入できる。虐待された奴隷たち、殺された女や子供。彼らの受けた苦しみを、痛みを、明確に想像し、感じてしまう。ハイチだけではない。ヨーロッパでも、アジアでも、アフリカでも、歴史上のどの時代でも、今この瞬間も、罪もない人々があえぎ、苦しんでいる。

幼い頃は良かった。まだ無垢で、世界についてよく知らないうちは。知ってしまった今は、その重みを無視できない。オムニパシーは閉じることのできない眼だ。心を押し潰すほどの圧力ではないが、生理の不快感にも似た陰鬱な重みが、昼も夜も心にのしかかっている。

わざと明るく、放埒《ほうらつ》に振舞い、ごまかさないではいられないほどの重み。

コミックスに出てくるマッドサイエンティストのように、いっそ人類すべてを嫌いになってしまえれば、どんなに楽か。世界をきれいさっぱり破壊してしまえれば、どんなに楽か。

だが、嫌いになれない。すべてを否定するには、彼女は優しすぎた。優しさが彼女を苦しめていた。このジレンマ、このつらさは、オムニパシストではない者には分からない。ジュウジやリッジに話しても、同情はしても真に理解してはくれまい。だから話さない。理解できるのは母だけ――そして、彼女の憎しみはその母に向けられていた。

どうしてなの、ママ？　なぜあたしを産んだの？　あなただってこの苦しみを味わってきたんでしょう？　その力が娘にも遺伝するかもしれないって予想してたんでしょう？　なのにあたしを産む決意をしたのね？　ひどい。

自分がそれを乗り越えたから？　その能力で世界を救ったから？　オムニパシーは福音だと思うようになった？　でも、それはエゴよ、ママ。あたしはあなたじゃない。あなたと同じようには考えないし、あなたと同じ人生は歩まない。

顔を上げ、雲に覆われた空を見つめて、心の中で叫ぶ。あたしはウェンズデイ・ドレイク。あなた《フェブラリー》じゃない。

遠雷がごろごろと轟いている。雷雨が好きなのは本当だ。雷は力強い。この混沌とした世界を打ち砕いてくれそうな気がする。雨は優しい。身体によどんだものすべてを洗い流してくれる。

そう、雨に濡れるのは素敵だ。泣いていても、誰にも気づかれないから。

3　変貌した世界

地球でも雨が降っていた。

鉛色の重たげな雲の下、冬の終わりの寒くて陰気な小雨が、広大な墓地を静かに濡らしている。人影はまばらだ。二〇〇メートルほど離れたハイウェイからの騒音は、雨の発するホワイトノイズにまぎれ、ほとんど気にならない。

墓地のちょうど中央あたりに、黒っぽいコートを着た男女がいた。数分前からある墓石の前で寄り添って立ち止まり、銅板に刻まれた文字を無言で見下ろしたまま、じっと動かない。男の方がずっと背が高くて肩幅も広く、体重は倍近く違うように見えた。自分の左肩が濡れるのもかまわず、右側に立つ女の頭上に傘を差しかけている。

女の方は見たところ四〇歳前後。ゆるやかなウェーブのかかった栗色の髪。目尻に皺《しわ》が現われはじめているものの、美貌はまだ衰えを見せない。深い知性を秘めた枯葉色の瞳は、深い悲しみに沈んでいる。泣いてはいないが、放心したような表情で、じっと墓石を見下ろしていた。背は女性としては低い方ではないが、肩を落とし、うなだれている今は、実際より小さく見えた。

男の方は彼女よりずっと年長で、鍛え抜かれたがっしりした体格だった。若い頃はアメリカ陸軍にいて、アジアやアフリカで何度か実戦も経験している。いわば戦闘のプロだ。今は国連宇宙軍の中佐で、植民惑星の安全を守るという平和的な任務に就いているが、根っから身体を動かすのが好きな性格なので、髪に白髪の目立ちはじめた今も、日々の鍛錬は欠かしていない。

だが今は、戦闘のスキルより、自分に詩人の才能が欠けていることを歯がゆく思っていた――傍《かたわ》らで妻が深い悲しみに暮れているというのに、その苦悩を和らげる優しい言葉のひとつも思い浮かばないのだ。

墓石は真新しかった。黒い石でできた直方体形で、個性はなく、錆《さび》ひとつない銅板には、故人の名前と生没年が素っ気なく記されているだけだ。

バーソロミュー・ダン
（一九七三～二〇三七）
タニア・ダン
（一九七一～二〇三七）

銅板の横では、今、フェブラリーが捧げたばかりの花が雨に濡れている。

アランはじっとしているのに耐えられなくなった。傘を左手に持ち替えると、太い腕をそっと妻の背中に回し、細い肩に優しく手をかける。

「……泣いていいんだぞ？」

だが、フェブラリーはかぶりを振った。

「……いいえ、今は泣きたい気分じゃない。報《しら》せが届いた時に思いきり泣いたから」

地球から訃報《ふほう》が届いた時の妻の取り乱しようを、アランはよく覚えている。フェブラリーは寝室に閉じこもり、子供のような号泣を何時間も続けたのだ。妻がどれほど父親を愛していたか知っているだけに、その姿に胸が痛んだ。

バーソロミューと後妻のタニアが、ワシントンのテロで死んだのは、もう五か月以上も前のことだ。フェブラリーにとって、これが初めての墓参である。

すぐに帰って来られなかった理由は、地球とエフレーモフの距離にある。超光速宇宙船より速い通信手段は存在しない。宇宙船は地球時間で一月半に一度、地球から二週間かけて飛んできて、植民地に必要な物資とニュースを届ける。訃報がエフレーモフに届いた時には、すでに悲惨な事件から四週間も過ぎており、葬儀も埋葬も終わっていた。

さらに、地球に帰るための便のチケットを工面するのに何か月もかかった。いくらモノポール・エンジンによって宇宙飛行のコストが劇的に安くなったとはいえ、宇宙船の重量あたりの輸送コストは、依然として大気圏内を飛ぶ旅客機に比べ桁《けた》違いに高い。気軽に地球に里帰りすることなどできないから、太陽系外移民はまさにその星に骨を埋める覚悟が必要なのだ。有名人ではあっても決して大金持ちではない夫妻にとっては、かなりの経済的負担である。一時は帰るのをあきらめようかとさえ思った。

結局、国連の研究機関〈プロジェクト・シャンポリオン〉が尽力して、フェブラリーを地球に招くための予算を確保してくれた。彼らは〈ムーン・タブレット〉解読の最後の段階でつまずいており、フェブラリーの協力をぜひとも欲していたからだ。彼女は言語学者ではないが、人類最高のオムニパシストであり、かつて〈バハムート〉との意思の疎通に成功したことがあるばかりか、〈播種者〉の星の存在を最初に予想した人物だからだ。

タイミングのいいことに、アランも国連宇宙軍から一時的に地球に帰還するよう命令を受けていた。植民惑星の治安の現状について報告するためだ。かくして二人は地球行きの宇宙船〈リヒャルト・デーデキント〉に乗ることができた。だが、一人娘のウェンズデイはエフレーモフに残していくしかなかった。もう一人分の席を用意するにはさらに金が必要だし、ウェンズデイ自身も残ることを望んだからだ。

こうして今、フェブラリーは夫とともに、ダラス郊外にあるこの墓地に立っている。

「……私も同じよ」

「ん?」

「あなたと同じ。かけるべき言葉が出てこなくて悔しい」

「そうか……」

アランは驚かなかった。フェブラリーとは、彼女がまだ少女だった二五年前からのつき合いだ。オムニパシーで心を読まれることには慣れている。

「やっぱり無神論者ってだめね」彼女は悲しげに苦笑した。「ほんと、こんな時に言葉のひとつも出てこないんだから……」

実際に父の墓の前に立ち、花を捧げれば、何らかの感慨があるのではないかと思っていた。自然に父への別れの言葉が浮かんでくるのではないかと――だが、そんなことはなかった。墓石はただの石だし、銅板の文字はただのアルファベットと数字の羅列にすぎない。そんなものを父だと思いこむことなどできない。

父と地球で過ごした三〇年あまりの時間、その思い出はあふれるほどある。いっしょに行ったディズニーワールド。二人きりのささやかなクリスマス・パーティ。降って湧いたあの地球規模の災厄。〈スポット〉に行くと彼女が告げた時の父の狂乱。想像を絶する困難を乗り切った後の帰還と再会。マスコミの目を逃れて転々と居場所を変えた日々。アランとの結婚式の日に父が流した涙。孫のウェンズデイが生まれた時の喜びよう……そのすべてを、今でもありありと思い出せる。

優しかった父、大好きだった父はもういない。墓の下にも、この地球の、この宇宙のどこにも。天国にもいない。来世で再会する望みもない。なぜなら、そんなものは存在しないのだから。

真実を見通すオムニパシストは、常に真実しか信じることができない。天国や来世といった非論理的な欺瞞《ぎまん》に逃避しようとしても、オムニパシーがそれを許さない。多くの人が直感的に死後の世界の存在を信じているように、オムニパシストは直感的に死後の世界の不在を信じてしまう。死を超越して存在する神秘的な「魂」など、あるわけがない。人の感覚や意識や感情や人格といったものはすべて、脳に宿る現象であり、脳が機能を停止すれば永遠に消滅する。

それが真実だ。

だが、何と悲しい真実だろうか。

「ここに来たって何にもならないって、分かってたのにね……」

そう、はるばる四六光年を超えてこうして父の墓の前に立つことに、何の意味もない。それを確認できた今、すぐに立ち去ってもいいのだ。

にもかかわらず、彼女が墓石の前にたたずんでいる理由はただひとつ、世間の目だ。プライバシーを考慮して、この墓地からマスコミはシャットアウトされているが、VIPである彼女の一挙手一投手は世界に報じられている。短い時間で墓参を済ませたら、冷たい女だと思われるだろう。本当は誰よりも父を愛していたというのに。だから、たたずむ必要もなく、たたずむ気もないのに、こうして無意味に立ち続けている。マスコミを納得させるのに充分な時間だけ。

だが、もういいだろう。

「戻りましょう」

そう言って、彼女は墓に背を向け、歩き出した。傘を持ったアランが並んで歩く。

二人が動き出したのを見て、数十メートル離れたところにいた黒服のSPが、襟につけたマイクにささやいた。

「対象、移動を開始」

その連絡と同時に、墓地の各所で警戒任務についていた他のSPも、いっせいに墓地の出口へと移動を開始する。こんな視界の開けた場所で襲ってくるテロリストもいないだろうが、念のための配置である。夫妻には気ままに外出する自由はない。どこに行くのにも事前にスケジュールを提出し、大勢のSPを引き連れて行かねばならない。

被害妄想とは言えない。今の地球に、フェブラリーを憎悪し、機会さえあれば命を奪おうと考えている人間は、少なくとも万単位で存在するのだ。

SPの作る人の輪にガードされ、二人は駐車場で大型のセダンに乗りこんだ。マグネシウム・ハイブリッド・エンジンを搭載した最新式の自動車は、その重量に似合わない軽いモーター音とともに走り出し、公道に出た。前後を警備車両がはさみこみ、ガードしている。少し遅れて、墓地の出口近くで待機していたテレビ局のバンが何台も動き出し、追ってきた。

「まったく、あいつら、何が面白いんだか」

後部座席から後ろの窓を振り返り、アランはぼやいた。

「あれが仕事なんだから、しかたないわ」

「だけど、ハイエナみたいじゃないか。昨夜《ゆうべ》のテレビにしたって――」

「言わないで」

「いいや、言うね。何だ、あのコメンテーターの言い草は？　まるで君が諸悪の根源みたいな口ぶりだったじゃないか。君が世界を救ったことを忘れてるんじゃないのか？」

「でも、世界をこんな風に変えたのは私だってことは事実よ」

「君のせいじゃない。君は正しいことをした」

「分かってる——私もそう思いたいんだけど」

納得できない——世界にテロが頻発しているのも、父が死んだのも、自分の責任ではないと理屈では分かっているのに、割り切れない想いが渦巻いている。

二五年前、超知性体〈バハムート〉が地球に干渉し、世界の六箇所に時間＝重力異常地帯〈スポット〉を発生させた。〈停滞台風〉が異常気象をもたらし、人類文明は危機に陥った。そんな時、〈スポット〉の中心部に乗りこんで〈バハムート〉とコンタクトし、世界の危機を救ったのは、当時一一歳だったフェブラリーだった。

〈バハムート〉は地球を去る際、フェブラリーの頼みに応じ、大量のモノポールを残していった。モノポールは理論的に存在を予想されていた粒子だが、それまで発見されてはいなかった。NかSかどちらかの磁極を持ち、その質量は陽子の一京倍。原子核に衝突すれば、陽子と中性子は破壊されて高エネルギーのガンマ線に変わる。後に残るのは陽子が崩壊した際に発生する陽電子のみで、これも電子と対消滅してガンマ線になる。つまりモノポールは、それ自身は壊れることなく、原子を完全に分解してエネルギーに変えることができるのだ。

たとえば水の中にモノポールを入れて高周波磁場で振動させてやると、原子を破壊しまくり、水を沸騰させて高圧の蒸気に変える。その効率は核分裂や核融合をはるかに上回るうえ、核分裂に比べて有害な放射性物質の生成量は極端に少ない。磁場を止めれば反応も停止するので、従来の原子炉のような暴走事故も起こりえない。燃料代はほとんどゼロ。石油のように枯渇する心配も、大気を汚染することもない——まさに理想のエネルギーなのだ。

モノポール・エネルギーは世界の様相を一変した。世界中の国が火力や原子力を見限り、安全で安価なモノポール発電にシフトしていった。しかもモノポールは地球全域にばらまかれたので、石油と違って一部の資源保有国が利益を独占することもなかった。先進国も発展途上国も、等しく恩恵を受けることができた。

環境負荷の極端に少ない電力がふんだんに使えるようになり、マグネシウム・サイクルに注目が集まった。マグネシウムと水の化学反応を利用した燃料電池カートリッジである。反応自体が電力を生み出すだけでなく、反応によって発生した水素も燃焼させられ、タービンを回す。排出されるガスは水蒸気のみ。使用後のカートリッジは回収され、モノポール発電による電力を用いて酸化マグネシウムをマグネシウムに還元、再利用される。

従来のガソリン・エンジンはあっという間に駆逐されていった。このエネルギー革命により、地球温暖化の原因となる二酸化炭素の排出量は大幅に下がった。石油業界や原子力業界は打撃を受けたものの、エネルギー・コストの低下と新製品の開発により、多くの産業が利益を得た。経済は活気づき、世界は空前の繁栄を迎えた。

また、モノポールはエグバート駆動も可能にした。これも〈バハムート〉とフェブラリーの接触によってもたらされた知識である。単磁極の回転によって宇宙船を虚数次元方向に振動させ、目的地までの何十光年もの距離を短縮することにより、超光速航法が可能になるのだ。

国連の音頭取りで、世界各国が協力して超光速宇宙船の建造に乗り出した。一号機〈ピタゴラス〉が太陽系外探査に出発したのは、〈スポット〉事件からわずか一六年後の二〇二九年。

まもなく何隻もの探査船が後に続き、呼吸可能な大気を持つ地球型惑星発見の報告を持ち帰りはじめた。太陽系の外には広大な「最後の開拓地《ファイナル・フロンテイア》」が広がっていることが明らかになったのだ。フェブラリーたちがエフレーモフに移住した二〇三三年には、発見された居住可能惑星《ハビタブル・プラネット》の数は三〇個にも増えていた。

宇宙開発ブームが起きた。国家も企業も競って宇宙へ手を伸ばしはじめた。無尽蔵の資源が、土地が、世界が、人類の手によって利用されるのを待っている！　ただでさえ地球は人口過剰に陥っている。このまま小さな地球の表面で残り少ない資源を奪い合って生き続けるより、新たな世界に活路を見出《みいだ》すべきではないのか？

太陽系外開発は経済的な側面だけではなく、政治的・思想的な面からも論じられた。とりわけイスラエルで起きた〈ニュー・エルサレム運動〉は世界の注目を集めた。長年の争いを終わらせるために、イスラエル人は国土をパレスチナの人々に明け渡し、別の惑星に移住しようというのだ。伝統的なユダヤ教徒にとって、聖都エルサレムを放棄するというのはおぞましい考えだったが、さほど宗教的に厳格でなく、何十年も続いてきた紛争やテロに嫌気が差していた若い世代の間で、この運動は急速に支持されていった。

同様の運動は世界各地に波及した。東欧で、アフリカで、東南アジアで、「争いをやめよう」という声が上がった。小さな地球の上で憎み合うのはやめよう。寛容になろう。仇敵と和解しよう。力を合わせ、手を取り合って、宇宙への道を切り開こう……。

こうした運動の背景には、〈バハムート〉やトカゲ人《サウリアン》とのコンタクトの影響がある。人類とはまったく異なる形態でありながら、人間並み、あるいは人間以上の高い知性を有する生命が存在するという事実が、人々の世界観や宗教観を大きく変えたのだ。「神は自らの姿に似せて人を創《つく》った」という教義は、明白な事実を突きつけられて時代遅れになった。旧来の宗教への絶対的な信仰が揺らぐとともに、人々は宗教や思想の違いによって争うことの無益さに目覚めはじめた。人と〈バハムート〉の違いに比べれば、人間同士の思想の違いなどちっぽけなものだ。そんなもののために殺し合うなんてバカらしい。もっと大きな視点で世界を見よう――そう考える人が増えてきたのだ。

フェブラリーたちが地球を離れたのは、世界各地で草の根レベルから同時発生的に盛り上がった平和運動が、世界連邦運動へと急速に発展しつつあった頃だった。政治や宗教の枠を超えて、地球規模の連邦政府を作ろうという案だ。当時のフェブラリーにとって、それは素晴らしいビジョンのように思われた。世界はついに争いをやめ、ひとつになるのだ。もう罪もない人人が戦火に見舞われたり、土地を追われたりすることはなくなるのだ……。

だが、その夢はじきに悪夢に変わった。

世界統一政府や敵対勢力との和解という考えは、古い因習と憎悪に縛られた者たちには受け入れられないものだった。彼らは争いを続けることを熱望し、世界連邦運動を「サタンの誘惑」と呼んで侮蔑した。その言葉を比喩表現ではなく、文字通りに信じる者も大勢いた。彼らにとって、人が「神の似姿」であることは自明であり、人に似ていない知性体とは神に祝福されていない存在、魂を持たない存在であることを意味している。すなわち、〈バハムート〉こそ人類を誘惑して世界支配を企《たくら》むサタンに他ならない。その代弁者であるフェブラリーは悪魔の手先、アンチキリストと見なされた。

世界のあちこちで、世界政府運動家に対するテロが起きた。爆弾や毒ガスまで用いたテロは、しばしば無関係な人々まで殺傷した。平和運動家たちは反世界政府主義者を激しく非難する一方、いっそう結束を強め、世界統一への声をさらに大きくしていった。悲惨なテロ事件が次々に報じられると、それまで無関心だった人々も平和運動に目を向けるようになった。反世界政府主義者の運動は孤立し、いっそう狂信的に、暴力的になっていった。憎悪と惨劇のフィードバック・サイクルは、ほんの数年で事態を急速に加速させた。

五か月前、ワシントンで大規模な世界政府運動の集会が開かれた。バーソロミューも妻とともにそれに参加し、講演を行なうことになっていた。彼にしてみれば、娘の行為の波紋が良い方向に広がるのを、少しでも応援したいという気があったのだろう。

その会場に爆弾を積んだリモコンの無人機が突入し、夫妻を含めて一四二人が死亡、二〇〇人以上が負傷した。

フェブラリーの五年ぶりの地球帰還を報じる昨夜のテレビ番組では、しかめ面《つら》の政治評論家が出演し、テロリストを非難しつつも、性急な世界政府運動が反発を生んでいることを批判していた。また彼は「そもそも人類は宇宙に出るべきではなかった」という意見の持ち主であり、宇宙への道を開いた二五年前のフェブラリーの行動を暗に当てこすっていた。礼儀正しい口調の背後に隠された悪意は、オムニパシストではないアランにも明瞭に感じ取れた。

「君は正しい」アランは憤然とした口調で繰り返した。「君が〈スポット〉に行かなかったら——勇気を奮ってあの穴に飛びこまなかったら、俺たちはみんな異常気象が何年も続く世界で飢えて死んでいた。モノポールの件だってそうだ。モノポールのおかげで世界中が豊かになった。エネルギー問題は解決し、環境汚染は少なくなり、貧困に苦しむ人間は何億人も減った。連中はその恩を忘れてるんだ」

それだけではない、とフェブラリーは気がついている。あの評論家のように、自分を非難する者たちの、彼ら自身も気づいていない無意識の動機を、オムニパシーで見抜いている。歪《ゆが》んだプライド——世界一のVIP、「地球を救った少女」を貶《おとし》めることで、自分を偉大に見せたいという下衆《げす》な欲望。

そういう感情に出会うたびに、彼女は絶望に襲われる。どうして人間というやつはこうなのだろう。どうして正しく思考し、正しく行動できないのだろう。争わずに協調して生きることが誰にとっても幸福であることは明白なのに、なぜ寛容であることを拒み、些細《ささい》な主義主張の食い違いで憎み合い、くだらない感情で他人を傷つけるのだろう。

父の訃報から五か月が過ぎて、彼女の心はすでに悲しみの段階を通り越し、静かな怒りと空《むな》しさに満たされていた。ただの悪意ならまだ我慢できる。だが、爆弾まで使う必要がどこにある。そんなことをしても憎悪を深めるだけで、何ひとつ問題が解決するわけではないのに。なぜ感情に流された支離滅裂な行動を「崇高な使命」などと思いこむのか。

なぜそんなくだらないもののために、父とタニアを含めた大勢の人が死ななければならなかったのか。

車はホテルに到着した。ホテルの前では、警官がロープを張り、集まった一〇〇人あまりの男女を制止していた。

車からフェブラリーが降り立つと、どっと熱狂的な歓声が起きた。プラカードが振り回され、横断幕が揺れる。

〈お帰りなさい〉

〈人類の救世主〉

〈私たちに道を示して〉

〈フェブラリーを地球政府大統領に〉

取り囲んでいるSPの肩の合間からその騒ぎをちらっと目にして、フェブラリーは不快な気分に襲われた。温厚な彼女にも耐えられる限界というものがある。父親の墓参りを済ませたばかりの女性を笑顔と歓声で迎えるとは、どこまで無神経なのか。オムニパシーのない彼らには、自分たちの行動が相手にどんな印象を与えるか、理解できないのだろうか。

さらに不快なのは、自分を救世主として祭り上げようとする彼らの態度だ。「私たちに道を示して」だって？　どうして進むべき道を自分で選ぼうとせず、他人に教えてもらおうとするのか。そんなに楽がしたいのか。

彼女は夫とともに、早足でホテルの中に入った。崇拝者たちに声もかけなければ、笑顔も投げかけず、可能な限り視線も合わせなかった。そんなことをして彼らを喜ばせる義理などない。それでも背後で、「見た見た？　私の方を見てくださったわ！」という若い女の声が聞こえ、うんざりとなった。

テロリストにも腹が立つが、フェブラリーの目には、自分を崇拝する者たちも同じぐらい愚かに見えていた。

地球を発《た》つ前につきまとっていたストーカー男のことを思い出した。そいつはイベントや講演会など、彼女の行く先々に現われるだけでなく、何度も狂信的なメールを送ってきた。内容はフェブラリーを聖女と称《たた》え、「あなたの髪でも爪でもいいのでお送りください」と懇願するものだった。彼女の身体の一部には神秘的なパワーがあると信じているのだ。

彼女は本で読んだフランシスコ・ザビエルのミイラの話を思い出し、ぞっとなった。一六世紀、日本や中国を回ってキリスト教を布教したザビエルは、死後、ミイラとなって南インドのゴアにあるボン・ジェズ教会に安置されている。以前は年中公開されていたのだが、今は一〇年に一度、四〇日間しか公開されない。というのも、ある時、教会を訪れた熱心な女性信者がミイラに飛びかかり、足の指を食いちぎったからだ。

その女性の愚かさだけを責めるわけにはいかない。有名な人物の遺骸や遺物に神秘的な力が宿るという信仰は、昔から世界各地に存在する。今でも多くの人が墓参りをするのは、墓石や地中に埋められた骨が、単なる物質以上の何かだと信じているからだろう。

そんなことがあるわけがない。石はただの石だ。死者の骨は、生命を持たないただのカルシウムのかたまりだ。これほど明白な事実はない。それなのに、ほとんどの人はその事実を正しく認識できない。

もしかしたら、それは全人類が共通して有する根本的欠陥ではないだろうか。チョムスキー文法に縛られた人間は、論理的に思考することができないのではないか。また、他人の感情を真に理解することができないから、他人を怒らせ、多くの争いを生むのではないか。だとしたら、〈播種者〉はなぜこんな欠陥言語を人類に与えたのか。それとも彼らも、自らの思考能力の限界に苦しみながら進化してきたのだろうか……？

もしかしたら、〈ムーン・タブレット〉を解読したら、その謎が解けるのだろうか。

狙撃や小型飛行機によるテロを防ぐため、夫妻の宿泊している部屋は外部には秘密にされていた。窓にはカーテンがかけられているうえ、決して窓には近づかないよう注意されている。フェブラリーは窓から景色を楽しむ自由さえない。

「ふう……」

部屋に入るなり、彼女はベッドに仰向けに横たわった。

「疲れたのか？」

妻を心配して、アランは声をかけた。

「いいえ」

肉体的には疲れてなどいない。だが、父の訃報、そして地球に来てから味わった穏やかな無形の打撃の数々に、彼女は精神的に打ちのめされていた。

『確かに人間は目の前の真実になかなか気がつかない生き物だけど、それでも少しずつ学び、賢くなっています』

五年前、地球を去る際に父に送ったメールの中で、彼女はそう書いた。だが、今では自分のその言葉が信じられない。人間はちっとも賢くなっているように思えない。なぜ世界はいつまでも混迷を続けているのだろう？　なぜみんな目覚めない？　なぜ愚行を繰り返し、傷つけ合う？　なぜ、なぜ、なぜ……。

なぜ？　今さら問うまでもない。彼女の中で、とっくに結論は出ている。ただ、それを口に出さないだけだ。

人間は救いようもなく愚かだから――天井から吊るされたバナナの取り方が分からないサルのように、目の前にある単純で合理的な解答に気がつかないほど、知性体として劣等だから。

フェブラリーは自分で出したその結論を嫌悪していた。決して肯定したくはなかった。「普通人を私たちオムニパシストより劣った人種とみなすのは、思い上がりであり危険思想よ」と、ウェンズデイにも口をすっぱくして言っている。だが同時に、それが世間のモラルに配慮したうわべだけの言葉であることも自覚している。心の底から信じているわけではない。

当然、ウェンズデイは母のその言葉が真意ではないことを見抜いており、冷笑している。

「やっぱり私のせいなのかしらね――いえ、世界がこうなったことじゃなく、ウェンズデイのことだけど」

「ん？」

「私も心の底では、他人を見下してる。こんな世界を見たら、なおさらそう思える。あの子はそれに影響を受けたのかもしれない。あの子の言動って、結局のところ、私の本音の反映なのかも」

「ああ……」

アランは曖昧《あいまい》に返事した。娘と二人のボーイフレンドの関係については、地球に帰還する直前にフェブラリーから聞かされた。驚き、動揺したものの、スケジュールが迫っていたので深く追求することもできず、後ろ髪を引かれる思いで宇宙船に乗るしかなかった。地球への二週間の旅の間に、だんだん腹が立ってきた。娘に対してだけでなく、ずいぶん前から気がついていたにもかかわらず自分に相談しなかった妻にも。

だが、この問題については、エフレーモフに帰るまではどうしようもない。今ごろ、親の干渉から解放されたウェンズデイがどんなことをしているかと思うと、胸をかきむしられる想いだ。

「パパだってそういう想いだったわよ」フェブラリーはまた夫の心理を読んで言った。「私たちのつき合いを知らされた時はね」

「しかし、あの子はまた一四歳だぞ？　未成年じゃないか！」

「あなたと初めてモーテルに行ったのも一六歳の時だったけど？」

「いや、暦《こよみ》の上で一六歳と言っても、あの時の君は肉体的にはもう二二歳で……いや、そんなことはどうでもいい。話をはぐらかすな」

「ごめんなさい」

「まあ、ウェンズデイのことはここで悩んでもしかたない。今は手が届かないんだから」アランは苦々しげに言った。「とにかく仕事を済ませるしかない。あの子のことは帰ってから考えよう」

「ええ、帰ったらね」

そう答えてから、彼女はエフレーモフに「帰る」という表現がしっくりくることに気がついた。そう、自分にとっての地球は、もう故郷ではない。

「あの子、今ごろ何してるかしらね……」

フェブラリーはつぶやいた。遠いエフレーモフに想いをはせると、光の速さで四六年、四四〇兆キロという距離の途方もなさが、あらためて心にのしかかってくる。帰りたい、あの星に。父がいなくなった今、地球はもはや異邦の地でしかない。

4　ミルグラム実験

「行けーい！」

澄みきった青空の下、ウェンズデイは楽しげな声をあげた。細い指がコントローラーを操作すると、身長五メートルほどもある赤い人型ロボットが、重い足音を響かせて歩き出した。大股のスローモーションのような動作で校庭を横切り、敵に迫る。正対する青いロボットは数歩前進して停止、両腕を胸の前でかまえ、ファイティング・ポーズを取っている。

赤いロボットがパンチを繰り出した瞬間、青いロボットもカウンターを狙って右腕を突き出した。金属同士のぶつかり合う騒々しい音。飛び散る火花。だが、どちらも浅いヒットだ。赤いロボットはすぐに体勢を立て直し、再びパンチ。だがガードされた。

「リッジ、やるじゃん」

ウェンズデイは不敵に笑った。今の青いロボットの挙動は、間違いなくプログラムされた反射動作だ。人間の動きなら容易に読めるが、ロボットの動きには無意識のしぐさというものがないので、彼女のオムニパシーでも予測困難だ。

二体のロボットは火花を散らして殴《なぐ》り合う。だが、近すぎて腕が伸びきらないうちにぶつかってしまうので、あまり有効なヒットにならない。距離を取らなければならないが、それでは相手に隙を与えることになる。互いに後退のタイミングを見計らっている状態で、ぶざまな殴り合いを続ける。

校庭には他の生徒もたむろしているが、大半はロボットの戦いに無関心だ。銀色のゴーグルを装着した数人だけが、興味深そうに見物している。ウェンズデイも同じゴーグルを着けていた。

コントローラーを操作しながら、ちらっと青いロボットの背後を見る。サッカーのゴールのそばに、高さ二メートルほどの青い長方形の板が立っていた。リッジはその背後にいる。オムニパシーで次の行動を読まれないよう、彼女の視界から逃れているのだ。

不意に青いロボットが腰を落とした。赤いロボットのパンチが空を切る。「しまった」とウェンズデイがつぶやき、自分のロボットを後退させようとした瞬間、青いロボットが起き上がりながらアッパーをぶつけてきた。パンチが胸にヒット。装甲板がはじけ飛び、空中をくるくると舞って、ウェンズデイのすぐそばに落ちてくる。

体勢を立て直そうとしたが、青いロボットは勢いに乗って猛攻をかけてきた。プログラムされた動作とボタン操作が混在する動きは、彼女には読みきれない。あせっているうちに何発もパンチがヒットし、さらに装甲板を飛ばされた。右腕の駆動系が壊れ、動かなくなる。

と、殴り合うロボットたちの足の間を抜けて、体操服を着た金髪のロシア系の少女がすたすたと歩み寄ってきた。ウェンズデイの前にすっくと立ち、にらみつける。ウェンズデイと同い年の一四歳だが、身長は少し高い。

「そこじゃま、ヴィニエーラ！」

ウェンズデイは左右に動いて、視界をさえぎる少女から逃れようとする。

「じゃまなのはあんたたちよ」ヴィニエーラは追ってきた。「もう休み時間、終わってんだからね。校庭はあたしら中等部が使うのよ」

ウェンズデイは飛び級しているので、高等部の三年生。ヴィニエーラは中等部の三年生である。

「この一戦だけよ。これにけりつけたら——あ！」

勢いをつけて踏みこんできた青いロボットのストレートが、動きの鈍った赤いロボットの顔面を直撃。赤いロボットはよろめく。そこへさらにパンチの連打。空中に浮かんでいたライフゲージが急速に減ってゆく。

ついにゲージがゼロになり、赤いロボットはがしゃーんという大きな音を立てて仰向けに倒れた。「RIDGE　WIN」というネオンサインのような立体文字が空中に現われ、ゆっくりと回転する。

「あーあ」

ウェンズデイは残念そうに、ゴーグル型のウェアラブル・コンピュータを顔面からむしり取った。同時に、幻影がすべて消えうせる。二体のロボットも、空中のゲージや文字も、リッジの姿を隠していた青い板も。

「負けたの？」

ヴィニエーラが訊ねる。彼女はゴーグルを着けていないので、自分の周囲で繰り広げられたバトルを目にしていない。

「そう、誰かさんのせいで」

「あら、そいつはお気の毒」

二人の少女の間で、ほとんどおふざけに近い悪意の視線が交わされた。ウェンズデイは負けたのはヴィニエーラのせいだとは本気で思ってなどいない。彼女が来る前から、すでに劣勢に追いこまれていた。ヴィニエーラの方でも、幼なじみの少女をからかうのはほとんど惰性のようなもので、本気で憎んではいない。それが分かっているから、ウェンズデイも彼女を本気で憎めない。

「どうだ、ウェン?」リッジが得意そうに声をかけてきた。「反射動作のアルゴリズムをちょっと変えてみたんだけど」

「あー、ミスった」とウェンズデイ。「でも、癖は少し読めた。今度は勝てる」

「どうかな？　今度はまた変数いじるぜ」

リッジは楽しそうだった。ウェンズデイも負けたけれど楽しかった。互角の勝負ができたのだから。

対戦型のスポーツやゲームの多くは、オムニパシストには有利すぎる。たとえばテニスなら、相手がボールを打つ前に、どこに打ち返してくるつもりなのか予測できるから、普通の人より〇・五秒ほど早く動作を開始できる。野球なら、ピッチャーの投げるつもりの球種が正確に読める。格闘技も同じ。瞬間的な反射動作は読めないが、意図的な動作なら、相手に動作する意志が芽生えるのと同時に感知でき、対処できる。スポーツだけでなく、カードゲームやボードゲームでも有利だ。オムニパシストにはポーカーフェイスなど通用しない。チェスや将棋の場合でも、相手の意図を読めるし、まずい手を打とうとしたら駒を置く前に相手の反応で分かるので、負けることはまずない。

普通人にない能力を使って易々《やすやす》と勝つというのは、やはりフェアではない。負ける方にとってはもちろん、勝つ方にとってもあまり面白くないものだ。

バーチャル・ロボット・バトルはそうはいかない。プログラムされた動作はもちろん、ボタン操作による動作でも、操縦者の隠された意図がロボットの動作に反映されにくいからだ。操縦者が身を隠して、身体から発する情報を遮断していれば、オムニパシストの能力はほぼ封じられる。

「いい勝負だったよね」

バトルを観戦していたジュウジが無邪気に言った。三人は横一列に並んで、いっしょに校舎に向かう。

林の中に建つ校舎は、パネルを組み合わせて作られた簡易建築で、見かけはお世辞にもいいとは言えない。しかし、視聴覚設備は充実しているし、自然環境にも恵まれている。

「次の教科、何だっけ？」

「倫理だよ」とジュウジ。

「あー」ウェンズデイは変な鼻声を出した。「やだなあ。倫理嫌い」

「どうして？」

「あたしと縁のない言葉だから――倫理《モラル》って」

「はは、そりゃ言えてる」リッジは笑った。「お前の場合、倫理でいい成績取ろうと思ったら、心にもないこと書かなきゃいけないからな。『若者は結婚するまで淫《みだ》らな行為を慎むべきです』とかさ」

「それはあんたらも同じでしょ？」

「まあな――ああ、そうだ。例のマシン、最終調整、終わったんだぜ」

「へえ、フェアに間に合ったんだ」とジュウジ。「時間勾配は修正できたの？」

「ああ。コイル、倍に増やしてな。おかげで稼働時間は短くなったけど。今日、放課後に公開実験やるんだ。良かったら乗せてやるぜ」

「タイムマシンか」ウェンズデイは空を見上げてつぶやいた。「それはちょっと面白いかな」

彼らの通う学校は、今のところエフレーモフで唯一の学校である。小学校からハイスクールまでの一貫教育で、生徒数は二〇〇人ほど。各学年は一クラスしかなく、一五人から二〇人の少人数クラスで学んでいる。

ちなみにウェンズデイたちのクラスは一六人。中等部から飛び級してきた彼ら「天才トリオ」は、発育のいい一七～一八歳の他の生徒の目からは幼く見られるため、なかなか対等のつき合いは難しい。必然的に三人でつるむことが多くなったのだ。

教育方法はPCシステムを採用している。これは心理サイバネティクス研究から生まれたもので、従来の効率の悪い教育方法を廃し、合理的かつ効果的な手法で生徒に学習へのモチベーションを植えつけるというものだ。まだサンプル数は少ないものの、どの学年でも地球の同学年の子供の平均IQを上回っているという結果が出ている。ジュウジやリッジのような天才少年が生まれるのも、小さい頃からPCシステムで教育を受けてきたおかげだろう。

たとえば、教室でテキストを読み上げるなどということは、一切しない。そんなのは時間の無駄だ。音読より黙読の方が早いし、他人が読み上げるのを聴くより、生徒が自分のペースで自由に読む方が、内容がよく頭に入るに決まっている。

教師が黒板に文字を書き、生徒にそれを書き写させることもしない。そんなスタイルは古い時代の習慣の名残《なごり》にすぎず、今では意味がない。ノートは今や紙ではなくPDAだ。ノートに文章を写したければ学校のホームページからコピペするか、サーバからダウンロードすれば済むことなのに、なぜ鉛筆で書き写す必要があるのか?

その代わり、教室ではビデオを見せる。昔ながらの教育番組もあれば、PCシステム用に作られたコンテンツもある。見終わった後、その番組に関して教師が質問したり、生徒同士が討論したりする。ここで重要なのは、教師が結論を押しつけないことだ。むしろ中途半端なところで解説を打ち切り、生徒に「その先はどうなっているのか」と疑問を抱かせることで、生徒自身が考え、自分の意志で学習するように仕向ける。学習させること自体より、学習へのモチベーションを高めることを重視するシステムなのだ。モチベーションさえ生じれば自然に学力は身につく。いやいややる勉強より、自分の意志でする勉強の方が、何倍も効率がいいからだ。授業用のコンテンツには様々なものがある。たとえばヴェリコフスキーの『衝突する宇宙』の内容を解説するビデオ。これは小学生の地学の学習用だ。視聴したうえで生徒が討論し、ヴェリコフスキー説のどこが間違っているのかを明らかにしてゆくのだ。同様に、9・11陰謀説を紹介するビデオ（メディア・リテラシーの授業）、反相対論を紹介するビデオ（物理の授業）などもある。

あまりに革新的でありすぎるため、地球では頭の硬い教育者や教育委員会の抵抗に遭い、なかなか普及しない。植民惑星だからこそスムーズに実現できたのだ。

今日の倫理の授業もビデオの視聴からはじまる。生徒たちはあるビデオを見て、その内容について討論するのだ。

ビデオの題は「ミルグラム実験」。それはエール大学のスタンリー・ミルグラムによって一九六〇年から一九六三年にかけて行なわれた実験で、ミルグラムはこの研究で全米科学振興協会の賞を受けた。ビデオは実験内容をドラマ形式で再現していた。

舞台はエール大学の一室。登場するのは三〇代の男性ハイスクール教師、四〇代の太った男性会計士、四〇代の主婦の三人。生物学の教師は、実験に協力してくれる二人のボランティアに、「これは学習における懲罰の効果を調べる研究です」と説明する。一人が学習者に、もう一人が教師役になり、学習者が間違った答えをするたびに教師役が罰を与えるのだ。

くじ引きによって、会計士が学習者に、主婦が教師役になることが決まる。会計士は別室に連れて行かれ、主婦の見ている前でイスに縛りつけられて、手首に電極を取りつけられる。

生物学教師は女性を隣の部屋に案内する。そこには電気イスに電流を流す装置がある。装置には計三〇個のレバー型スイッチが並んでいる。一五ボルトから四五〇ボルトまで、一五ボルト刻みだ。一五ボルトから六〇ボルトまでの四個のスイッチには「弱いショック」と書かれている。七五ボルトから一二〇ボルトは「中程度のショック」、一三五ボルトから一八〇ボルトは「強いショック」、一九五ボルトから二四〇ボルトは「非常に強いショック」……三七五ボルトから四二〇ボルトまでの四つには「危険・激甚なショック」とあり、最後の二つのスイッチにはただ「×××」とだけ表示してある。

女性は装置の前に座らされ、「このスイッチを入れるのがあなたの役目です」と説明される。別室の男性が質問に答えられなかったり、間違った答えを言ったりするたび、電気ショックのレベルを一段階ずつ上げてゆくのだ。

実験が開始される。マイク越しに問題が男性に告げられる。彼はしばしば間違える。そのたびに生物学教師は、電気イスのスイッチを入れるよう女性に指示する。最初は耐えていた男性だったが、電圧が上がるにつれて苦しげな声が聞こえてくるようになる……。

ここで画面がストップし、ナレーターの解説が入る。

「実はこの実験の真の被験者は、この女性なのです。くじ引きには細工がしてあり、最初から彼女が教師役に選ばれることが決まっていたのです。イスには本当は電流など流れていません。

男性は苦しんでいる演技をしているだけなのですが、彼女はそれを知りません。本当に自分が男性に電流を流していると思っています。また、最高レベルの四五〇ボルトが人体に危険であることも、装置に書かれた表示から理解しています。

この実験の目的は、人はいったいいつ、危険な実験の続行を拒否するかということです。あなた自身がこの女性になったつもりで、本当に被験者に電流を流していると信じていると想像してみてください。あなたは何ボルトで実験を中止しますか？」

画面には再び、さっきの装置のスイッチの列が映し出された。ここでビデオが一時停止される。倫理の教師は、「さあ、あなたが彼女の立場で、実験を拒否するようになると思うボルト数を書いて」と指示した。

生徒たちはPDAに数字を打ちこんだ。彼らの回答が正面の大型モニターに投影される。「一〇五」「九〇」「一五〇」「七五」……だいたい一〇〇ボルト前後が多いようだ。「一五」という回答も一人だけいた。

ひとつだけ空白の回答があった。

「ウェンズデイ、あなたの答えは？」

「あ、ごめんなさい」ウェンズデイは手を挙げて済まなさそうに言った。「あたし、この実験のこと、知ってるもんで」

「知っていても答えてちょうだい。あなたがもし、これが自分を騙《だま》す実験だと知らされていなかったら……」

「あたしは誰にも騙されません」

教師は苦笑した。「それでも、そう仮定してみて」

「つまり、あたしがオムニパシストじゃなかったとしたら、ってことですか?」

「ええ。あなたは何ボルトまで上げる?」

ウェンズデイはちょっとためらってから答えた。

「四五〇」

教室がどよめいた。リッジとジュウジもびっくりして、隣に座っているウェンズデイを見る。

だが、彼女は平然としていた。

「続きを見れば分かるわよ」

ビデオが再開された。

モルモットを演じている男性は、一五〇ボルトになると「私をここから出してくれ! こんな実験はもうお断りだ!」と叫びだした。一八〇ボルトになると「もう苦痛に耐えられない!」と絶叫した。電圧が上がるにつれて、その絶叫はさらに悲痛になり、実験の続行を激しく拒否した。三〇〇ボルトになると、壁に激しく身体をぶつけはじめた……。

女性はというと、その声や物音をすべて聞いていた。表情は蒼ざめ、震えていた。それでも彼女は、教師が「スイッチを入れなさい」と言うたびに、反抗することなく指示に従った。教師の口調は高圧的ではなく、彼女を脅すようなことは何も言わなかったのに。

電圧は徐々に上がり、ついに彼女は、四五〇ボルトのスイッチを入れた。

「彼女は特殊な例だと思われるでしょうか？　彼女は潜在的なサディストか快楽殺人者だと？」ナレーターが問いかける。

「違います。ミルグラムは大勢の被験者を対象にして、この実験を繰り返しました。その結果、予想に反して、六二パーセントの被験者が四五〇ボルトまで電圧を上げたのです」

ビデオを見ていた生徒たちはみな（ウェンズデイを除いて）息を呑んだ。

さらにナレーターは解説する。この実験は世界各地の研究者によって追試された。イタリア、ドイツ、南アフリカ、オーストラリア……いずれも場合も、四五〇ボルトまで電圧を上げた者の比率は、ミルグラムの実験と同程度か、それより多かった。ドイツのミュンヘンでの実験では、実に八五パーセントの人が最後まで電圧を上げた。

ミルグラムは様々に条件を変えて実験を行なった。被害者の苦しむ声が聞こえない場合、四五〇ボルトまで電圧を上げる者は六六パーセントに増加した。一方、被害者が隣室ではなく目の前にいる場合には、四〇パーセントまで低下した。また、舞台をエール大学ではなく、場末の貧相なビルの中にある民間会社に移した場合、四八パーセントまで低下した。また、女性の方が従順度が高いのではないかという予想に反して、男女のパーセンテージにほとんど差はないことも分かった。

ナレーターは解説する。

「この結果から分かるのは、第一に、従順度は権威に左右されるということです。エール大学という権威ある機関の中で行なわれる研究、という条件下では、民間会社のそれよりも命令に従う人が多いのです。また、軍隊経験者は従順度が高いことも判明しました。
また、被害者と加害者の距離も重要です。苦しむ被害者の姿を目《ま》の当たりにしている場合より、目にしていない場合の方が従順度はずっと高い。人は目の前にいない相手に対しては、それだけ残酷になれるということです」

画面に現われたのは、第二次世界大戦の実写フィルムだった。B―29が東京に爆弾の雨を降らせている場面だ。

「過去の戦争を思い出してみれば納得できるでしょう。戦場で敵を目の前にして、兵士が引き金を引くのをためらうことは、しばしばあります。しかし、爆弾が大勢の罪もない一般市民を虐殺することを知っていながら、爆撃機の爆撃手が投下レバーを引くのを拒否したという例は、ほとんどありません」

原爆のキノコ雲が画面に映る。

「軍隊内という特殊な条件下で、なおかつ被害者が見えない場合には、従順度は一〇〇パーセント近くになります。どれほど平和的な思想の持ち主でも、ある種の条件下では、誰かを殺傷しろという命令を権威者から受けると、それを実行してしまうのです。歴史はそれを証明しています」

画面にはアウシュビッツ強制収容所の死体の山が映り、それから静かにフェイドアウトした。
ビデオが終了しても、生徒たちはしばらく口が利《き》けなかった。

教師は生徒たちのイスを中心に向き合うように並び替えさせた。それから「今のビデオの内容について話し合いなさい」と指示した。

最初に発言したのは、シャリンという中国系の少女だった。彼女はさっきのアンケートで「一五」と回答していた。

「あたしはこんなの信じない。だって、四五〇ボルトまで電圧を上げる人がそんなに多いなんて、ありえないじゃない？」

「じゃあ、今のビデオはフェイクだと？」

クラス委員長のカールが言う。ドイツ出身で、真面目な優等生で通っている。

「そうよ。前にもこんなの、あったじゃない」

PCシステムではごくたまに、生徒にそうと知らせずに架空の内容のビデオを見せて、その嘘が見抜けるかどうかを試させる。だから生徒たちは、与えられる情報を常に疑い、自分で検証する習慣がつくようになる。

「本当よ」とウェンズデイ。「前にアイゼンクの本で読んだことある。データベースで検索すれば、すぐ出てくるよ」

言われるまでもなく、何人かの生徒はすでにPDAで学校のデータベースにアクセスし、「ミルグラム」で検索して実験の内容を確認していた。

「まあ、実験自体は実際にあったとしてもよ」とシャリン。「あたしは絶対にそんなに上げない。前に一〇〇ボルトのコンセントで感電したことあるから、どんなに強いショックか分かってる。あんなの他人に体験させるなんて絶対いや。あたしだったら一〇〇ボルトになる前にやめる」

「分かってないなあ」カイトというアフリカ系の少年がせせら笑った。「自分だけは例外だって？　そりゃ変だろ。六二パーセントの人だって、事前に質問されてたら、『私一〇〇ボルト以上、絶対上げません』って答えてたぜ、きっと」

「それに賛成」PDAで資料を読んでいたジュウジが言う。「実験に参加したエリナー・ローゼンブラムという主婦——たぶん、さっきのビデオに出てきた女の人のモデルだね。実験の前に、自分なら何ボルトぐらいまで我慢できるかって質問されて、『一五ボルトです。それだって与えてほしくありません』って答えてるそうだよ」

「なのに自分は四五〇ボルトまで上げた？」とリッジ。

「そういうこと」

「このクラスは一六人だ」とカイト。「仮に六二パーセントという比率がこの集団にも当てはまるとしたら、俺たちのうち一〇人ぐらいは四五〇まで上げるわけだ。さっき、あんな答えをしたっていうのにな」

「でも、あたしは上げないわよ！」

シャリンは強硬に主張する。たちまち反対意見が巻き起こった。

「そんなこと言ったって、実験の結果がそうなんだから」

「君が四五〇ボルトまで上げないとしても、六二パーセントの人が上げたって事実は変わらないよ」

「信じがたいけど、これが現実なんだから」

さらに何分か応酬が続いた。シャリンは集中砲火を浴びて沈黙せざるを得なくなった。

「思うに、シャリンの感覚と現実とのギャップ、それが問題なんじゃないかな」

そう発言したのは、アーマッドというアラブ系の少年だった。浅黒い肌で鋭い眼つき。沈思黙考タイプと言うべきか、いつも議論の中ほどから発言しはじめ、的確なポイントを指摘する。

「僕もシャリンの感覚に共感できる。自分がそんな立場になった場合、そんな残酷な命令に従うなんて信じられないって。みんなもそうじゃないか？　じゃあ、自分でそう信じてるにもかかわらず、実際には命令に従ってしまうって、どういうことなんだろう？　僕らの自由意志はどこにあるんだ？」

「前に読んだSFを思い出したな」読書好きなイギリス人のレオンが静かな口調で言った。

「疫病か何かで人類の数が減っちゃうんだよ。残されたロボットたちが話し合うんだ。もう自分たちは人間の奴隷じゃない、この機会に人間を一掃して、この星を自分たちのものにしてしまおうって。彼らは列を組んで荒野を行進する。人間を見つけたら殺してしまおうってね。その前に、ボロボロの身なりの男が現われる。彼が『食い物をくれ』って言うと、ロボットたちはいっせいに答えるんだ。『はい、ご主人様、ただちに！』」

その比喩の意味が生徒全員に浸透するのに、数秒かかった。

「つまり俺たちはそのロボットみたいものってことか？」リッジは考えこんでいた。

「自分では自由意志があると思ってるけど、ご主人様に命令されると従ってしまう……」

「そんな感じがしたんだよね。あのビデオを見てると」

「じゃあ、私たちが自由意志があるように感じてるのは幻想ってこと?」

ナターシャが言った。彼女はヴィニエーラの姉である。妹と同じくきれいな金髪で、肉感的な体形。学校一の美人と評判で、何人もの男に言い寄られているが、本人はというと真面目な勉強家で、魅惑的すぎるボディを持ってしまったことをむしろ嘆いている。

「その言葉は矛盾だろ」カイトがぴしゃりと決めつける。「自由意志があるように『感じる』ってことは、自由意志がある証拠だ」

その発言がきっかけで、また議論が盛り上がった。

「いや、そうとも限らないだろ」

「感じることがイコール、事実とは言えない」

「でも、自由意志があるのは事実よ」

「だからその『自由意志があるのは事実』という感覚が事実かどうかってことなんだよ」

「そもそも『自由意志』の定義って何だ?」

活発に意見が交わされる。教師はそれをビデオで記録しつつ、メモを取るだけで、可能な限り口をはさまない。議論がテーマを逸脱してきたら注意したり、険悪な対立が生じそうなら仲裁したり、発言していない者に発言を促したりするぐらいだ。正解を提示することも、議論を誘導することもない。

なぜなら、そもそも倫理には正解などないからだ。上から答えを押しつけても意味がない。

生徒に自分の頭で「何が正しいことなのか」を考えさせることが重要なのだ。

「あなたの意見は、ウェンズデイ?」議論が小康状態になった時、教師は訊ねた。

「さっき、一人だけ『四五〇』と答えたのはどうして?」

「面白いから」

ウェンズデイの即答に、教室内に笑いが起きた。しかし、続けて彼女の発した言葉に、みんなの笑顔は凍りついた。

「正直な話、もし他人の痛みがまったく感じられないのなら、他人を苦しめるのって面白いんじゃないかと思う」

教室内を気まずい沈黙が支配した。ウェンズデイはさらに言った。

「ねえ、みんなもそう思わない? 他人に電気を流して、その悲鳴を聞くのって、本当はすごく楽しいんじゃないのかな?」

答える者はいなかった。


放課後、ウェンズデイは廊下でヴィニエーラをつかまえた。

「ちょっと話があるんだけど」

そう言って、人気《ひとけ》のない倉庫の横に連れてゆく。ヴィニエーラは不安そうな顔で従った。

「何の用?」

「分かってるくせに」

ウェンズデイのからかうような口調に、ヴィニエーラは観念した。オムニパシストには隠し事などできない。自分の心理にウェンズデイがずっと前から気づいているだろうことは予想していた。

「ええ、そうよ。あたしはリッジが好き。あなたがリッジと肉体関係を結んでるのが、すごく気に食わない」

「あたしが宇宙に出かけてる間、彼を寝取るチャンスってわけね」

「そんな――」

「思ってないとでも？」

「それが悪い？」ヴィニエーラは顔を赤くして食ってかかった。「だいたい、あなたが一人で二人の男の子を独占してるってことがおかしいのよ。みんなが陰であなたのことどう言ってるか――」

「それぐらい知ってる」

「ええ、そうね。あなたはみんな分かってるのよね」ヴィニエーラは肩を震わせた。

「じゃあどうして？　他人が自分をどう見てるか分かってるくせに、何でそういう態度取れるの？　あたしのこの苦しい気持ちだって分かるんでしょ？」

「ええ」

「それでもリッジを手放さない？」

「ええ」

「どうして？」

ウェンズデイは少し考えてから答えた。「きりがないから」

「はあ？」

「他人の考えてることが分かる。自分のちょっとした言動で、他人が不快になったり傷ついたりする。小さい頃は配慮してた。おとなしく、優しく、みんなを傷つけないようにびくびくして……」

「…………」

「でも、きりがないのよ。そうやって譲歩し続けたら、自分の方が押し潰される。それで気がついた。他人を傷つけることをためらうべきじゃないって」

ウェンズデイは胸に手をやり、不敵な笑みを浮かべた。

「あたしは自分の意志を貫く。生きたいように生きる。そのためには、他人の心の痛みなんか無視してやる」

「……それって過剰防衛よ」

「何とでも言って。リッジは渡す気はない。あたしはリッジが好き。あなたに渡したくない。あっさり渡したら、自分の心を否定することになるから」

「リッジの意志はどうなの？　彼があなたと別れたいって言い出したら？」

「まあ、その場合はしかたないわね」

「じゃあ、あなたが留守の間に奪っても文句は言わないわね？」

「できるもんならね」

ヴィニエーラも不敵な笑みを返した。

「オーケイ。それは宣戦布告と取るわよ」

そう言って、くるりと背を向け、立ち去ろうとする。その背中にウェンズデイは「ヴィニエーラ」と声をかけた。

「何？」

「あなたが好きよ」

ヴィニエーラは凍りついた。

「あなたがあたしに憎しみを抱いてないことは分かってる。ただ、自分の想いにとまどって、苦しんでるだけだってことは――だから、あたしもあなたを嫌いにならない。小さい頃からの知り合いだものね」

「それ……卑怯よ」

そう言うと、ヴィニエーラは早足で立ち去った。

校庭に奇怪なマシンがひきずり出されてくるのを、数十人の生徒が取り巻いて興味深そうに眺めていた。直径三メートル半ほどの籠《かご》状の球体だ。九〇本のパイプをサッカーボールのような形に組み合わせたもので、六〇個の頂点からは細長い円筒が突き出している。全体としてはフラーレンの分子構造模型か、機雷の透視図といった印象だ。底部から突き出た三本の車輪つきの脚によって支えられている。

籠の内部はというと、格子状のパネルで赤道面が区切られている。下半分にはジャンクパーツを組み合わせたごてごてした機械類が詰まっていた。マグネシウム燃料電池、変圧器、コンデンサ、ライト……球体の底の部分には換気扇を改造したファンが四基、取りつけられていた。上半分には、これまた古いビーチチェアを改造した座席があった。

これこそ、サイエンス・フェアに出すためにリッジが仲間とともに製作した〈マイクロスポット〉である。

「わお。なかなかチープでいいじゃん」

マシンを見上げ、ウェンズデイは言った。

「チープって言うな」とリッジ。「部品こそ安物だけど、最新テクノロジーなんだぜ」

「でも、爆発しそうだよね」ジュウジが不安そうに笑う。

「しねーよ！　爆発するもんなんかないし」

「いや、イメージだよ。ドーンと爆発して、みんな黒い煙の中から煤《すす》だらけの顔になって出てくるの」

「カートゥーンかよ」

確かに、ガラクタじみた外見からはその性能は想像できない。〈マイクロスポット〉は超光速宇宙船に使われているエグバート駆動の技術の応用で、その名の通り、〈スポット〉の原理を局所的に再現するマシンなのである。原子を虚数軸方向に振動させることで、球形のフィールド内部の時間を加速できるのだ。

「試してみるか？」

「いいの？」

「そのために招いたんだ。ぜひ時間旅行を体験してくれ」

「じゃ、お言葉に甘えて」

ウェンズデイはマシンの横に置かれた簡易タラップを昇り、パイプの間からマシンの中にもぐりこんだ。リッジも後から入ってくる。直径三・四メートル、高さ一・七メートルしかない半球形のスペースは、まともに立つこともできず、二人入るともう満員だった。

「狭いねえ」

「コンパクト化に成功したことを評価してほしいね——あ、外枠にあまり近づかないようにな。内部の時間勾配はほぼ平坦にできたけど、さすがに励起コイルの近くは完全に打ち消せない」

リッジは外に向かって怒鳴った。

「おおい、作動させるから退避しろ！　二〇メートル以上離れろ！　時間勾配に巻きこまれるぞ！」

時間勾配とは、場所による時間の流れの差の大きさのことである。たとえばマシンの近くに立った者がマシンに向かって手を差し伸べると、手の先の時間の流れが肉体の他の部分より速くなる。手から見れば、心臓の鼓動が遅くなったことになるわけだから、循環する血流量が減る。その状態が長く続くと、細胞が壊死する危険がある他、様々な異状が発生すると考えられている。時間の加速率はマシンの中心からの距離の二乗に反比例するため、マシンに近づくほど時間勾配は大きくなり、危険性も増すのだ。

見物人の退避を確認すると、彼はビーチチェアに横たわり、ハーネスを締めた。座席はひとつしかないので、ウェンズデイはそれに寄り添う形になる。身体が浮き上がらないよう、腰のベルトにフックを装着した。

「じゃあ、行くぞ。一〇秒前。九、八……」

「まだるっこしい。さっさとやって」

「情緒のない奴だな」

リッジはぼやきながら、手にしたコントローラーのスイッチを入れた。足の下から、ぶうんという低音が響いてくる。ウェンズデイはエレベーターが下降する時の様な身体が軽くなる感覚を覚え、思わずリッジにしがみついた。雲が出てきたわけでもないのに、空が少し暗くなった。

周囲に目をやると、歩いていた生徒の動きが急にのろくなるのが見えた。今やウェンズデイたちは周囲より何十パーセントも速い時間の中にいるのだ。

特殊相対性理論によれば、光速に近づいた物体は時間の流れが遅くなる。だが、それは移動距離が実数の場合だ。虚数次元方向に移動すると、速度も虚数になり、逆に時間は速くなる。実数次元上での座標は変化しないので、マシンは元の位置にあるように見えるが、実際は超光速で振動しているのだ。

「加速率……もうじき二倍だ」

モニターの表示を見て、リッジは言った。

日没にはまだ時間があるのに、空が夕焼けのように赤みを帯びてきた。視野全体が暗く、赤っぽくなってゆく。〈マイクロスポット〉の内部では、時間が速くなるにつれ、外から入ってくる光の振動数が小さくなるように見える。可視光線はスペクトルの赤の方に変移し、赤外線になる。代わって紫外線が目に見えるようになってくるが、波長三一五ナノメートル以下の紫外線は大気のオゾン層で吸収されるため、地上にはほとんど届かない。そのため、スペクトルの紫の方が欠け落ち、赤い成分だけが残るのだ。

「加速率、二・五……三・〇……三・五……」

赤い光も消えはじめた。可視光線の全領域に、紫外線だけが入ってくるようになったのだ。どんどん暗くなってゆく。

重力も急速に低下している。ウェンズデイはリッジに抱きつく腕に力をこめた。フックがあるとはいえ、しっかりしがみついていないと身体が浮き上がってしまいそうで不安だ。

「一五……一六……一七……」

モニターの数字はどんどん上がってゆく。加速率の上昇ペースそのものが速くなっているのだ。もうあたりは夜のように真っ暗だ。その闇がさらに深くなってゆく。

「五五……六〇……六五……」

今や光っているのはモニターとパイロットランプだけ。二人は暗黒の宇宙にぽつんと浮かんでいるような錯覚に陥った。何も見えない。外からの音も聞こえない。もう日常的に耳にする音の多くは、可聴外の低周波領域に入ってしまっている。

自分たちは今、周囲とは隔絶した世界にいる——それは何とも奇妙な感覚だった。周囲にまだ校庭が広がり、生徒たちが取り囲んでいるとは信じられない。

スタートしてから数分、リッジは「これが限界だ」と言って加速を停止した。

カウンターは「三六〇」を示している。外界の三六〇倍——マシン内の一時間は、外界の一〇秒にしかならない。

「……ライト、点《つ》けていい？」ウェンズデイはささやいた。

「ああ。でも注意しろよ。俺たちにとっての可視光線は、外の連中にとっちゃ、もうほとんど軟X線の領域だから……」

「分かってる。長く当てない」

側面のライトを点灯する。暗闇の中、幽鬼のようにマシンの周囲に立っている黒い人影が、ぼんやりと浮かび上がった。みんな静止しているように見える。黒く見えるのは、X線に近いこの波長領域では、吸収率が高いからだろう。

あまり長く当てると人体に有害かもしれない。すぐにライトを消す。

「感想は？」

「何だか思ったほど面白くない——むしろ不気味」

リッジは噴き出した。「お前にそんなかわいらしい感性があったとはなあ！」

「あったとはなあ、とは何よ！」

「ああ、すまんすまん。お前が本当はかわいい女の子だってことは、よく分かってるよ」

リッジは暗闇の中で少女を抱き寄せ、頰《ほお》に軽くキスをした。

「好きだぜ、ウェン。留守中も浮気しないからな」

「そのことなんだけど……」

ウェンズデイは彼に、さっきのヴィニエーラとの会話を話した。リッジは困惑を隠せなかった。

「だから、これからたぶん、彼女はあなたにアタックしてくると思う」

「で……俺にそんな話をして、いったいどうしろと？」

「どうも」

「どうも？」

「どうしていいのか分かんない――あなたをヴィニエーラに奪われるのはいや。それに彼女とも長いつき合いだし、男を取り合って喧嘩なんてしたくない。でも、はいそうですかって譲るわけにも……」

彼女の声はか細く、いつもの自信が失われていた。

「それで俺に決定権を委ねるって？」

「それも違う。それだと、なんだか浮気を公認してるみたい。だいたい、『あたしに飽きたらいつでも別れていいのよ』なんて言ったら、あなたにとっても侮辱でしょ？」

「まあな——だったらどうしろって言うんだ？」

「だから分かんないって言ってるじゃない」ウェンズデイは苛立った。「正解なんてないわよ。あたしとジュウジがこの星を離れてる二か月ほどの間に、あなたと彼女の間に何が起きるかなんて、予測できないもの。なるようにしかならない」

「投げやりだな！」

「だって、そうするしかないんだもん」

「そのすねてるみたいな声、一四歳の女の子みたいでかわいいぜ」

「バカ」

ウェンズデイは身をよじり、彼の上に覆いかぶさり、キスをした。重力がきわめて小さくなっているので、リッジには少女が空気のように軽く感じられる。

「……ね、しましょ」

「ここでか——⁉」

「そうよ」

衣擦《きぬず》れの音がして、リッジは少女がズボンをずり下ろしはじめたのに気づいた。

「校庭のど真ん中で？　みんなの見てる前で？　変態プレイだぞ！」

「一〇分ぐらいで終わらせれば、速すぎて誰も気づかないわよ。燃料電池の残量はまだたっぷりあるんでしょ？」

「ああ——だけど、ジュウジに悪い」

「彼とも船の中で一回ぐらいするわ。それでおあいこ」

「お前って、ほんとに律儀だなあ！」

その口調に言外のニュアンスが含まれていることを、ウェンズデイは敏感に察した。

「何？　あたしのいないとこで、ジュウジと何か話した？　こきおろしてたの？」

「ああ、話したよ。お前のこと」

愛《いと》しい少女の細い腰をぎゅっと抱き締めて、彼は言った。

「宇宙一の美少女だってな」

5〈播種者〉

フェブラリーは夫とともにニューヨークに飛んだ。国連宇宙軍司令部に出頭する夫とは別行動で、国連ビル内にある他の会議室に出向く。〈プロジェクト・シャンポリオン〉の責任者ミズシマ・イクト博士と会見するためだ。

「わざわざご足労をおかけして申し訳ない」

痩《や》せた初老の日本人言語学者は、彼女の手を強く握ると、まず詫《わ》びを言った。

「しかし、私たちとしてはどうしてもあなたの協力が必要だったのです」

「こちらこそ」フェブラリーは微笑を返した。「あなたがたのおかげで、父の墓参を済ませることができました」

さらに何分か、型通りの言葉を交わし、テロや世界情勢について話し合ってから、彼らは本題に入った。

「お送りした〈ムーン・タブレット〉の解析状況はお読みいただけましたか?」

「ひと通りは――その後の進展は?」

「依然、難航しています」ミズシマは正直に答えた。「あなたにお送りしたのは、三か月前にまとめられたバージョン9・2です。現在、10・0まで進んでいますが……」

彼の指がキーボードを操作すると、壁面の大型モニターに3D映像が表示された。顕微鏡で見たカビの菌糸を模式化したら、こんな感じになるだろうか。何百何千という図形が広大な三次元空間いっぱいに散らばり、それらが色とりどりの曲線や直線で結ばれている。線は隣り合った図形群をつないでいるだけでなく、うねうねと迂回《うかい》して遠く離れた図形同士を結んでいるものもあった。その全体像は、とうてい普通の人間に把握できるものではない。

個々の図形は〈播種者〉の単語である。彼らは地球人のように文字を一列に並べることをせず、三文字なら三角形、四文字なら四角形、五文字なら五角形と、多角形に文字を配置して単語を作る。さらに多角形同士が直線状や環状に結合して文章を形成する。不合理な配列に見えるが、〈播種者〉は眼の構造やパターン認識の方法が人類と異なっていて、こういう並び方が読みやすいのかもしれない。

意味の判明している単語については、多角形の肩に英単語が記されている。十数個の単語が並び、意味の通る文章になっている部分もあった。だが、多くの単語は意味不明だったり、横に「?」が付され、解読が確定していないことを示している。

「前のバージョンより、少しすっきりしましたね」

「そうですか?」ミズシマは眉《まゆ》を寄せた。

「私たちには依然としてさっぱりですよ」

「コンピュータによる翻訳は?」

「知識推論型エンジンを組みこんだソフトを開発して、未解明の単語に試行錯誤で様々な意味を当てはめ、筋の通る解釈を探しています。ですが、出てくるのはシュールな文章ばかりで……」

「でしょうね」

コンピュータによる自動翻訳は半世紀以上前から研究されている分野だが、まだ人間の翻訳家に匹敵する性能を持つ翻訳ソフトは完成していない。というのも、コンピュータには自分の打ち出している文章を理解し、意味が通っているかどうかを判断する能力がないからだ。だから人間なら決してやらないような珍妙な誤訳を頻発する。

まして異星人の言語だ。意味を理解したうえで翻訳するなど、機械には不可能である。コンピュータにできるのは、文章の構造を解析し、文章間の論理的関連を示す3Dウェブ構造を提示することだけだ。主な作業は結局、人間がやらなくてはいけない。

「最大の、ネックになっているのはここです」

ミズシマは3D映像の一角を拡大した。そこはとりわけ線が入り組んでいて、毛玉のようにもつれ合っていた。

「正直言って、なぜこんな複雑な構造になっているのか、見当もつきません。地球人で言うところの『持って回った言い回し』に相当するのかもしれませんが、それにしてもここまで入り組ませる必要はないでしょう」

「ここがメッセージの核心のようですね」

フェブラリーは図をにらんで言った。「すべての構造がこの領域に収束しています。書き手の伝えたいテーマがここにあるからでしょう。これがほどければ、メッセージ全体が解読できる……」

「ええ。私たちもそう思います。しかし、どこから手をつけていいやら」

「確かに難物ですね」

「解けますか、あなたの能力で？」

「分かりません。ただ、前のバージョンより不明瞭な部分が少なくなってるんで、何となく正解が見えそうな感じがします」

　彼女は振り返った。

「これは歴史的事実を述べた文章ではなく、小説のように思えるんですが？」

「ええ、スタイルが明らかにノンフィクション的ではありませんね。データ部分が少ない反面、会話が多く、感情を表わすと思われる形容詞や動詞の使用頻度も高い。しかし、彼らはこういうスタイルで事実を書きたがるのかもしれない。あるいは事実とフィクションを融合させているのかも——適切な喩《たと》えか分かりませんが、聖書はこんな感じですね」

「ええ」

　それはフェブラリーも感じていた。これは異星人の聖典なのかもしれない。それなら月に残されていた理由も説明がつく。アポロ計画の宇宙飛行士だって、月面に聖書を置いてきたではないか。

〈播種者〉は人類に——いや、銀河の知的生物すべてに、長大な時間をかけて布教を行なおうとしているのかもしれない。

〈播種者〉の存在は、最初は遺伝子工学というミクロの分野で示唆《しさ》され、宇宙探査というマクロの分野で裏づけられた。

地球上でなぜ人間だけが言語を持つのか。手話や絵文字を使ってゴリラやボノボやイルカに言葉を学ばせようという試みは、二〇世紀から行なわれてきたが、不完全な成功しか得られていない。動物たちは「リンゴ」や「魚」や「食べる」といった個々の単語は理解できても、それを論理的に組み拉てて文法にするのが苦手で、長い文章は綴《つづ》れなかった。それは単なる知能レベルの差ではなく、もっと根本的な脳の構造の違いによるものではないかと考えられるようになった。

ヒトの言語能力と遺伝子の関係については、以前からＦＯＸＰ２という遺伝子が疑われていた。遺伝性の言語障害を持つ家系の人々を調べたところ、この遺伝子に異常があることが判明したからだ。だが、ＦＯＸＰ２が言語をつかさどる遺伝子だと断定することはできない。ＦＯＸＰ２の属するフォックス遺伝子ファミリーという遺伝子群は、ヒトからショウジョウバエまで広く存在するもので、ＦＯＸＰ２もマウスなどで存在が確認されているからだ。ＦＯＸＰ２があるから言語機能が生まれるというものでもないのだ。

さらにヒトとチンパンジーのたんぱく質のアミノ酸配列を比較すると、ヒトのＦＯＸＰ２が他の要因によって操作されていることが分かってきた。ゲノム遺伝子座の数学的解析により、この変化はつい最近、二〇万年以内に起きたものであることも判明した。それはヒトが言語を獲得したと推測される時期と一致している。

二〇一五年、テキサス大のグループが、FOXP2を制御している遺伝子を発見した。それは一〇年前まで「ジャンクDA」と呼ばれていた部位に潜んでいた。BABEL遺伝子と名づけられたその遺伝子は、マイクロRNAと呼ばれるRNA断片を合成し、FOXP2をはじめとするいくつかの遺伝子の働きを部分的に抑制していた。

解明されたメカニズムはこういうものだ。FOXP2他いくつかの遺伝子は、脳のウェルニッケ野やブローカ野の形成に関連している。それらが普通に発現すれば獣の脳になる。その脳は（「りこうなハンス」がそうであったように）メタ・チョムスキー文法によって世界を認識する。だが、BABEL遺伝子によってそうした機能が部分的に損なわれた結果、ヒトは不完全なチョムスキー文法で思考するしかなくなった。

オムニパシストが脳に欠陥のある言語障害者だという考えは間違っていた。実は全人類が言語障害なのであり、オムニパシストは一種の先祖返りなのだった。彼らはチョムスキー文法を破壊されていたのではなく、むしろBABEL遺伝子の制約から解き放たれ、ヒトが本来持っていた脳の機能を取り戻していたのだ。

オムニパシーがあれば意思疎通のための言語を発達させる必要などない。それどころか、膨大な情報を伴うメタ・チョムスキー文法は、単純な音素や記号の列に置き換えることは困難である。メタ・チョムスキー文法によって思考している限り、人間は言語を持つことは決してなかっただろう。

旧約聖書のバベルの塔のエピソードで、神の怒りにふれた人間が共通の言語を奪われ、意思の疎通ができなくなったように、人類はBABEL遺伝子によってオムニパシーというコミュニケーション手段を失った。その欠陥を補うために言語というものを発明し、発達させたのだ。言語能力の発達は必然的に文字の発明につながる。文字は知識の拡散を加速し、後世に知識を伝えることを可能にした。それが文明の進歩に大きな影響を与えた。BABEL遺伝子がなければ人類は言語を持つことはなく、文明の進歩は大幅に遅れていただろう。

問題はBABEL遺伝子の配列がきわめて不自然なことだった。チンパンジーのゲノムと比較すると、その部位にまったく異質なコードが挿入されていることが分かる。しかもそれはヒトの脳に致命的な異状を生じさせることなく、チョムスキー文法のみをもたらしたというのだ。偶然にしてはできすぎている。

これは人為的な遺伝子操作の結果ではないか――そんな仮説は少し前なら一笑にふされていただろう。だが、二〇一三年を境に、科学者の考えは従来よりも柔軟になっていた。超越的な力を持つ地球外知的生命が存在することは、〈バハムート〉によって実証された。ならば十数万年前に別の知的生物が地球を訪れた可能性も否定できないではないか。遺伝子操作など、〈スポット〉に比べればたいした技術ではない。彼らがヒトに言語をもたらし、文明を生み出す手助けをしたのではないだろうか？

二〇二〇年代に入ると、モノポール・エンジンを使用した低コストのロケットが作られるようになり、アポロ計画以来の本格的な有人月面探査が再開された。アメリカ、中国、インド、ロシアなどの大国が、月に宇宙飛行士を送りこんだ。

　地球から見て月の縁よりやや裏側、月の北緯三六度、東経一〇三度の地点に、直径二〇キロのジョルダーノ・ブルーノ・クレーターがある。これは明るい放射状の線条に取り囲まれたクレーターで、一一七八年六月一八日（ユリウス暦）に起きた大隕石との衝突で生じたものと推測されている。この日に起きた月面の爆発は、イギリスのカンタベリーの人々に目撃され、カンタベリー大聖堂の修道士ジャーヴァスによって記録されている。

　二〇二八年のこと、ジョルダーノ・ブルーノ・クレーターの南側で調査を行なっていたロシアのチームが重大な発見をした。平原に堆積した大量の砂塵《レゴリス》の下に、直径一四メートルほどのドームが半壊した状態で埋もれていたのだ。ドームはアルミニウム合金でできており、厚さは六・五ミリ。クレーターが生じた際に吹き飛ばされた灼熱の溶岩の直撃を受け、さらにその上からレゴリスが降り積もったものと推測された。

　内部からはアルミニウム合金製の板が数百枚、発掘された。〈ムーン・タブレット〉と名づけられたその金属板は、一辺が五五センチの正方形で、表面には地球上のどの文字とも似ていない文字がびっしりと刻まれていた。何者かが残していったメッセージに違いなかった。しかし、タブレットの多くは衝撃で散逸していたうえ、回収されたものも熱と衝撃で変形しているものが多く、文字を読み取ることは不可能になっていた。

　ドームには気密性はなく、微細な宇宙塵の落下から内部のタブレットを保護することだけが目的のようだった。地殻変動も、風雨による風化という現象もない月面では、タブレットを傷つける危険があるものといえば、宇宙空間からしばしば落下してくる一ミリ以下の微細な塵だけだ。それを防ぐ対策さえしておけば、タブレットは何十万年でも完全な形で保存できるはずだった。だが不運なことに、近くに大隕石が落下し、ドームを破壊してしまったのだ。

ドームの材質から微量の放射性同位元素が検出された。これはドームがまだ地表にあった間、宇宙線に被曝《ひばく》して生じたものだった。その分析から、ドームが作られたのは約一三万年前と推測された。地球人が作ったものではないのは明らかだ。

映画『二〇〇一年宇宙の旅』を思わせるシチュエーション――いや、似ているのは当然だろう。一〇万年以上前に地球を訪れた異星人が、後から生まれてくるであろう地球の文明に何らかのメッセージを伝えたいと思ったなら、月に残しておくのが最善の選択なのだ。地球上ではどこに置こうと、数万年のうちに堆積作用で地中に埋もれるか、風化してしまう。まだ無知な段階にある人類が発見し、意味も分からず壊してしまうかもしれない。風化の影響を受けず、なおかつ、人類がある程度の賢明さを身につけるまで手の届かない場所と言えば、月しかないではないか。

大気のない月面では小さな隕石の落下はよくある現象だとはいえ、巨大なクレーターを生じるような大隕石の落下はめったにあるものではない。一三万年の間にドームが隕石の被害を受ける確率は数億分の一である。どれほど賢明な異星人でも予想しなかったはずだ。

回収されたタブレットは、地球に持ち帰られてコピーされ、世界中の言語学者が解読に取り組んだ。二四個の文字からなる表音文字であることや、数字が八進法であること（おそらく異星人の指は四本だったのだろう）、文法構造が地球の言語と大差ないことは、すぐに分かった。だが、文章の意味はまったく分からなかった。解読の鍵――地球の言語との仲介役を果たすロゼッタストーンが見つからなかったからだ。おそらくそれは吹き飛ばされたか、破壊されて読み取れなくなった部分に記してあったのだろう。

全世界がこの不運に嘆いた。タブレットを残していった種族は、おそらくBABEL遺伝子を人類にもたらしたのと同じ種族だろう。彼らのメッセージはきっと重要な内容だったはずだ。それが何億分の一という偶然で失われたとは！

二〇三一年、新たな熱狂が起きた。地球から四六光年離れた海蛇座タウ1に調査に向かった探査船〈ゲオルク・カントール〉が、知的生物発見の報を持ち帰ったのだ。第四惑星エフレーモフに住むトカゲ人《サウリアン》は、集団で生活し、石器を作り、原始的な農業も営んでいた。彼らとコンタクトし、言語学者が彼らの言葉を解読する手助けをするため、フェブラリーはエフレーモフに移住したのだ。

さらに探査の範囲が広がると、別のニュースが飛びこんできた。ペガスス座の方向九八光年の距離にあり、暗くて地球からは肉眼で見えないK型恒星ハマニート。その第一惑星カルピヨンに、大都市の痕跡がいくつも発見されたのだ。すでに建造物は風化し、大半は土に還《かえ》るかジャングルに埋もれるかして、見る影もない状態だったが、惑星全土に散らばっているところを見ると、かなり高度な文明が栄えていたに違いなかった。

土壌に含まれる放射性同位元素を調べたところ、この星では五万年前に大規模な核戦争があったことが明らかになった。地球人がどうにか避けて通った道を、カルピヨン文明は歩んでしまったようだ。その建設者の子孫と思われるカンガルーに似た二足歩行動物は、高度な知識を失い、原始的な狩猟生活で細々と暮らしていた。

二年前、また新たな知的生物が見つかった。子馬座の方向一四〇光年の距離にあるキムリム星系の第三惑星カスクである。この星系に到着した探査船は、すぐに人工的な電波をキャッチした。カスクには高度な技術文明が存在したのだ。

エフレーモフやカルピヨンと異なり、技術文明を持つ種族となると、コンタクトは慎重にならざるを得ない。どんな行動が敵対行為と誤解され、宇宙戦争に発展するか分からないからだ。充分なデータが集まるまでコンタクトは避けることになり、探査船は充分に距離を取って、しばらくテレビ放送をモニターすることになった。

テレビで見ると、カスク人はきらびやかな羽毛を持つ熱帯鳥のような種族だった。空は飛べず、退化した翼を手のように使っている。驚いたことに、テレビのほとんどは芸術番組だった。美しい翼をはためかせ、きらきら光る粉を撒《ま》いて踊る流麗なダンス。長い咽喉《のど》を震わせ、何オクターブもの音域を自在に上下する歌。翼を広げて高所から落下し、そのポーズの美しさを競うらしい競技。情感をこめた詩らしきものの朗読。それらすべての要素が一体となった演劇──言葉こそ理解できないものの、それらは確かに素晴らしい芸術で、見る者は地球のテレビがいかに愚劣であるかを思い知らされた。

やがてカスク人の方でも異星からの探査船の存在に気づいたらしく、彼らの子供向け教養番組らしきものが送信されてきた。言葉は分からないものの、この惑星の大雑把な歴史がアニメーションで説明されていた。

それによると、カスク人が文明を持ったのは地球時間で一七万年ほど前のことのようだった。地球と同じく、戦争に明け暮れた時代もあったらしい。しかし、一五万年前に何か大きなイベントが起きて、それがきっかけで平和が訪れ、以後はずっと芸術に耽溺《たんでき》する停滞した文明が続いているという。

アニメーションの中では、一人のひときわ立派な体格のカスク人が丘の上に立ち、本らしきものを小脇に抱え、平原を埋め尽くしている大群衆に何かを熱心に説いていた。彼らのカリスマ的指導者なのだろうか。

エフレーモフにいて、地球からのこうしたニュースを耳にしたフェブラリーは、ふたつの疑問を抱いた。

現在、人類の太陽系外探査は、半径一五〇光年にまで広がっている。この範囲内には三万一〇〇〇の恒星系があり、その約一パーセント、三〇〇個に生命を有する居住可能惑星があると推測されている。そのうちの四つに知的生命が存在し、うち二つ（地球とカスク）は技術文明だった。つまり確率は一五〇分の一。ひとつの文明の平均寿命を二〇万年程度と仮定すると、ある惑星の進化史の中で文明が誕生する確率は三〇〇〇万年に一度ということになり、三億年間に一〇個の技術文明が生まれることになる。これは多すぎるのではあるまいか？　少なくとも地球では、人類以前に技術文明は存在しなかったはずだ。

これだけではサンプル数が少なすぎて、科学的に意味のある疑問とは言えない。フェブラリーがもうひとつ注目したのは、四つの星――キムリムリ、ハマニート、太陽、海蛇座タウ1の位置関係だ。ペガスス座も子馬座も、地球から見て海蛇座とは反対の方向にある。これは偶然なのだろうか？

四つの星の位置を立体星図の上にプロットしてみた。星を結んでも直線にはならない。ひどく折れ曲がった線になるだけで、意味はないように見える。

次に固有運動を考慮に入れてみた。すべての星は宇宙空間で運動している。たとえば太陽はヘルクレス座の方向に秒速一九・四キロで動いており、一三万年で八・四光年も移動する。そこで四つの恒星の固有運動のデータを入力し、過去二五万年間の動きを再現してみた。やはりまちまちな方向に動く四つの恒星が一列に並ぶ瞬間はなかった。

普通の人間ならここであきらめるところである。しかしフェブラリーは、四つの恒星の動きを見て、あるアイデアがひらめいた。

彼女は第五の仮想上の天体をそこに追加した。秒速三六〇キロ、光速の〇・一二パーセントの速度で、ペガスス座と海蛇座を結ぶ直線上を移動する天体。二五万年間に移動する距離は約三〇〇光年。

シミュレーションの結果は劇的だった。その星の軌道は二五万年前にキムリムリと交差する。二一万年前にハマニートと、一三万年前に太陽と、そして九万年前に海蛇座タウ1と――そのいずれも、最接近時の距離は六光年以内で、これなら超光速航法なしでも移動できない距離ではない。

人類が超光速航法を手に入れたのは、〈バハムート〉からもたらされたモノポールのおかげだ。モノポールを持たない文明は（カスク文明がそうであったように）光速の壁を超えられないだろう。他の星系に行くには、距離が近くなった時期を狙って、亜光速宇宙船を飛ばすしかない。

彼女はこの発見を論文に書き、地球の天文学誌に投稿した。もし四つの惑星の生物に言語をもたらしたのが同一の存在なら、彼らの星は今、地球から海蛇座の方向へ一五五光年の距離にあるはずだ。彼女は半径一光年の範囲で、その座標を予言した。

その存在のことを、彼女は〈播種者〉と命名した。

すぐに天文学者たちはその方向に望遠鏡を向けた。だが、その空域には光を発する天体はなかった。その周辺の星もいくつか調べられたが、ドップラー・シフトを測定してみると、太陽系から高速で遠ざかっているものはひとつもなかった。一時、フェブラリーのアイデアは机上の空論ではないかと思われた。

しかし、魅力的な仮説をあきらめきれない学者たちは、二〇三四年に打ち上げられた超大型宇宙望遠鏡〈カール・セーガン〉に望みを託した。その直径二五メートルの反射鏡と光増幅装置は、地球上のどんな望遠鏡も上回る解像度を誇る。

探査が開始されて半年後、〈カール・セーガン〉はその空域に天体を発見した。厳密に言えば、その天体の重力によって光が屈折し、背景の星の位置がずれる「重力レンズ効果」を観測したのだ。〈セーガン〉が太陽系内を公転するにつれて、重力レンズ効果の影響も変化し、それによって天体の位置と、重力のおおよその大きさが算出された。天体は太陽と同程度の質量を持つことが判明した。望遠鏡で観測できないのは、おそらく明るさが太陽の一〇〇〇分の一以下しかない白色矮星だからだろう。

この事実は天文学者を困惑させた。知的生命の住む星は、太陽に明るさや大きさが近い主系列星だけだと考えられてきた。白色矮星は恒星の進化の最終段階で、その前には膨張して赤色巨星となった時期があったはずだ。もし生命が存在する惑星があったとしても、とっくに燃え尽きてしまっているだろう。

たちまち批判の声が起きた。白色矮星がフェブラリーの予想と同じ位置に存在したのは、単なる偶然ではないのか? 後退速度を調べようにも、光学的に観測できないのでは、赤方偏移も調べようがない。

だが、別の方面から支持する証拠が出てきた。これまで注目を集めなかったが、エフレーモフとカルピヨンにも、その周囲を回る月があった。その表面の徹底捜索が行なわれたのだ。その結果、相次いでドームが発見され、新たな〈ムーン・タブレット〉が回収された。それは地球の月にあったものとほとんど同じで、しかも損なわれていない完全なバージョンだった。カスクの月にはまだ接近が許されなかったので調査はできなかったが、例のアニメーションの内容からすると、カスク人が一五万年前にタブレットを回収し、すでに解読している可能性が高かった。もはや疑う余地はない。〈播種者〉は実在したのだ。

地球の月のタブレットで失われていた部分は、予想通り、本文の解読の手がかりになるテキスト群だった。たとえば元素の周期表が載っている化学の教科書があった。周期表は宇宙共通であり、ここから異星人の言語における元素名を知ることができた。それを教科書と見比べることで、「化合」「気化」「重い」「軽い」といった単語が分かった。物理の教科書に載っているファインマン・ダイヤグラムからは、彼らが「電子」「クォーク」「ニュートリノ」などをどう呼んでいるかが分かった。天体運動の模式図と天文学の教科書もあった。図からは「太陽」「惑星」「月」「公転」「自転」といった単語が分かり、それを教科書に当てはめていくことで、「朝」「夜」「年」「季節」といった言葉も分かった。数学の教科書、地学の教科書、生物学の教科書からも、多くの単語が学べた。さらにそこから芋蔓《いもづる》式に様々な単語の意味が解けていった。

基礎的な単語がすべて判明したので、ようやく本文の解読が可能になった。国連は全世界の研究機関の合同による解読計画、〈プロジェクト・シャンポリオン〉を発足した。コンピュータによる解析で文章の論理構造が解明されていった。

だが、論理構造が分かったところで、論旨が分かるわけではない。研究者たちは試行錯誤で、未解読の単語に適当な訳語を当てはめ、文章の意味を理解しようとしていた。〈播種者〉は解読する者が自分たちのそれとはまったく異質な文明を進歩させることを予期していたのか、比喩表現を最小限にとどめた平易な文で構成していたが、それでも一部の形容詞や感情表現などは理解しづらく、どういう訳を当てはめていいか分からなかった。

そこで二方向から〈播種者〉文明の解明が進められることになった。ひとつは従来の解読作業を続行すること。もうひとつは、座標の判明した〈播種者〉の星に直接、調査隊を送りこむこと。

後者の案には反対意見も強かった。コンタクトは慎重にすべきだ。まずタブレットを解読し、〈播種者〉の思想や意図を明らかにしてから調査に向かうべきだ、というのである。一方、解読作業が暗礁に乗り上げていて、何年かかるか分からないという苛立ちの声があった。タブレットを残した種族に直接訊ねればいいのに、なぜわざわざ解読を待たねばならないのか……。

結局、後者の声が強くなり、解読作業が完了する前に、探査船〈ソーニャ・コワレフスカヤ〉が送りこまれることになったのだ。

その夜遅く。

ホテルの部屋で、フェブラリーはノートパソコンを開き、ミズシマ博士から渡されたばかりの新しいバージョンの解析結果に目を通していた。アランは隣の部屋で眠っている。彼女もしばらくは夫の横で寝ていたが、どうしても胸の中がもやもやして寝つかれず、そっと起き出したのだ。こんな時には別のことをして気をまぎらわせるしかない。退屈な仕事をしていれば、そのうち睡魔が襲ってくるだろう。

やはり難関は例の入り組んだ箇所だった。他の部分の平易さに比べ、なぜここだけこんなややこしい論理構造をしているのか。しかも文書全体の論理がここに集約されているため、これを解き明かせないことには他の多くの箇所も解読できない。逆に言えば、ここさえクリヤーできれば、他の部分の解読も一気に進むことになる。

確かに試行錯誤による解読では、正解にたどり着くのに何年かかるか分からない。意味不明の単語がいくつもあり、それぞれに複数の候補があり、その組み合わせは何万通りにもなるからだ。だが、彼女はオムニパシストだ。チェスの名人が膨大な手の中から最良の一手を直感で見つけ出すように、直感によって解読することができるかもしれない。

だが、やはり解析作業に集中するのは困難だった。モニターを見つめていても、どうしても他のことに思考が移ってしまう。

父のこと。ウェンズデイのこと。テロリストのこと。ニュースに出ていたコメンテーターのこと。ホテルの前でプラカードを掲げていた群衆のこと……。

そして、世界に絶望し、普通人を蔑《さげす》む気持ちを抑えきれない自分のこと。

眠気が襲ってきた。頭がぼうっとなる。そろそろ寝た方がいいのか。彼女は頭を振り、もう一度、モニター一面に映し出された立体迷路のような模式図に目をやった。

その瞬間、インスピレーションが訪れた。

道が見えた。入り組んだ迷路がどうつながっているのか分かった。自分でも驚きあきれて見つめているうちに、もつれた糸が見る見るほどけていった。大勢の言語学者があんなに悩んでいたのが嘘のように、すべての意味が明瞭になってゆく。そうだ、この文章をこう解釈して、こっちにつなげれば、すべてが理解できるではないか……。

同時に、彼女は気がついた。〈播種者〉の意図に。なぜ彼らが多大な労力を払って恒星間の深淵を渡り、人類にチョムスキー文法をもたらしたのかを。なぜ〈ムーン・タブレット〉を残していったのかを。

これはMW《ムウ》だ。

「これはMWだ……」フェブラリーは呆然《ぼうぜん》とつぶやいた。「これはMWだ……MWだ……MWだ……」

衝撃とともに彼女は悟った。二五年前のあの日と同様、人類の未来が自分の手に握られていることを。

他に誰か、これに気がつく者がいるだろうか？ いや、MWという概念自体、知っている人間はごく少ない。二〇年以上前、ある生物学者が講演の中で冗談半分に口にしただけで、本人だって存在を信じていたわけではない。当然、科学論文にも載っていない。それは科学というよりSFの発想だ。誰もそんなものが実在するなんて予想していなかった。

だが、それは実在した。おそらく人類より何百万年も進歩した文明が、荒唐無稽な空想を現実化したのだ。

フェブラリーは頭がしびれるような感覚を味わいながらも、懸命に考えた。たとえMWのことを知っていても、普通の人間はこれがそうだとは絶対に気づかないだろう。気づくとしたら自分と同等の能力を持つオムニパシスト——ウェンズデイぐらいだろう。だが、あの子は地球にはいない。

この危機を警告できるのは、地球上で自分だけ。

理性はそうすべきだと告げている。世界に真相を暴露すべきだ。〈播種者〉は恐ろしい罠を仕掛けたのだ。一〇万年以上かけてゆっくりと醸成する罠。人類は今まさに、彼らの意図にはまろうとしている。

だが。

暴露する代償の大きさに、フェブラリーはおののいた。平和は永遠に失われる。これからも父のような悲劇が続く。爆弾が爆発し、街路が血で染まる。子供が親を奪われ、親が子供を奪われる——そんな未来を選択する権利が、自分にあるのか。

「どうしよう……」

振り返って寝室の方を見る。夫を起こして相談することも考えたが、すぐに考え直した。相談するまでもない。彼は正義感の強い性格だ。反対するに決まっている。

父はどうだろう? 父が生きていたら、自分の考えを理解してくれるだろうか?——いや、無理だ。きっと反対するだろう。身近な誰に相談しても反対するに違いない——と考えてから、彼女は気がついた。自分が望んでいるのは反対意見ではないことに。誰が何を言おうと関係ない。もうとっくに自分は決断しているのだ。

なぜなら、これこそまさに、自分が求めていたものだから。

「パパ……パパ……」

決断の意味するものの大きさに、彼女は静かにすすり泣いた。夫を裏切り、父を裏切ることになる。だが、それでもやらねばならない。そう決めたのだから。
全人類の救世主であり裏切り者になるという決断を。

（未完）

解説

大森　望

長く闘病中だった山本弘氏が六十八歳で世を去ったのは、二〇二四年三月二十九日のことだった。山本さんは、さまざまなジャンルを書き分ける作家であると同時に、グループSNEの創立に関わったゲームデザイナーであり、トンデモ本ブームを巻き起こした「と学会」の初代会長であり、ネットでもリアルでも数限りなく論争をくりひろげてきたオタク第一世代の論客であり、オールド・ウェーヴ派のSFアンソロジストであり……という具合にさまざまな顔を持っていたが、その中心にあったのは、日本には数少ない〝ハードSFの書き手〟としての顔だったと思う。

『時の果てのフェブラリー　赤方偏移世界』は、その山本弘の原点とも言うべき作品。オリジナル長編としては第一作にあたる。「デビュー作にはその作家のすべてが詰まっている」などと巷間よく言われるが、まさにその言葉を体現する長編だ。

二〇一三年八月二十三日、地球上の六カ所に、異常な低気圧が出現する。〈乱流の特異点《シンギュラー・ポイント・オブ・タービュランス》〉、略して〈スポット〉と名づけられたこの場所は、北緯三十五度に三カ所、南緯三十五度に三カ所あり、地球に内接する正八面体の頂点にあたる位置を占《し》めていた。各〈スポット〉では、中心に近づくにつれ重力が小さくなり、時間の流れが速くなる。そのため、外から入ってくる光は著《いちじる》しい赤方偏移（波長が長いほうにずれる現象）を示す。

〈スポット〉出現の影響で世界は異常気象に見舞われる。このまま〈スポット〉が居座れば数年のうちに深刻な食糧危機が到来《とうらい》する。人類文明の存続そのものが危ぶまれるこの事態を打開すべく、アメリカは新たな調査隊を編成し、最後の切り札《ふだ》を送ることを決断する。そのジョーカーの名はフェブラリー・ダン。栗色の髪をした十一歳の少女だった。

生まれつき脳から欠落したチョムスキー文法を補《おぎな》うため、メタ・チョムスキー文法による思考を発達させ、直感的に真実を見抜くオムニパシー能力を身につけた彼女は、独自に考え出した〈虚数仮説〉によって、〈スポット〉内で起きている謎の現象の一部を解明。探査チームとともに〈オクラホマ・スポット〉の中心を目指す……。

――というわけで、ガチガチの本格SF設定と魅力的な少女が同居する山本弘のSF世界が幕を開ける。この『時の果てのフェブラリー』の初刊本が角川スニーカー文庫から出版されたのは一九八九年十二月（奥付は一九九〇年一月一日）。十一年後の二〇〇一年一月に徳間デュアル文庫から再刊され、その際、あとがきに記されているとおり、作中の時代設定その他が現状のように変更された（部分的に加筆された箇所もいくつかあるが、スニーカー文庫版の本文とそれほど大きな違いはない）。

徳間デュアル文庫版を底本にしたこの創元SF文庫版には収録されていないが、スニーカー文庫版には、「あとがきの三つの顔」（ジェイムズ・P・ホーガン『未来の二つの顔』のもじり）と題して、三つのパターンのあとがきが付されていた。

簡単に紹介すると、「パターン・その1」は、「僕は人の顔を覚えるのが苦手です」という書き出しから、「僕にとってオムニパシーは理想の能力であり、フェブラリーは最高のスーパーヒューマンなのです」と述べ、最後に編集部の池田憲章《いけだけんしょう》氏に感謝を捧げている（特撮研究家としても有名だった池田さんは、『時の果てのフェブラリー』および『宇宙の中心のウェンズデイ』のよき伴走者だったが、二〇二二年十二月に病没した）。

「パターン・その2」は、「私はSFが好きだ」という書き出しから、「本物のサイエンス・フィクションが読みたい！」と力説。誰も書いてくれないなら自分で書いて自分で読むしかないと決意して書いたのがこの作品だと述べ、「ハードSFだと強引に主張するつもりはないが、科学考証は可能なかぎり厳密であるようにつとめたつもり」と宣言する。

「パターン・その3」は、「ボクは美少女が好きです！」から始まって、美少女に対する愛とフェブラリーに対する思い入れが問答形式で綴《つづ》られる。このスニーカー文庫版あとがきからも、著者の二本柱がハードSFと美少女だったことがうかがえる。

そのうちの片方、SF要素のキモとなる〈スポット〉にヒントを与えたのは、自身のブログ「SF秘密基地」でも語っているとおり、アルカジイ&ボリス・ストルガツキーの長編『ストーカー』と、デイヴィッド・I・マッスン「旅人の憩い」（『時間SF傑作選 ここがウィネトカなら、きみはジュディ』所収）だった。『ストーカー』は、地球を訪れ、人類とコンタクトしないまま去っていった異星文明が地上に残した〝ゾーン〟と、その中に不法侵入して異星文明の遺物を持ち出そうとする密猟者（＝ストーカー）たちをめぐる物語。「旅人の憩い」は、場所によって時間の流れ方が違う世界を舞台にした戦争SF。時間の流れが極端に遅い北方の山岳地帯で戦っていた兵士が任を解《と》かれ、民間人として二十年を過ごしたのち、呼び戻されて前線に復帰するが、そこでは解任から二十二分しか経過していない……。

　両者を組み合わせて〈スポット〉のアイデアが生まれ、それに裏付けを与えるためにフェブラリーの虚数理論が編み出された。科学的な理屈をつけないと気が済まないところが著者のハードSF作家たるゆえんだろう。前述したスニーカー文庫版のあとがきでは、「虚数空間の理論はほとんど私の創作だが、執筆中に猪股修二《いのまたしゅうじ》氏の『複素電磁場理論』の存在を知り、一部取り入れさせていただいた」と書いている（本書一四一ページ参照）。トンデモ理論扱いされている説でも面白ければ平気で取り入れるところがバカSFを愛する山本弘らしい。

　作中では、フェブラリーによる発見を契機として数年のうちにモノポール・エンジンが開発され、たちまち恒星間航行が可能になる。二〇一四年に出版された最後のハードSF長編『プロジェクトぴあの』（文庫版のあとがきで、「ハードSF作家山本弘の遺書だと思ってください」とみずから記している）でも、宇宙をこよなく愛する美少女アイドル結城《ゆうき》ぴあのが、アイドルのキャリアを踏み台にして、エネルギーも推進剤も必要としない革命的推進システム〝ピアノ・ドライブ〟を開発する。プロットの構造は、最初のハードSF長編である『時の果てのフェブラリー』とほとんど変わっていない。

その『時の果てのフェブラリー』には、スニーカー文庫版刊行時点からすでに続編の構想があった。それが『宇宙の中心のウェンズデイ　衝突時空世界』。徳間書店のSF専門誌〈SF Japan〉二〇〇七年夏号の「日本のハードSF」特集に連載第一回が掲載され、同誌二〇〇八年春号に第二回が載ったところで、続きは書き下ろしで完成させて書籍化すると告知されたが、結局、書籍版が出ることはなく、今回、雑誌掲載分が未完のまま本書に収録されることになった。いままで一度も本になっていなかったので、初めて読む人も多いだろう。娘のウェンズデイと母のフェブラリーのWヒロインが活躍し、ジェイムズ・P・ホーガンの《巨人たちの星》シリーズにも通じるような広がりを感じさせる。一九八九年に書かれた『フェブラリー』と比較すると、文章や語り口は明らかに作家的成長を遂《と》げていて、これが完成していればどんな傑作になっただろうと思わずにいられないが、書き上げられた百三十ページあまりが読めるというだけでも本書を買う価値はじゅうぶん以上にある。

さて、このあたりで、SF作家・山本弘のキャリアを、個人的な思い出をまじえてふりかえっておきたい。山本さんは、僕が生まれて初めてサインをもらったSF作家（のひとり）だった。時は一九七八年四月、場所は高松《たかまつ》で開かれたSFフェスティバル78'（愛称SETOCON）の会場。生まれて初めて参加したSFコンベンションで、山尾悠子《やまおゆうこ》さんのサイン目当てに列に並び、夢枕獏《ゆめまくらばく》、風見潤《かざみじゅん》、山本弘の三氏からもそれぞれサインをもらった。ファンライターとしてすでに名を知られていた山本さんは、「スタンピード！」で（新井素子《あらいもとこ》「あたしの中の…」や大和眞也《やまとまや》「カッチン」などと一緒に）第1回奇想天外SF新人賞の佳作を受賞。その作品が〈奇想天外〉一九七八年三月号に掲載されたばかりだった。

「スタンピード！」は、大規模な集団ヒステリー現象が発生し、数百万人の群れが一斉に移動しはじめるという破滅もののワンアイデア・ストーリーで、五〇年代アメリカSFと七〇年代日本SFの香りが漂《ただよ》う。山本弘は作家歴の最初から昔気質《かたぎ》のSF作家だった。

しかし、若くして商業誌デビューを果たしたあと、山本弘は長いスランプに突入する。ウェブ上のあるインタビューで、その経緯《いきさつ》を以下のように語っている。

〈そこからが大変でした。作家になれると思って文章を書いていると、「もっともっとうまく書けるはずだ」と、そういうプレッシャーが掛かっちゃって、全然進まない。たった1行書くために、何回も原稿用紙を破っては捨て、当時ワープロなんかないから原稿用紙が埋まらないんですね。そうすると何十枚無駄にしても話が前に進まない。そういう時期が何年も続きましたね〉（BOOKSCAN／聞き手：沖中幸太郎《おきなかこうたろう》）

スランプ脱出のきっかけは、グループSNE代表の安田均《やすだひとし》氏から、PCゲーム『ラプラスの魔』のシナリオをもとに小説版を書いてくれと頼まれたことだったという。明確な仕事と締切が与えられたことで完璧主義の呪いから解放され、原稿が書けるようになったらしい。著者自身が主役を張る（自伝的要素を大量に投入した）長編SF『去年はいい年になるだろう』では、このときのことを、〈いきなりの大役を任され、僕は大いに張り切った。「書けない」なんて甘えていられない。書くしかないのだ。ぼくはそれまでのスランプが嘘のように書きまくった〉

と振り返っている。こうして『ラプラスの魔』を完成させた経験をジャンピングボードにして書いた初のオリジナル長編が『時の果てのフェブラリー』だった。この一作で、山本弘は日本SFの最前線に躍《おど》り出て、SF読者の熱い注目を集めることになる。

それに続く書き下ろし本格SF長編が、二〇〇三年の『神は沈黙せず』。UFO、超能力、心霊写真、幽霊などあらゆる超常現象を俎上《そじょう》にのせ、膨大なデータを緊密なロジックで検証し、徹底して科学的なアプローチによってこれしかないという結論に至る。トンデモ本研究の成果を十二分に生かし切った快作だ。

一般読者にもっともアピールしたのは、過去のロボットSF短編に書き下ろしを加えて長編化した二〇〇六年の『アイの物語』だろう。老人介護用自律アンドロイドの実地運用テストをめぐる「詩音が来た日」は、〝異質な知性〟のリアリティを保ちつつ〝泣かせるロボット小説〟を実現。巻末の「アイの物語」が七つの物語をつなぎ、見事に長編として着地させる。第27回日本SF大賞、第28回吉川英治文学新人賞の候補になり、宮部みゆきに絶賛された。

その翌年、東京創元社から刊行された『MM9』に始まるシリーズは、怪獣の存在を本格SF的に説明した特撮小説。二〇一〇年の『去年はいい年になるだろう』は、〈ガーディアン〉と名乗る五〇〇〇万体のロボット群が一年ずつ過去へ遡りながら、人間を守るために歴史改変運動を続けている……という突拍子もない設定。前述したとおりSF作家の山本弘が語り手となり、著者の周囲のSF関係者たちもがんがん実名で登場する異色作——と、この調子で作品を紹介しているとと全然スペースが足りない。

「闇が落ちる前に、もう一度」、「時分割の地獄」、「まだ見ぬ冬の悲しみも」、「夢幻潜航艇」などの短編SFの名作群は、短編集『闇が落ちる前に、もう一度』『シュレディンガーのチョコパフェ』『アリスへの決別』にまとめられている。

二〇〇八年には、劉慈欣《りゅうじきん》「流浪地球」（中国映画「流転の地球」原作）の元ネタとも言われる特撮映画「妖星ゴラス」を現代的にアップデートした『地球移動作戦』をSFマガジンで連載開始。その直後、同誌の中国SF特集に「流浪地球」が訳載されたのは奇《く》しき因縁《いんねん》というべきか。山本弘と劉慈欣はともに小松左京《こまつさきょう》の影響を強く受けた保守本流のSF作家という共通点があり、両者の軌跡《きせき》がはからずも交差したのがこのときだった。日本で『三体』のような本格SFを書く作家がいるとしたら、山本弘が最有力候補だったのではないか。『三体』邦訳刊行前年の二〇一八年に脳梗塞の発作を起こして倒れたことがつくづく惜しまれる。

個人的な関わりで言えば、僕が編集する書き下ろし日本SFアンソロジー『NOVA1』と『NOVA10』に寄稿していただいたり、「ゲンロン　大森望　SF創作講座」にゲスト講師として登壇していただいたりしたほか、二〇〇九年五月には、「東京創元社・文庫創刊50周年記念対談」のSF編として、八重洲《やえす》ブックセンターの公開トークイベントで対談する機会があった。SFガイドブック『トンデモ本？　違う、SFだ！』や海外SFアンソロジー『火星ノンストップ』を読めばわかるとおり、SF作家としての（もしくはSF読者としての）山本弘は揺るぎない保守本流。僕とは正反対のポジションだったが、教条主義的なハードSF派ではなく、大森が何冊か翻訳しているバカSFの巨匠バリントン・J・ベイリーの熱烈な支持者でもあり、バカＳＦ愛好者という点で一致していた。ウェブ上で公開されているこの対談を読むと、おっさん同士が好きなＳＦについて（バトルも含めて）なんとも楽しげに語り合っていて、いまはそれが切ない。

ともあれ、作者は死んでも、作品は残る。若き山本弘が初めて書き上げた本格ＳＦ長編が、未完の続編も含めて、いまふたたびこうして新しい読者のもとに届くことを喜びたい。

「時の果てのフェブラリー――赤方偏移世界――」は一九九〇年角川文庫より刊行され、二〇〇一年に改訂の上徳間デュアル文庫より再刊されました。

本書は徳間デュアル文庫版を底本としています。

「宇宙の中心のウェンズデイ――衝突時空世界――」は『SF Japan』（徳間書店）二〇〇七年夏号と二〇〇八年春号に掲載されたものを収録しました。

作中、現代では使用を避ける表現がありますが、作品の執筆された時代と著者が故人であることに鑑み、原文のままといたしました。

著者紹介　1956年京都府生れ。78年「スタンピード！」で第1回奇想天外SF新人賞佳作入選。2003年の『神は沈黙せず』、06年の『アイの物語』で注目を集める。ほかの著書に『去年はいい年になるだろう』、《MM9》シリーズ、創作指南書『料理を作るように小説を書こう』など。2024年没。

時の果てのフェブラリー
—赤方偏移世界—

2025年1月31日　初版

著　者　山《やま》　本《もと》　弘《ひろし》

発行所　（株）東京創元社
代表者　渋谷健太郎

162-0814 東京都新宿区新小川町1-5
電　話　03・3268・8231-営業部
　　　　03・3268・8201-代　表
URL　https://www.tsogen.co.jp
組　版　工　友　会　印　刷
暁　印　刷　・　本　間　製　本

ISBN978-4-488-73708-5　C0193